SANDRONE DAZIERI

GORILLA BLUES

OSCAR MONDADORI

© 2002 Arnoldo Mondadori Editore S.p.A., Milano

I edizione Strade blu ottobre 2002
I edizione Piccola Biblioteca Oscar ottobre 2003

ISBN 88-04-52382-4

**Questo volume è stato stampato
presso Mondadori Printing S.p.A.
Stabilimento NSM - Cles (TN)
Stampato in Italia - Printed in Italy**

Ristampe:

4 5 6 7 8 9 10 11 12

2006   2007   2008   2009

www.librimondadori.it

Gorilla blues

Parte prima

IL BLUES DEI PIATTI SPORCHI

1

Dopo quattro giorni passati all'Aeroporto di Malpensa sono conciato da sbattere via, sarà per l'odore chimico del linoleum o per tutte le facce di allegri vacanzieri che ho visto andare e venire. Dovessi rimanere qui ancora un po', mi troverebbero mummificato in uno dei punti ristoro, tra le brioche surgelate e i panini Contadino.

Fortunatamente, oggi è il mio ultimo giorno in questa Metropolis in miniatura e stanno già annunciando il volo in arrivo dalle isole Figi. L'ultimo che aspetterò mai nella mia sporca vita.

Schizzo al piano terra scivolando lungo il corrimano delle scale mobili, cammino sino agli Arrivi Internazionali e mi piazzo dall'altra parte del corridoio, lontano dalla ressa dei parenti, ma in una posizione adatta per vedere oltre le porte automatiche.

Ci vuole mezz'ora prima che i nastri comincino a mollare le valigie, esamino le facce dei passeggeri. Qualcuno si abbraccia col parentado, altri preferiscono precipitarsi subito dal cane. Un paio di ragazzetti si baciano con lo schiocco. Lui è abbronzato stile vacanza di una vita, lei pallida e lunga. Cominceranno a litigare sulla via di casa. *Perché non mi hai portato, bastardo?*

Poi il trasbordo finisce. Nell'aria c'è odore di crema doposole e di fazzolettini umidificati alla citronella. Rimango ancora qualche secondo a sondare le mie sensazioni. *Sei deluso? Triste? Hai l'ansia da abbandono?*

Non trovo niente, solo un vuoto da sala d'aspetto. Sono stato qui tanto che nemmeno ricordo più perché. Forse solo per aver qualcosa da fare. Mi sfiorano la schiena e all'improvviso tutti i miei sentimenti saltano fuori, oplà. Erano solo nascosti dietro qualche neurone corazzato pronti a prendermi a calci lo stomaco. E lo fanno tutti assieme, un'ondata che mi fa girare la testa; passa di colpo, quando capisco che il toccamento era casuale. Nessuno è corso fuori della sala nastri per buttarmi le braccia al collo. Nessuno con riccioli rossi e corpo mediterraneo.

Chi mi ha sfiorato, invece, è un magrebino di mezz'età in completo color sabbia, che mi è passato vicino contorcendosi. L'ho visto dieci minuti fa mentre ritirava la sua valigia in pelle, adesso gli sta succedendo qualcosa di brutto. Il modo più appropriato per descriverlo è che sta ballando la tarantella. Saltella sui piedi, si curva in avanti e si rialza di scatto, si artiglia la camicia e se la strappa di dosso. I bottoni volano in giro.

Di colpo crolla sulle ginocchia gracchiando in francese e arabo. Ci capisco un po', sta chiamando sua madre e chiede perdono. Ho l'impulso di avvicinarmi a sorreggerlo, ma sono preceduto da una buona fetta dei migranti più vicini. Gli si fanno addosso, lo tirano, lo girano, lo pirlano e lo voltano. Qualcuno chiede se putacaso non stia poco bene.

Rimango dove sono, e dalla mia posizione privilegiata posso dare uno sguardo più ampio alla scena, accorgendomi che c'è un altro attore in gioco. È un ragazzo, a occhio e croce della stessa nazionalità del tipo che sta male. È anche vestito come il suo accompagnatore, giacca e scarpe comprese, ma sembra molto poco desideroso di dargli una mano. Anzi, si capisce che vorrebbe essere da tutt'altra parte mentre striscia i piedi e rincula fino a toccare con la schiena la pubblicità della Lauda Air.

La folla benintenzionata continua a smanacciare l'adulto che geme sul pavimento, il ragazzo continua a spalmarsi sul muro, guardando con gli occhi fuori dalla testa i vigilantes in nero che stanno accorrendo al rallentatore. Ha le froge spalancate, il piede sollevato, la valigetta abbandonata. Finalmente i suoi occhi trovano qualcosa di interessante, la freccia con scritto USCITA. Quello che non sa è che prima dell'USCITA, giusto dietro la colonna, ci sono due poliziotti appoggiati alla macchinina elettrica. Lo fermeranno al volo. Un ragazzo magrebino che corre in aeroporto faceva squillare tutti gli allarmi anche prima dell'11 settembre.

Attiro la sua attenzione agitando la mano e gli faccio di no con la testa. Poi indico, benevolente, la direzione opposta. La strada è libera, ha buone possibilità di confondersi con il resto della folla. Non capisce e accenna a muoversi verso di me, in una traiettoria che gli farà incocciare di sicuro i due vigilantes in avvicinamento, sempre più eccitati per il casino.

Faccio di no con maggior evidenza, imito Marcel Marceau nel gesto dell'uomo che ferma il treno: mi veniva bene all'oratorio. Il ragazzo continua a camminare verso di me. Che palle.

Gli vado incontro, lo prendo sottobraccio e gli parlo nell'orecchio in francese.

«È tuo padre, quello?» dico indicando l'adulto che sul pavimento cerca di cavarsi gli occhi.

Scuote la testa.

«Fratello, zio, amico di famiglia?»

Scuote la testa.

«Ti pagava, in un modo o nell'altro?»

Non scuote la testa.

«Allora meglio se ti dai una mossa. Dietro di te c'è la scala che porta al trenino per la città. Confonditi nel casino e cercati un lavoro onesto.»

Scuote la testa

«Guarda che stanno arrivando.» Con il mento indico le guardie. «Quelli in nero, i cattivi.»

Apre la bocca. «Aiuto, per favore» dice in italiano.

Colpo basso. «Te lo sto dando. Muoviti, ciao.»

Sfilo il braccio da sotto il suo, ma il ragazzo mi afferra il polso. Non riesco a tirarlo via. Il sudore della sua mano mi attraversa gli abiti e mi brucia la pelle. «Ma cos'hai in testa? Dai, sparisci.»

«Aiuto…»

«… per favore. Che conversazione brillante.»

Mi fissa. Lo fisso.

«Ti accompagno un pezzo. Va bene?»

Non ho il tempo di aspettare che non scuota la testa. Ruoto il collo per farmi vedere meglio da tutti. «Che bello rivederti, cugino!» urlo. Gli metto un braccio alla vita e lo tiro verso la direzione giusta. Il suo accompagnatore, intanto, sta subendo il trattamento sacco di patate: un, due, tre, solleviamolo tutti assieme.

Il ragazzo si lascia trascinare, gli sento ossa spigolose sotto la giacca. Scelgo il percorso più trafficato, scivoliamo lungo i corridoi. Continuo a blaterare, il ragazzo annuisce sulla fiducia. L'imprevisto è il classico poliziotto in borghese che non si fa i cavoli suoi. Questo è largo tanto quanto è alto, ed è parecchio alto, almeno uno e novanta. Mi afferra il braccio libero con la sua manona, ma non stringe.

Mi svincolo con uno strattone. «Desidera?»

«Mi favorisca i documenti.» Lo dice poco convinto, con una strana espressione. La voce si è come spezzata a metà della frase. Lo esamino. Ha circa dieci anni meno di me e una faccia da giovane uomo sano.

Estraggo il portafoglio. Il gigante rigira la mia patente come se sapesse leggere. Impallidisce visibilmente.

«Minchia.»

«Non cominciamo con gli insulti.»

«Non dicevo a lei… E il ragazzo non ha i documenti?»

Addirittura ansima, sofferente. Strano. Di solito, quando mi placcano, gli sbirri fanno un *Aha!* pieno di voglia. Lui, invece, si comporta come se mi avesse riconosciuto e non volesse farsene accorgere. Sempre più strano, anche perché io non me lo ricordo per niente. Che mi abbia visto in una scheda segnaletica? Macché, è qualcosa di diverso. Deve avermi incontrato, ma dove?

Lo studio nei dettagli, mentre il mio mezzo cervello fa roteare le facce di chi ho conosciuto. Memoria eidetica la chiamano, l'unica cosa buona a essere un pazzo da manuale. Le schede roteano, poliziotti, culturisti. Il tipo non assomiglia a nessuno. Deve essere passato più tempo, deve essere cambiato. Stringo gli occhi, dalle pupille mi parte un raggio laser che misura centimetri, forma delle orecchie, distanza del capello, *zin zin zin*.

Lo scannerizzo, lo atomizzo, non serve a niente.

«Allora?»

Ha l'accento siciliano, giusto. Poi è alto, e l'altezza dovrebbe essere rimasta. Anche se si è fatto più grosso e questurino. Una faccia rotea e si ingrandisce sullo sfondo. Un ragazzo magro come una pertica, con voglia di fare e spaccare tutto. Non ci posso credere eppure…

«Gipi!» urlo.

Barcolla. «Mmm, già.»

Incredibile, è proprio lui. L'ultima volta che l'ho incontrato era a un'assemblea del centro sociale Auro di Palermo, tredici anni fa, un militante del collettivo studentesco. «Ti sei preso l'ormone della crescita?» Peserà cinquanta chili in più, adesso, tutti muscoli.

«Ma cosa dici… vado in palestra…»

Mi giro verso il ragazzo, parlandogli come se capisse «Ma tu guarda. Dovevi vederlo, una volta. Era il più tosto del collettivo. Riusciva a farsi venti canne e poi lanciare una molotov con la precisione di un cecchino.»

Il ragazzo annuisce come sempre, Gipi suda. «Amunì, Sandrone, che cazzo dici. Sono in servizio.»

Mi copro la bocca con la mano. «Oh, scusa, non me n'ero accorto. Ma non eri anarchico? Né Dio né Stato, né servi eccetera?»

«Sandrone, sono di Palermo. Diventare poliziotto per me è stato fare politica.»

13

«Ma certo, come no?»

«Dalle mie parti i poliziotti li facevano fuori. Uno al giorno. Se non ti metti in prima linea sono solo parole.» Batte le mani, con aria desolata. «Ma a te devo spiegare 'ste cose?»

«No, infatti. Che mi devi spiegare?» Al ragazzo. «Aveva anche un sacco di foruncoli. Forse gli hanno fatto la plastica. Con i soldi si paga tutto.»

«Ma quali soldi, ma lo sai quanto pagano un agente di polizia?»

«Non andate a provvigioni? Tipo tanti arresti, tanti quattrini?»

«Ma che minchia…»

«Allora, visto che non ci guadagni niente, ti scoccia lasciarci passare? Prima o poi i tuoi colleghi potrebbero svegliarsi dal letargo. A proposito, come ci hai incrociato?»

È disperato. Lo sarei anch'io al posto suo. «Ho visto le tue mosse con la telecamera. Ero di guardia ai monitor.» Abbassa la voce. «Controlliamo che non rubino le valigie.»

«Un incarico di responsabilità. Possiamo andare?»

«Che ci vuoi fare con quel ragazzo?»

«Lo vendo al mercato nero.»

«Ma sempre a babbiare stai?»

«Il senso dell'umorismo ve lo cavano con la divisa? Va bene, gli do un passaggio. Hai qualcosa in contrario, *compagno*?»

«Non è regolare.»

«Ma guarda.»

«Passo dei guai.»

«Devi metterti in prima linea, se no sono parole.»

«Ma che stronzo che sei! Non sei cambiato un cazzo! Sempre a fare la predica agli altri. Ma hai visto che è successo in sala bagagli? Il morto c'è scappato.»

«Non siamo stati noi. E che ti serve mandare questo ragazzino al Beccaria? Non è un bel posto.»

Si affloscia. «Sai dove portarlo o me lo ritrovo qui fuori a elemosinare?»

«Ovviamente lo ritrovi qui fuori.»

«Datti una mossa, che davvero stanno arrivando i colleghi.»
La sua radiolona fa *pirulù pirulì*. La prende, facendola sparire
tra la guancia e l'orecchio dove c'è un sacco di spazio. «Arrive-
derci.»

«Quando ti sperti, magari.»

Trascino il ragazzo giù per le scale, verso il parcheggio sotter-
raneo del Terminal 2. Intanto, ho modo di osservarlo. La paura
non gli è passata, ma il suo pilota automatico sta ricominciando
a funzionare. Non si fida più di me. Il mio braccio affettuoso è
un pericoloso serpente, dalle oscure intenzioni. Deve liberarsi,
allontanarsi il più in fretta possibile.

Al suo posto farei lo stesso, per cui quando finge di scivolare
non tolgo la mano, anzi stringo un pochettino, e quando cerca
di saltare in un corridoio laterale gli faccio lo sgambetto. Poi lo
sbatto sul sedile posteriore della mia miseranda Ford Escort e
guido verso Milano, deviando in una provinciale qualche metro prima del cartello blu. Mi fermo in una stradina tranquilla
vicina a un vecchio gasometro, dove i fortunati vengono a po-
miciare e i meno fortunati a spiare quelli che pomiciano. Ai
vecchi tempi, ai tempi delle agenzie, il più sfortunato di tutti
ero io: dovevo spiare quelli che spiavano.

Al bordo della carreggiata spighe di grano selvatico e riviste
porno usaticce. Le calpesto mentre faccio il giro per aprire dietro.
Da dentro non si può, uno dei trucchi geniali del mio Socio.
Avessi lasciato fare a lui, avrebbe trasformato la vecchia Cecca in
una specie di taxi antisommossa, con rete tra i sedili e clorofor-
mio nascosto. Gli ho lasciato manomettere solo le serrature, poi
ho posto il veto. Adesso sta cercando di alterare una bicicletta.

Quando spalanco la portiera, il ragazzo è rannicchiato sul sedile, le dita ancora avvinghiate alla maniglia. Ha provato a saltare in corsa, il furbacchione. Agita i mocassini verso la mia faccia. «Lasciami stare!» Poi aggiunge, tra l'arabo e il francese,
qualcosa sulle mie preferenze sessuali rispetto a prepuberi non
collaboranti.

«E che fine ha fatto *Aiuto per favore*?»

Lascio aperta la portiera e torno a sedermi al volante. Il ragazzo striscia, appoggia un piede a terra e si ferma, muovendo la testa a scatti tutt'intorno in cerca del trucco.

Proseguo in francese. «Non ci sono problemi, vai dove ti pare. Tempo un paio d'ore e incrocerai qualche pulé lungo la strada. Tempo un paio di settimane e ti avranno impacchettato, caricato su qualche aereo e spedito a casa. Va bene per te?»

«No! Non ci posso tornare a casa!»

«I tuoi non sono in pensiero?»

«Mio padre mi ammazza!»

«Allora meglio di no.»

«Ma il tuo fidanzato non lo voglio diventare. Piuttosto dormo nei campi e mangio l'erba.»

«Non sei il primo a dirmelo.» Gli strizzo l'occhio nello specchietto, ma è una pessima idea. Fa un'altra mossa verso la strada. «Buono lì. Di dove sei?»

«Algeria.»

«Come ti chiami?»

«Youssef Yousufi.»

«Riprovaci, quello è il tuo ministro degli Esteri. Bel tipo.» La memoria eidetica è un vantaggio sleale per questi giochi di società.

«Rabah Madjer.»

«Quello, invece, è l'allenatore della tua nazionale di calcio. Anzi, lo era prima che lo licenziassero. Non siete neanche riusciti a classificarvi ai Mondiali, razza di scarponi.»

Ci pensa. «Ragiul?»

«Ragiul va bene.» Vuol dire uomo, meglio che niente. E poi, penso se lo sia meritato, nonostante l'età deve averne passate abbastanza per essere maggiorenne ad honorem. «Se non vuoi davvero dormire nei campi, possiamo andare da una mia amica.»

«Tu come ti chiami?»

«Sandrone.»

«E cosa vuoi, tu, in cambio?»

«Liberarmi di te preoccupandomi il meno possibile. Ci arrivi?»

«Il culo non te lo do.»

«Che ho fatto di male, mamma?»

Ponza un intero minuto. Poi smolla la postura e riporta i piedi nell'auto. Ci manca che dica: avanti, chauffeur.

Tossicchio. «Aspetta a metterti comodo. Hai qualcosa con te che vorrei che tu lasciassi in questo campo. Se non ti porto pulito dalla mia amica, è lei che userà il mio sedere per spazzare il pavimento. Ci siamo capiti, vero?»

Abbassa gli occhi.

«Bene.» Nel cruscotto il mio Socio lascia sempre il completo per il trucco. Prendo un pacchetto di kleenex umidificati e glieli tiro. «Puoi arrangiarti dietro il gasometro. Controllo io che non arrivi nessuno.»

Preferisce farmi assistere alla diretta. Appoggiato al cofano, Ragiul si infila due dita in gola e vomita un litro di simil-polenta. Poi si china, fruga e si rialza con una manciata di palline avvolte in un fazzoletto. Evito di toccarle quando me le porge, per sicurezza evito anche di annusare, e ne apro una con il coltellino da boy-scout. Grattando la paraffina porto alla luce una polpettina di stagnola e carta velina. Dentro c'è una discreta quantità di eroina grezza dal valore di parecchi dobloni.

Lo stomaco è un buon posto per imboscare roba vietata, ma ha lo spiacevole difetto di essere attaccato al resto del corpo. Se una pallina di rebonza si apre vai al Creatore prima che il medico dell'ambulanza spezzi il sigillo del Narcan. Ogni tanto capita, ma non molto spesso a giudicare da quanti usano il sistema. L'accompagnatore di Ragiul aveva estratto l'asso di picche.

Chiedo al ragazzo di spargere contenitori e contenuto nel fossato. Obbedisce, ma si vede che non gradisce l'operazione. Sa il valore dell'eroina, e sa che con quella potrebbe pagarsi un sacco di comodità in Italia. Butta via comunque tutto, alterando probabilmente l'ecosistema della zona. In un lampo vedo girini mutanti tossicodipendenti e bisce d'acqua assatanate.

Quando Ragiul finisce l'operazione gli passo la bottiglia di whisky perché si sciacqui la bocca da ovuli e segatura. Dovrebbe sputare, ma manda giù tre sorsi prima che riesca a fermarlo. Poi rutta e sorride per la prima volta.

Ha i denti di un vecchio.

2

Silvia è in piedi sul marciapiede e guarda dentro il mio finestrino. Indossa uno dei suoi classici completi da lavoro e da tempo libero: jeans, camicia e scarpe da ginnastica. Bella donna, penso, ma decisamente non il mio tipo con quell'espressione e quella luce omicida negli occhi.

Alza la destra ad artiglio. «L'hai rifatto.»

«Non posso negarlo. Ma giuro, non è colpa mia. Sali o mi sputi in faccia a distanza?»

Sale e sbatte la portiera. Sbadabang. «Chi è?»

«Ragiul.»

«Non irritarmi ancora di più. Chi è Ragiul?»

«Mmm. Niente, un ragazzo algerino.»

«E che ci fa sulla tua macchina?»

«Era il paravento per un *cavallo*. Il *cavallo* è morto in aeroporto per overdose, lui è rimasto da solo e mi si è attaccato.»

«E tu vuoi sbolognarmelo.»

«Ben arguito.»

Silvia picchia il pugno contro il cruscotto e comincia la tiritera. «Ma ti pare una cosa da fare? Ci sono delle leggi, cazzo. Sai che potresti essere accusato di sequestro di minore? Ecc.»

«Guarda che io l'avrei lasciato lì volentieri.»

«Sì, come no. Fosse il primo che mi ammolli...» Scruta Ragiul, poi gli afferra la testa per guardarlo nelle pupille. «Che cos'ha? L'hai drogato? »

«Si è fatto un cicchetto.»

«Ma sei scemo? Dai da bere a un bambino?»

«Almeno se ne è stato tranquillo. Che si fa, allora? Lo deposito in un cassonetto?»

È l'attimo topico del silenzio. Come nei cartoni animati giapponesi ci congeliamo nelle rispettive posizioni mentre la telecamera ruota attorno ai due contendenti. Lei, l'assistente sociale dalla spada fiammeggiante, io il perfido cialtrone dai poteri ninja. Purtroppo per Silvia è lei in svantaggio, visto che non ha scelto a caso il mestiere di assistente sociale. Le piace, crede che si possano aiutare gli altri esseri umani. Adora spronare genitori che rischiano di farsi togliere i figli, raccattare tossici dal marciapiede, aiutare mogli massacrate dai mariti. Quando non timbra il cartellino per il Comune, fa la volontaria per la Beata Opera Scappati di Casa o al Rifugio delle Donne Abbrutite, presiede gruppi di ciccioni anonimi, coordina telefoni amici e siti Internet. Una così, i bambini non li lascia per strada.

China la testa impercettibilmente: ho vinto la sfida del samurai. «Per stasera troverò qualcosa di provvisorio. Poi si tratterà di vedere per un affido legale… che casino… Metti in moto che faccio qualche telefonata.»

Guido a cavolo, mentre Silvia sente un po' di pretonzoli e suore in giro per Milano. Alla fine è passibilmente soddisfatta. «Andiamo da Padre Molina.»

«Ahi.»

«Giusto. Ti conviene non farti vedere da lui.»

«Starò nascosto nel bagagliaio.»

Padre Molina sembra l'oste di un dopolavoro ferroviario, ma è uno dei pochi che combina davvero qualcosa con i minori, dentro e fuori il carcere minorile del Beccaria. Magrolino e di bassa statura, quando si intosta non lo smuove di un millimetro neanche il papa. Digrigna i denti, tiene la testa china, manda a quel paese burocrati, poliziotti e superiori. Fa le feste con i writer, è nemico giurato del sindaco, e passa metà del tempo all'estero, con i meniños de rua, nelle favelas, a fare la marcia con gli indio messicani. Non l'ho mai visto con una tonaca, fuma il toscano, ci manca solo che tiri cazzotti per sembrare Lino Ventura in un film sulla mala marsigliese.

L'ho conosciuto quando esercitava a Torino, e già allora non mi amava. Qualche mese fa ha aperto una succursale a Milano e i nostri rapporti si sono decisamente incrinati. Colpa della settimana del volontariato Vip.

Non si chiamava proprio così, almeno non in pubblico, ed era l'idea dei PR comunali per raccattare fondi dal popolo bue. Attori e attrici, presentatori televisivi e cantanti erano invitati a fare una sera di volontariato alla mensa dei poveri, per convincere i propri fan a "mettere in azione il cuore". Centomila manifesti attacchinati in giro per la città, spot radiofonici e spazi sui quotidiani, adesivi con cuori che allargavano improbabili mani colme di panini e caciotte. Padre Molina aveva detto solo: *Grunt*, fuori dai piedi!, ma alla fine si era convinto, a patto che attorno alla sua mensa non circolassero cacciatori di autografi e altra gentaglia.

Mi aveva telefonato. «Te ne intendi di queste cose, no?»

«Quali cose?»

«Ammiratori, impasticcati, teste di ravanello varie.»

«Non posso negarlo.»

«Allora sei reclutato. Gratis. E se mangi, lasci l'offerta.»

«Gulp.»

L'iniziativa era stata un fallimento. I veri Vip avevano serate prenotate e pagate sino al Giorno del Giudizio: all'appello avevano risposto solo ex soubrette di rivista, cantanti della Grande guerra, televenditori di materassi e creme dimagranti. Tutti aggrappati all'ultimo filo di notorietà, tutti garruli, fatui, vanesì, rimbambiti o stupidi dalla nascita. Si mettevano in posa con il mestolo di minestrone, si lamentavano che il vapore faceva sciogliere il trucco, quattro foto e via dalla porta posteriore.

Padre Molina bolliva, io mi rompevo l'anima. Passavamo il

21

tempo sfidandoci al lancio del coltello, in attesa di ammiratori o semplici curiosi che non esistevano.

La terza sera avevo mandato il mio Socio a fare un turno, confidando ingenuamente che non sarebbe successo niente di male. Infatti, non sarebbe successo niente di male se non ci fosse andato il mio Socio: si era irritato con una ex velina e l'aveva ficcata a testa in giù nella pentola delle patate. La settimana Vip era terminata con qualche giorno d'anticipo.

Silvia dà un'altra occhiata a Ragiul. «A proposito di nascondere, lo hai... *ripulito*?»

«Ha vomitato. Ti conviene però fargliela fare un paio di volte sul vasino e controllare il prodotto. Il corpo umano è una miniera di nascondigli.»

«Lascio l'incombenza a Padre Molina, se non ti dispiace. È roba da maschietti.»

Saluto Ragiul fuori da una delle case d'accoglienza di Padre Molina. Come d'accordo, evito di farmi vedere, ma sento comunque la voce dell'unto del Signore che accosta il mio nome ad aggettivi poco generosi. Ragiul mi fa ciao con la mano, poi do un passaggio a Silvia verso casa. Prima di scendere, si prende la sua rivincita. «Che ci facevi in aeroporto?»

«Per un lavoro, cose così.»

«Non dire balle. Ci sei tornato per aspettare Valentina.»

«Già che c'ero.»

«Quanto ti sei fermato, stavolta? Una settimana?»

Stringo il volante fino a farmi le nocche bianche. «Oggi scadeva il suo biglietto. Se non tornava oggi, non tornava più. Per la cronaca, non è tornata.»

«Lo sai che si è licenziata, vero?»

«Mmm.»

«E che ha disdetto l'affitto.»

«E con questo?»

«Visto che non ha avuto neanche il buon gusto di avvisarti direi che è una stronza.»

«È fatta a modo suo.»

Silvia si accende una delle sue rare sigarette. «Una che va in vacanza mentre il suo fidanzato è in ospedale è una stronza totale.»

«Mi avevano tolto la prognosi.»

«E due proiettili.»

«Secondo me ti concentri su particolari secondari.»

«E qual è il particolare principale?»

«Ci devo pensare.»

Cerca di usare il portacicche, ma il mio Socio lo tiene talmente pulito che cambia idea. Scrolla la sigaretta fuori dal finestrino. «Non è tornata quando doveva. Non ti telefona da due mesi. Perché cazzo continui ad aspettarla?»

«Mai sentito parlare di amore carnale?»

«Tu? Ah!»

La spingo gentilmente fuori dalla portiera.

Guido in giro finché viene scuro, poi prendo una piadina vegetariana al baracchino vicino a San Siro. Offro da bere a un gruppetto di paramedici che mangia la pizza sull'ambulanza aperta e chiacchiero dei Mondiali che verranno.

Non ho voglia di tornare a casa. Finché aspetto, qualcosa può sempre succedere. Valentina non mi ha proprio lasciato, non ha deciso che fare l'avvocato è peggio che raddrizzare banane alle Figi. È sospesa a mezz'aria, in uno stato indefinito. Se rientro a casa, lo stato indefinito collasserà in qualcosa di estremamente reale e io sarò costretto a sentirmi triste.

Comincerà dal rimbombo delle chiavi sul tavolo che mi sembrerà molto più forte del normale. Sarà come il suono dell'inferriata che chiude la cella d'isolamento o un colpo di tosse nel campanile di Quasimodo. E sarà un suono che mi porterò in testa mentre guarderò la televisione o cercherò di non bere troppo. Poi spenderò un po' di soldi in intercontinentali per controllare se al vecchio albergo di Vale putacaso qualcuno non abbia lasciato un messaggio per me, e cercherò di non accorgermi che il portiere mi tratta da scemo.

Quindi finisco con calma il mio panino e la Corona, poi scrivo sul taccuino le quattro fregnacce necessarie al mio Socio per capire come ho trascorso la giornata. Usiamo frasi abbreviate tipo: Tel Mam, rich. Oppure: Lav finit, Tizio cacciat sold. Siamo più estesi solo quando dobbiamo descrivere persone nuove.

Usiamo il sistema degli identikit. Abbiamo catalogato un centinaio di tratti somatici, e trasformiamo le facce in una fila di numeri. Molto macchinoso, lo ammetto, ma se hai una personalità schizoide, che dorme quando tu sei sveglio e viceversa, devi passarti le informazioni in un modo o nell'altro. Finisco, metto il foglietto in tasca, poi mi addormento seduto su un panettone di cemento decorato a pinguino.

Il mio Socio si sveglia prima che la testa batta sull'asfalto. Si stira, prende possesso di tutti i muscoli e muscoletti del nostro comune corpo, esamina se ci sono cattivi in giro, poi legge quello che gli ho lasciato scritto. Si deprime talmente che non va a cercare nessuno da prendere a botte.

Per una settimana non lavoro. Sto in casa ad ascoltare musica dalla radio di quartiere, oppure a guardare le pay-tv con una scheda pirata. La casa è diventata abbastanza un cesso visto che il mio Socio non fa la sua parte quando è di cattivo umore. Lui è deputato a pulire, io a sporcare. Anche volendo, non sono in grado di sostituirlo: sono schizo da quanto avevo sei anni e se a fare la bella lavanderina non lo impari da giovane, da grande fatichi. Smetto di provarci con la Vaporella dopo che ho trasformato l'unico tappeto in uno straccio infeltrito.

A una settimana esatta dal mancato arrivo di Vale rispondo al telefono e accetto un lavoro di bassa lega. Sorveglianza notturna a Villa Imperiale durante la mostra "Artisti Istintivi del nuovo Millennio". Grande selezione: un quadro pittato con la cacca secca, un crocifisso immerso in una vasca di piscia, una mucca squartata per il lungo e ricoperta di plastica, il video di un uomo che ingroppa un dobermann. Unico momento di svago durante il servizio: un tossico che scavalca il perimetro per farsi una pera e finisce in bocca ai cani lupo dei metronotte.

Lo inseguo saltando il cancello, strappandomi l'impermeabile sulle punte. Riesco a prendere l'idiota prima che i cani se lo digeriscano, e sono indeciso se consegnarlo all'ambulanza o esporlo alla mostra avvolto nel domopak.

Altra settimana di pausa. Ancora televisione via satellite, soprattutto porno e cartoni animati giapponesi, telenovelas arabe e tailandesi. Stacco il cellulare e metto la segreteria a filtrare l'universo mondo, *senza* messaggio di benvenuto. C'è solo suono bianco poi un *pip* non molto incoraggiante. Un mio cliente affezionato passa il filtro. L'ho lasciato che gestiva il night club Cane Verde, adesso si è buttato nella moda in franchising, aprendo una piccola catena di negozi vintage.

Cerco di farmi spiegare che cavolo sia il vintage, ne ricavo che sono i vestiti dei tuoi genitori, che una volta ti vergognavi a portare e che adesso puoi rivendere a caro prezzo. Sorveglio una sfilata ai Magazzini Generali, discoteca costruita come il bar di *Blade Runner* dove Deckard si ubriaca.

Non so se abbiamo cambiato il mondo, noi furbini dei movimenti giovanili, ma abbiamo dato begli spunti agli architetti. Anche agli stilisti. Sembra tutto post qualcosa. Post movimento, post rivoluzione, post post. Le modelle camminano lungo una pedana fluorescente vestite da rave, anche se il pubblico sembra tutto tranne che alternativo. Età media cinquanta, si spellano le mani per applaudire gonne di cravatte cucite insieme, camicette con perline e frange alla Calamity Jane, pantaloni a zampa d'elefante, bandana, giacchette tisiche, trucchi violetti e neri.

Mi agito un po' giusto per non far entrare tutti assieme quelli senza invito, rimedio una gomitata e un calcio.

Dopo la sfilata, tutti al beach party in onore del sarto. Beach party senza spiaggia, anche questo molto post post. Il sarto possiede un loft in un'ex conceria, una delle nuove isole per benestanti costruite dove una volta c'erano aree dismesse e immigrati che dormivano nelle macerie.

Il beach party è sul tetto, con una piscina di gomma riempita con la canna e due modelle in bikini che si dimenano cercando di non diventare blu dal freddo. È giugno, ma un giugno di vento e madonne. Gli ospiti sono invitati a vestirsi come in spiaggia, a tirarsi palloncini pieni d'acqua e schizzarsi con le pistole pneumatiche, anche se i più preferirebbero tenere come minimo il golfino. Sono clienti di lusso, giornalisti di moda, videocreativi, altri stilisti, modelli e modelle, un musicista giapponese che rimixa colonne sonore di film sexy anni Sessanta. Io.

Il padrone di casa fa il dj alla console, uno splendido cinquantenne abbronzato, con il cappellino da baseball girato all'indietro, pantaloncini corti e la maglietta dei Los Angeles Lakers. Si balla Moby ed Eminem, io guardo oltre i tetti e vedo la gente normale che cammina per strada, inconsapevole di quanto la crème de la crème si possa divertire.

Finiamo alle cinque del mattino, riaccompagno a casa le due dimenanti della piscina. Sono inglesi, abitano in un residence vicino ai Navigli, frequentato per lo più da ragazze e ragazzi che fanno il loro stesso mestiere. Non è poi così divertente e ben pagato. Con quello che avanzano dall'affitto e dal poco mangiare, ci sta giusto la tessera telefonica per chiamare il fidanzato rimasto a Londra o Paris Texas. La mattina formano lunghe file: tutti biondi, magri, intorno ai vent'anni. Entrano ed escono alle stesse ore dai teatri di posa, dai Superstudio e dalle agenzie. Poi il pomeriggio si stendono al parco Sempione a prendere il sole o giocare a frisbee. Forse qualcuno di loro sfonderà.

Due settimane di riposo, questa volta. Più radio che televisione, qualche telefonata di amici e nemici cui rispondo solo quando minacciano di mandare un'ambulanza. Tra le tante, una di Silvia mi rassicura sulla sorte di Ragiul.

«*Abbiamo trovato una soluzione discutibile...*» dice la segreteria telefonica.

Tiro su. «Quanto discutibile?»

«Eh eh. Ci siamo sbagliati sul nome e sulla nazionalità. Il ragazzo è figlio di un muratore egiziano che, poveretto, è morto il mese scorso volando da un'impalcatura. Lavorava a cottimo e senza cinture di sicurezza, ma aveva un regolare permesso di soggiorno. Puoi continuare a chiamare il ragazzo Ragiul, però. Abbiamo deciso che è il suo soprannome.»

«Mi piace la tua elasticità morale. E come fai con robe come il certificato di nascita, i documenti ecc.?»

«Elasticità morale un ciuffolo. I documenti glieli hanno fregati. Il certificato di nascita è una brutta storia di burocrazia incasinata. Il padre defunto pensava di doverlo registrare in Egitto...»

«In comune hanno tutti scritto Giocondo in fronte?»

«No, ma neanche Lega Nord. Già che ci sei, potresti passare a salutarlo. A lui piacerebbe rivederti, sai, brutto orso che non sei altro.»

«Verrò alla sua festa di laurea. Salutami il prelato.»

Il mio Socio chiede di cambiare i turni per seguire le partite dei Mondiali. Non gli piace il calcio, come non gli piace nulla cui debba assistere da spettatore, ma scommette al totonero. Ha studiato un sistema sicuro, costruendo un database enorme che comprende informazioni sulle squadre, compresi bioritmi e potere economico degli sponsor. Io mi adatto a stare sveglio di notte e lasciargli il giorno quasi per intero, sperando che tra un incontro e l'altro con gli allibratori riprenda le buone abitudini di ordine.

Ho rinunciato ai piatti puliti, alle camicie stirate, al frigorifero con qualcosa dentro. La mia card pirata non funziona più e non ho voglia di cercarne una nuova. Ascolto la radio. Ne ho trovata una che fa buona musica d'atmosfera, e che ha il solo difetto di essere gestita da appassionati spocchiosi. Parlano con la voce nasale, ti riempiono di un sacco di informazioni inutili su vita e miracoli degli artisti, ma i loro interventi sono sporadici, quasi sommessi.

Si chiama Radio Buratti, per sentirla devo tenere l'antenna incollata al muro con il nastro adesivo. Vedo anche di muovermi il meno possibile, per non generare statiche.

I go to work in the mornin'
I come right home every night
When I leave the sink is empty
And when I come back home,
My baby got 'em stacked up out of sight

There's too many dirty dishes
Baby in the sink for just us two
Well you got me wonderin', got me wonderin' baby

Non c'è niente di meglio che deprimersi sul letto al buio, ascoltando la radio.

I cleaned your dirty dishes
How much more am I supposed to take?
When I left I had fruit loops for breakfast
Now there's a bone from a T-bone steak, y'all

And there's too many dirty dishes
Baby in the sink for just us two
Well you got me wonderin', you got me wonderin' baby
Who's makin' dirty dishes with you

Well you got me wonderin', you got me wonderin' baby
Who's makin' dirty dishes with you[1]

Il lavoro viene a trovarmi sotto forma di scocciatore alla porta. Apro avvolgendomi un asciugamano attorno ai lombi.

È un incaricato di un'agenzia per multiproprietà. Se vuoi una casa per le vacanze, ma non hai i soldi per comprartela da solo, l'agenzia te la multivende a fette di tempo. Una settimana tu, una settimana qualche altro poveraccio, e via così fino a quan-

[1] Tab Benoit, *Too Many Dirty Dishes*
Live: Swampland Jam" CD (Justice Records, 1997)
Io vado a lavorare di mattina / e torno dritto a casa la notte / Quando parto il lavandino è vuoto / e quando torno a casa la mia donna li tiene nascosti / Ci sono troppi piatti sporchi nel lavandino, baby / solo per noi due. / Questo mi spinge a chiederti, questo mi spinge a chiederti baby / chi sporca i piatti con te? Ho lavato i tuoi piatti sporchi /che altro devo sopportare? / Prima avevo ciambelline a colazione / Adesso l'osso di una bistecca, e tanti saluti.

do non si multiriempiono tutti i buchi. Nell'ordine dei secoli risparmi rispetto a un affitto, se non ti dà noia trovare gli avanzi di chi è passato prima.

L'immobiliare che mi contatta si chiama Tripolar, ed è specializzata nelle fasce basse di reddito. Contatta i più adatti a farsi multispennare in base a elenchi di acquisti fatti con le Fregami Card dei supermercati o ai tagliandi compilati per ricevere qualche servizio gratis in un mondo che non ne prevede. I polli selezionati, fortunelli, ricevono a casa l'attestato di vincita di una vacanza a Malta, isola dove si mangia all'inglese, si paga all'americana e si è trattati come albanesi appena scesi dal gommone. Però, appunto, gratis.

Ci cascano in molti. La consegna della vincita, prosegue l'attestato, avverrà nel corso di una splendida gita a Noli. Durante il viaggio e la serata l'organizzazione sarà lieta di proporre alcune multiofferte. Chi resiste ha diritto lo stesso alla vacanza.

«Davvero?»

L'omino della Tripolar è un ragioniere con occhiali d'oro e una testa pelata quasi quanto la mia. Trattiamo l'orrido commercio sul pianerottolo visto lo stato del mio appartamento. «È un obbligo di legge. Noi paghiamo il viaggio e la sistemazione in hotel. Cibo e bevande sono escluse e con quelle ci rifacciamo delle spese. Malta non costa un cazzo.»

«E se uno si porta i panini da casa?»

«Gli addebitiamo lo stesso i pasti. È scritto nel contratto.»

Sul suo volto silvano si leggono anni di sodomizzazioni di poveri cristi eseguite in surplace.

La raccolta del bestiame Tripolar avviene davanti alla Stazione Centrale, in un clima da festa di paese. Piccolo omaggio alle signore prima della partenza, sorrisi e pacche sulle spalle ai maschietti. Gli addetti alla monta sono hostess giovani e per lo più carine, con divise blu e rosse, e venditori trenta-quarantenni in completo grigio, con tic alle palpebre e sorrisi congelati.

Cominciano a martellare che i motori dei pullman non sono ancora accesi. Un venditore si attacca al microfono, fa la prima panoramica dei prodotti, racconta qualche barzelletta, si complimenta per gli abiti eleganti. Non improvvisa mai, anche quando sembra farlo. Non ascolta, anche quando risponde alle domande. Nella sua testa c'è spazio solo per il *clinking clanking sound*. È un cannibale professionista, formato da altri cannibali, i peggiori di tutti, quelli che riescono a vendere se stessi come maestri. Per diventare così corrono sui carboni ardenti e si tuffano appesi alle liane ripetendo "guadagnerò un miliardo, sono invincibile" e altri mantra da papponi.

Io mi svacco in fondo, come i ripetenti delle gite scolastiche. Sto allungato su due posti, la testa appoggiata al vetro del finestrino. Non guardo né fuori né dentro e stacco l'udito quasi subito.

Il viaggio dura il triplo di quello che dovrebbe vista la distanza. Ma non è un viaggio, è la prima fase del trattamento. Sono le sei di sera, tre ore ancora prima della cena. Il branco è fatto scendere di fronte all'Hotel Terra e Mare e indirizzato dalle ragazze verso la sala da pranzo.

È un momento difficile per i cannibali. Qualcuno può ribellarsi, chiedere di fare un giro sulla spiaggia. Una bestia più attenta delle altre potrebbe sentire l'odore del sangue e voler scappare dal macello. Occorre distrarla, far balenare altri regalini. C'è una pigna di agende blu e rosse all'ingresso dell'hotel. Prego prendete, c'è il vostro nome sopra. Poi, prego, passate da questa porta, non badate all'eco dei muggiti e al rumore di seghe elettriche. Le ragazze svolazzano colme di attenzioni, caramelle e fazzolettini.

Io rimango in coda. Il mio compito è vago, ma nella vaghezza preciso: impedire problemi, evitare che i venditori siano ostacolati da estranei o partecipanti molesti. Nel caso, allontanare gentilmente ma con fermezza.

Il ragioniere ha sostenuto che qualche volta capitava, ultimamente un po' troppo spesso. «E quando capita l'atmosfera può incrinarsi. Converrà con me che l'atmosfera è tutto, in una sales-conference.»

Fortunatamente per lui stavo già rientrando, altrimenti lo avrei spinto per le scale.

Nella sala da pranzo tutti i vetri sono oscurati da tendaggi blu e rossi. Un videowall trasmette scene della sala. I tavoli sono disposti in quadrato, le sedie solo da un lato. I cannibali prendono posto appuntandosi al petto i radiomicrofoni, il bestiame è diviso in gruppetti.

Poi si comincia.

Non ci sono più remore. Chi non si convince prima di risalire sul pullman è un cliente perso. Un cliente perso non porta percentuali o scatti di carriera. Un cliente perso non torna. Un cliente perso è una macchia sul tuo curriculum. I cannibali si danno il cambio ogni venti minuti, per essere freschi, avere la voce rombante e suadente. Camminano in mezzo agli armenti, li toccano, li abbracciano, carezzano capelli e gobbe. Spiegano quanto sia bella e persino DEMOCRATICA, l'invenzione della multiproprietà. Pensate a quanta gente non poteva permettersi, PRIMA, di comprarsi una casa per le vacanze, di avere un posto TUTTO SUO, per TUTTA LA VITA. Gridano, ridono, cantano, passandosi la parola dall'uno all'altro.

Il pubblico è travolto, schiacciato e spremuto. Nessuno può alzarsi. Chi ci prova, è rimesso a sedere con amichevoli spinte alle spalle dal cannibale più vicino. Intanto, le voci rimbombano, trapanano e consigliano. PER TUTTA LA VITA, PER I TUOI FIGLI, PER I TUOI NIPOTI. Quando l'atmosfera si affloscia, un disgraziato viene preso a caso, inquadrato dalla telecamera e sbattuto sul videowall con la scritta pulsante HA FIRMATO. Accompagnatrici e venditori chiamano l'applauso, il disgraziato sbatte la bocca come un pesce.

Partono i filmati. Immagini del "National Geographic" e di film dei Vanzina. Lampeggiano l'isola di Marlon Brando e le Galapagos.

È una questione di probabilità e succede. Arriva una lunga carrellata sulle isole Figi. I miei pensieri frullano in automatico e mi alzo di scatto, dribblando un cannibale che mi striscia vicino.

Esco dalla sala, passando una porta con scritto VIETATO L'ACCESSO. È il camerino, un pezzo della hall separato dal resto da mura di polistirolo e compensato. Ci sono panche, cartelle di pelle e indumenti appesi. Un cannibale mi guarda con un occhio solo, continuando a gocciolarsi collirio nell'altro. Sibila. «Che cosa fa qui?»

«Sono in pausa sindacale.»

«Non può farlo. È un cattivo esempio per gli altri.»

«Prima o poi qualcuno dovrà andare al bagno.»

«Se non firma se la può fare anche addosso.» Alza gli occhi sopra la mia spalla. «Pronto.»

È entrato un collega. «Tieni d'occhio il venticinque, è quasi cotto.»

Si schiaffeggiano i palmi all'americana. L'uomo del collirio riaccende il radiomicrofono e si rituffa dentro. Quello in pausa comincia a sbottonarsi la giacca, gridando cambio, cambio cazzo! Arriva un'assistente con una camicia asciutta, mentre il tipo si striglia con l'asciugamano.

A torso nudo si accorge di me. «E lei cosa cazzo fa qui?»

«Controllo che nessuno faccia la pipì. Con permesso.»

Ladies e Gentlemen è al termine di una scala che porta nel seminterrato. Ai lavandini un sessantenne si liscia i capelli lunghi e i baffoni grigi. Dal vestito sembra un emigrato di ritorno dalla Germania, leggermente decoto, abbronzato e rugoso. Non l'ho visto scendere dai pullman, quindi è un cliente vero dell'hotel o un imboscato. Fruscii e soffiamenti di naso da una porta chiusa. Guardo dal buco. Tre cannibali pippano coca tirando le strisce sul coperchio del water. E i germi?

Infilo una scopa nella maniglia, poi li innaffio da sopra con la canna verde per i pavimenti. Non ho niente contro i vizi degli altri, se non vengono usati come armi improprie. Ci sono ululati di terrore e la maniglia comincia ad agitarsi. La scopa tiene. Esco, seguito dal tipo di prima che non ha fatto una piega.

«Non credo che sei un venditore» mi dice. «E vestito così non ci credo che hai abbastanza soldi da comprarti una villa. Neanche una multiproprietà del cazzo.»

«Ha parlato l'elegantone.» Dal bagno vengono colpi. «Riusciranno a sfondare?»

Il tipo scuote la testa. «La porta è robusta e loro sono delle mezzeseghe. Magari tra un po' vado a chiudere l'acqua.»

Mentre salgo le scale le mie vibrisse percepiscono che l'atmosfera nella sala è cambiata. Ancora la musichetta del *Tempo delle mele* in sottofondo, ma nessuna risata e nessun cannibale che mitraglia. Solo una voce, una sola, che grida: «Ci avete rotto i coglioni». Quando entro stanno già prendendosi a pugni.

4

Ma che bello spettacolo: la riscossa dei peones. Una grande forza primitiva supplisce alla mancanza di coordinamento. Verità urlate e sedie che volano, denti digrignati e schiaffoni. Mi becco quasi subito una forchetta sul sopracciglio, cade a parabola dall'alto. È una di quelle da mezzo chilo, d'argento brunito. Il sangue mi cola a filo nell'occhio sinistro. Tremo per qualche secondo, poi mi butto a separare il separabile.

Mi accorgo subito che le squadre in campo sono tre. I cannibali, furenti per i guadagni che se ne vanno a ramengo e intostati dalla cocaina. I polli, che cercano di scappare in tutte le direzioni o urlano il proprio dispiacere per la fine della scampagnata. Infine, quelli che hanno fatto scattare il casino: sono almeno una ventina, i rivoltosi, e si chiamano per nome. Uso la tecnica stadio. Urlo in faccia di stare buoni, se la persona non si congela torco un braccio o faccio lo sgambetto. Sono equidistante, lavoro su tutti e tre i fronti, ma con i cannibali vado per le spicce e tiro pugni sotto le costole.

Arrivano i nostri chiamati da un passante che da fuori sentiva ruggire. Quattro carabinieri che si fermano sulla porta con l'aria di chi non sta capendo bene.

Dopo la megarissa, divido la bottiglia di minerale con uno dei capi ribelli. Gli sbirri finiscono di prendere le generalità a tutti, noi aspettiamo appoggiati alle macerie del videowall. Mi faccio spiegare la movida.

«Non è stato difficile. Queste facce di merda lavorano a quartieri. Abbiamo finto di essere vicini di casa di quelli cui era arrivato il tagliando. Figurati che qualcuno di noi era nelle liste davvero.»

Lui è qui a vendicare il padre, acquirente l'anno scorso di una multicasa per i nipoti. La fregatura è arrivata al momento di prenotare le due settimane per le vacanze. Erano disponibili solo febbraio e metà ottobre. Il fondo del barile, la bassissima stagione. E non c'era verso di farsi ridare indietro i soldi. Tutto legale, una scritta in piccolo avvisava: settimane selezionabili secondo disponibilità. Un po' come quando vai in treno. Hai comprato il biglietto? Sì. C'è posto a sedere? No. Secondo disponibilità: stai in piedi che ti passa. Solo che qui il biglietto costa svariati quattrini e il viaggio dura TUTTA LA VITA, come l'ergastolo. La Tripolar lavora in subappalto. Le grandi immobiliari vendono quello che vale di più, la Tripolar piazza fregature incartandole in pacchetti similoro. Nessuna speranza di avere mai una settimana migliore. Così il mio nuovo amico si era messo a cercare altri polli spennati e aveva organizzato la riscossa.

Telecamere nelle mutande, microfoni negli occhiali, un po' di parenti per fare mucchio e coprirsi le spalle, i polli mannari si erano infiltrati tra le normali vittime per riprendere di nascosto le nefandezze dei venditori. C'era già una trasmissione pronta a comprarsi le cassette, un Grande Fratello versione gioco delle tre carte. Siori e siore, ecco a voi come le immobiliari turlupinano ingenui padri di famiglia. Orrore orrore.

Non fosse stato per un cannibale dall'occhio lungo ci sarebbero riusciti. Si era insospettito vedendo una vittima toccarsi continuamente tra le gambe. Poi dalla patta semiaperta era spuntato un oggetto cilindrico pieno di buchini. Un microfono grande come una banana, anno di fabbricazione 1980.

Gli batto sulla spalla. «Bel tentativo. Era meglio se aggiornavi l'hardware, però.»

«Come pensi che finisce?»

«Per un po' sospendono. Poi cambiano ragione sociale e ricominciano, più affamati di prima.»

«Eh già. Ma se andavamo in televisione…»

«Peggio. Gli imbroglioni in televisione aumentano solo il giro d'affari. Se li mettono in galera, poi, è finita: quando escono li fanno santi.»

Ci pensa. «Ti duole l'occhio?»

«A te il dente?»

Quello che mi duole è il mio onorario che vedo volare via. Ne ho la conferma quando il giorno dopo telefono ai pagatori della Tripolar. Io avrei dovuto impedire il casino, secondo loro, o almeno essere presente quando esplodeva la rissa. Tutti mi avevano visto alzarmi senza alcuna ragione. Li minaccio di vie legali, li sento ridere dall'altra parte.

Per consolarmi, mi do alla separazione dei calzini. Funziona così. Tu vai all'Onda Blu di quartiere, ficchi tutta la tua biancheria in una lavatrice da dieci chili, poi travasi la massa umida in un'asciugatrice. Mentre il tuo intimo gira lieve lieve nei getti di aria calda, puoi riflettere sulla tua condizione di single senza badante filippino o cercare di fare amicizia.

Inutile sperare in un rimorchio all'americana. Nelle lavanderie a gettone di Milano, il sesso femminile è sopra i cinquanta oppure a spasso grazie alla 180. Poi ci sono camerieri cinesi, che affollano la domenica mattina, padri di famiglia egiziani e marocchini, qualche barbone. Le donne giovani devono avere tutte la lavatrice di proprietà, oppure mandano i fidanzati. Quando la roba è asciutta – meglio controllare al tatto – ficchi tutto in un sacco della mondezza e vai a casa a mettere ordine.

Anche se hai tutto del medesimo colore, anche se compri tutto del medesimo merciaio novantenne, scoprirai che i calzini sono diversi come fiocchi di neve. A quel punto, devi spargerli in giro per la stanza e dare la caccia alle coppie, una sorta di Mah-jong casalingo. Eccomi qui, allora, ad arrotolare gambaletti e pedalini. In sottofondo, la radio è sintonizzata sulla solita emittente. Ogni tanto, rallento i movimenti per ascoltare meglio un pezzo particolarmente triste. Oh, questo mi stende.

You must remember this
A kiss is still a kiss
A sigh is just a sigh
The fundamental things apply
As time goes by
And when two lovers woo
They still say I love you
On that you can rely
No matter what the future brings
As time goes by…[2]

Suonano alla porta, per la miseria. Non basta non mettere il nome sul citofono e farsi odiare dal portinaio, qualcuno che riesce a raggiungerti c'è sempre. Non spero nemmeno che sia un mio amico: quelli prima di venire telefonano per controllare che ci sia da mangiare. Infatti è Gipi. Riempie tutta la porta, sembra un frigorifero americano.

Alzo un dito minaccioso. «Taci.»

«Che minchia…

«SSST.»

…and lovesongs
Never out of date
Hearts filled with passion
Jealousy and hate
Woman needs man
And man must have his mate[3]*…*

---

[2] Ricordati questo / un bacio è sempre un bacio / un sospiro è solo un sospiro/le cose fondamentali rimangono tali / mentre il tempo passa. / E quando due innamorati si corteggiano / continuando a dirsi che si amano su questo puoi contare / Non importa cosa porterà il futuro / mentre il tempo passa

[3] … e le canzoni d'amore / non vanno mai fuori moda / cuori pieni di passione / gelosia e odio / una donna che cerca un uomo / un uomo che vuole la sua compagna

«Mii, sei romantico. Che stai ascoltando? Ah, la canzone di *Casablanca*.»

«È Billie Holiday.»

«Roba freschissima. Posso entrare, almeno?»

«No. Taci e basta.»

Rimaniamo a fronteggiarci sulla porta.

A fight for love and glory
A case of do or die
Though I will always welcome lovers
As time goes by[4]

Moonlight and lovesongs
Never out of date
Hearts filled with passion
Jealousy and hate
Woman needs man
And man must have his mate
That no one can deny
It's still the same old story
A fight for love and glory
A case of do or die
Though I will always welcome lovers
As time goes by

Parte la pubblicità di uno yogurt light senza latte, zucchero e frutta.

Gipi si dondola sui piedi, sento scricchiolare il marmo del pianerottolo. «Posso accomodarmi, adesso?»

«Hai un mandato?»

«Ti devo parlare.»

---

[4] È una lotta per l'amore e la gloria / una questione di vita o di morte / ma io darò sempre il benvenuto agli amanti / mentre il tempo passa

39

«Ma io non devo parlare a te. Poliziotto.»

Alza le mani al cielo, e quasi lo tocca. «Sandrone, per favore.»

«I tuoi colleghi dove sono? Sotto con il cellulare?»

Sospira, poi avanza sempre con le mani alzate, spingendomi con il ventre. Posso scegliere se spostarmi o passare alle maniere forti. Non sono un imbecille. Mi siedo sul divano e spengo la radio. Gipi finisce di entrare e si chiude la porta dietro.

«E perché hai in giro tutta la biancheria?»

«Per mostrarla agli ospiti. Che vuoi?»

«La pace.»

Si toglie il panciotto e solo allora ne capisco la funzione, in una giornata dove ci sono trentacinque gradi dell'estate milanese esplosa all'improvviso. Appesi alla schiena, in fondine e ganci elastici, ha un assortimento di pistole, bastoni ninja, manette, bombolette di Mace. Comincia a sfilarsi i vari aggeggi appoggiandoli sul mobiletto dell'atrio.

«Cos'è? Lo spogliarello di Rambo?»

«Non posso praticare con le armi addosso.»

«Praticare cosa?»

Si fruga sotto la maglietta. Appeso al collo ha un cilindretto. Immagino sia una bomba a mano, invece risulta una piccola pergamena scritta in cinese antico.

È un Gohonzon, per la miseria «Ma guarda. Sei buddista. Sbirro e buddista.»

«Sì.» Stacca dal muro un portachiavi a forma di maiale e lo sostituisce con la sua pergamena. Poi sfila il cuscino dalla poltrona e lo appoggia sul pavimento. S'inginocchia davanti alla pergamena.

«Hai anche qualche malattia venerea?»

«So che il colloquio con te sarà difficile e faccio *daimoku* perché noi ci si capisca. Vuoi farmi compagnia?»

«Io? Sono contrario alle religioni dove non si sacrificano vergini.»

Gipi scuote le spalle e comincia a voce bassa, tenendo tra le mani una specie di rosario in plastica. «*Nam myoho renge kyo Nam myoho renge kyo Nam myoho renge kyo...*»

Penso di tirargli qualcosa in testa, ma la vecchia educazione politically correct si fa sentire. Considero la fede una sorta di handicap e non ce la si può prendere con i minorati. I buddisti, tra l'altro, mi stanno abbastanza simpatici, con tutte le loro correnti. Ci sono quelli che credono nel Dalai Lama e in Richard Gere, gli zen dalle parabole oscure. Poi ci sono quelli del Gohonzon come Gipi.

Sono gli unici che pregano in quel modo, un incrocio fra la trance e la supplica a san Gennaro. Praticare, la chiamano, e con la pratica davanti al Gohonzon sono convinti che si ottenga tutto, dall'aumento di stipendio al dimagramento della ciccia. Sarà per questo che in Italia mangiano in testa a tutte le altre sette più o meno New Age. Sono vagonate e manco sai che esistono, a meno che non becchi l'altarino di legno a casa di qualcuno. Non parlano con i giornali, non si fanno pubblicità, non cercano di convertirti; pregano mattina e sera, poi tornano a fare il loro lavoro. Prima o dopo prenderanno il potere e ci troveremo tutti a scolpire le Alpi con la faccia del loro santone giapponese. Oppure si scontreranno con i dianetici a colpi di raggio della morte.

Gipi pratica per una decina di minuti. Poi ringrazia gli spiriti superiori, riarrotola la pergamena, la riappende al collo e rimette a posto il portachiavi. Torna a sedersi sul cuscino, questa volta guardandomi in faccia.

«Sandrone, possiamo parlare come gli amici che eravamo, per favore?»

«Mai stati amici. Facevamo solo le stesse cose. E, per essere chiari, io le facevo meglio.»

«Solo per dieci minuti. Poi me ne vado e non ti scasso più.»

«Promesso?»

«La mano sul cuore.»

«Allora ti offro qualcosa da bere. Acqua, whisky?»

«Una birra, se c'è.»

«Acqua. Whisky.»

«Ah. Acqua.»

«È nel frigorifero, dietro di te. Ci ho messo l'Idrolitina, così frizza. Già che ti alzi, prendi anche il Four Roses e due bicchieri.»

Ci serviamo, e mentre lo guardo combatto la strisciante sensazione che Gipi sia una brava persona. Ai tempi lo era. Un bravo militante dei centri sociali convinto di quello che faceva. Un po' ingenuo, ma lo eravamo in tanti vista la fine che abbiamo fatto. I fortunati come me a tirare a campare, gli sfortunati a fare i creativi da qualche parte, o a spiegare nei salotti bene l'influenza dell'underground sulla pubblicità.

Gipi prende il bicchiere preoccupato per il colore non limpido del vetro. «Come fai a bere whisky alle undici del mattino?»

«Soffro di jet lag. E dunque?»

«Come sta il ragazzo?»

«Si chiama Ragiul.»

«Come sta Ragiul?»

«È fuori a mendicare. Se non mi porta a casa abbastanza soldi lo pesto e lo chiudo in cantina coi topi.»

«Spero che non sia vero, con tutti i guai che mi ha fatto passare.» Aspetta che domandi quali, aspetta invano. Prosegue. «Quando vi ho lasciato andare, all'aeroporto, qualcuno ci ha visto.»

«Chi?»

«Un grandissimo cornuto. Uno della Sea.»

Proietto il film all'indietro nella testa, vrrrrr. Zoomata laterale dietro la spalla di Gipi. C'è uno in tuta arancione che manovra un carrello. L'ho sbirciato solo per un attimo, poi il mio sguardo si era spostato sulla faccia preoccupata di Gipi. «Non ha visto molto.»

«Vero. Ma abbastanza. Ha parlato con i colleghi, ha scoperto che con il pusher morto era arrivato anche un ragazzo, e che il ragazzo non si trovava. Un picciotto che corrispondeva alla descrizione di quello che era con te.»

«Ha buona memoria.»

«Soprattutto mi vuole male, l'infame.»

«Ha fatto la spia?»

«Sì.»

«Gli hanno creduto?»

«Sì.»

Sospiro. «Come hai fatto a tenermi fuori?»

«Ho detto che stavo per controllare i documenti, ma che sono stato distratto dalla chiamata d'emergenza. Quindi non so chi sei e non so se il ragazzo era quello che stavamo cercando.»

«Roba da corte marziale.»

«Si sono limitati a farmi rapporto. Mi slittano le ferie.»

Alzo le spalle. «Non mi sembra grave. Come mi hai trovato, a proposito?» Non sono sulla guida proprio per evitare gli scocciatori e ho la residenza a casa di amici.

«Ho parlato con un collega che ti conosceva. Ti conoscono tutti, in questura.»

«Che bellezza.»

«Minchia, ci sono rimasto male quando ho scoperto che cosa fai per vivere. Ti credevo come minimo consigliere comunale.»

«Nessuno mi si comprava, caro. E poi, i posti migliori sono già occupati. Ci siamo detti tutto?»

Si agita sul cuscino senza accennare ad alzarsi. Gli guardo le gambe, sembrano quelle dell'Incredibile Hulk l'attimo prima di esplodere nei vestiti. Come si fa a diventare così grossi? «No. Devo parlarti di mio cugino.»

A suo onore, bisogna dire che la fa veloce, se non proprio breve. Il papà di Gipi ha un fratello, il fratello va in Lombardia a lavorare e si sposa una nordica. Nascono nove figli, tutti cugini di Gipi. Uno muore, sette li perdiamo di vista subito, Marco lo seguiamo attraverso le sue ingloriose attività criminali. Studente zuccone e scontroso, espulso da tutte le scuole del regno. In spregio alla famiglia, a quattordici anni si fa tatuare un ragno sulla fronte, poi scassina un'automobile e va a farsi un giro. Lo beccano e se la cava con una reprimenda, lo ribeccano e lo mandano al minorile. Quando esce non è migliorato nel comportamento, ma ha imparato a guidare meglio. Ruba le macchine per una banda che le smonta e manda i ricambi alle officine del giro. Lo prendono il giorno del suo diciottesimo compleanno e per regalo lo rinchiudono con i grandi.

Il resto della carriera di Tattù è sempre di basso cabotaggio, furti, ricettazione, truffa. Qualche santo degli sfigati deve proteggerlo perché non spara e non accoltella nessuno e gli altri fanno lo stesso con lui. Quando lo prendono l'ultima volta fa amicizia con il compagno di cella, uno zingaro sinti abruzzese, che è dentro per aver dissuaso un corteggiatore della moglie usando un martello da carpentiere. Il giudice, per solidarietà maschile, gli ha dato solo lesioni gravi invece che tentato omicidio. A parte la passionalità, il compagno di cella è un signore a modo, con un'onesta attività in proprio. Il giostraio.

«Ci sono ancora i giostrai?»

«Secondo te chi gestisce i luna park, adesso?»

«La lista Emma Bonino?»

Quando Marco, ormai conosciuto da tutti come Tattù, esce, va a lavorare con l'amico, ne sposa la figlia e la dura lex non deve più occuparsene. Il suocero muore, Tattù, eredita la conduzione dell'azienda di famiglia continuando a spostarsi tra le due piazze che il luna park ha sempre battuto: Barletta d'inverno e Angera d'estate.

Tattù e la sua signora sono felici e contenti. D'estate l'afflusso di turisti, soprattutto tedeschi, fa arrivare soldi a sufficienza perché maestranze e coniugi riescano a svernare. Però l'anno scorso scoppia la merda.

Mentre il padre crucco di un bambino crucco è in fila a comprare lo zucchero filato, al pargolo scappa la pipì. Un anziano signore cerca di aiutarlo a tirar fuori il cosino e viene quasi lapidato dalla folla. Se si tratti di un maniaco o di un innocuo nonnino non si riesce a saperlo. I tedeschi ripartono indignati senza molestare dieci bambini italiani, l'anziano signore sparisce nel nulla e probabilmente cambia luogo di vacanze. Il luna park non riesce più a scollarsi la nomea di luogo perverso e le famiglie cominciano a disertare. Tattù vede i suoi magri guadagni diventare sempre più magri, e alla fine della stagione deve farsi prestare i soldi per riportare le giostre a Barletta.

Secondo Gipi, a questo punto Tattù medita seriamente di tornare alle vecchie attività, poi mette via l'orgoglio e parte per un giro promozionale di Angera. Implorando convince l'associazione degli albergatori a inserire le sue giostre nelle offerte ai villeggianti. Tattù lavorerà sottocosto, regalerà gettoni a tutti, cospargerà di pece e piume le persone sospette. Gli albergatori accettano, ma a patto di non aver problemi con l'associazione Lago Decoroso.

«Mio dio, che cos'è l'associazione Lago Decoroso?»

Gipi scuote il crapone. «È una banda di pigliainculo che abita intorno al Lago Maggiore e scassa il cazzo perché ci sia più controllo, perché le femmine non tirino fuori le zinne quando prendono il sole, perché si mandino via gli ambulanti. Ce ne sono dappertutto di queste teste di minchia.»

Tattù allora va a leccare i piedi anche all'associazione dei beghini. Loro dicono no, poi nì e alla fine, impietositi dalle fotografie dei figli di Tattù che piangono per la fame e il freddo, accettano di "non opporsi" purché non ci sia il minimo rischio di nuove situazione spiacevoli. Tattù promette che avrà mille occhi, i beghini rispondono che non basta. Vogliono un sorvegliante esperto.

Gipi sorride. «Qui entro in ballo io. Tattù è convinto che io possa essere la persona adatta a fare da sorvegliante visto che sono un poliziotto. Da parte mia, non ho obiezioni. Tengo un sacco di vacanze arretrate, cambio aria, la mia zita non è mai stata sul lago. Quindi accetto.»

«Bravo ragazzo. Quando parti? »

«Qui sta il problema. Con quello che è successo vado in ferie alla fine di luglio. Tattù ha un buco di tre settimane da riempire. Mi serve un sostituto. Capisci?»

«Ah ah.»

«Mi devi qualcosa.»

«Il ragazzo ti deve qualcosa. Manda lui a fare il sorvegliante delle giostre. Puoi pagarlo in gettoni dell'autoscontro, perché io lavoro per i soldi.»

«Soldi non ce ne sono. Però avresti vitto e alloggio pagati.»

«Ad Angera?»

«Ci va un sacco di gente.»

«Vecchi bavosi, pedofili, ex galeotti. Da morire dal ridere.» Mi tiro in piedi, per sottolineare che il colloquio è finito. «Chiedilo a uno dei tuoi colleghi, ne avrai un sacco ansiosi di menare le mani.»

Scuote la testa. «Si fanno le ferie al Sud, la famiglia, i parenti...»

«Tutti?»

«Sandrone, non ho così tanti amici tra i colleghi. Non mi perdonano il mio passato manco per il cazzo. Sai come mi chiamano?: *lu cumunistu*.»

«Attento a non fare la fine di Serpico, mio eroe. Comunque no. Spiacente per tuo cugino. Tanto te ne avanzano altri sette.»

Finalmente si tira in piedi, scricchiolando i muscoli. «Sandrone. Tutto nel mondo segue la regola di causa ed effetto. Se ci siamo incontrati dopo tutti questi anni non è un caso, e se ho pensato a te per questo lavoro non è un caso.»

«Non discuto le credenze degli altri. Non implicano la razionalità.»

«E non onori i debiti.»

«Se anche facessi saltare per aria questo porco mondo sarei ancora a credito.»

«Ti lascio il mio numero?»

«Non ti disturbare. Vuoi farti un'altra pregata prima di incamminarti, fratello?»

No. Esce e basta, senza neanche sbattere. Appena in tempo. È quasi l'una, e tra mezz'ora comincia Corea-Italia. Il mio Socio si è giocato l'affitto su un tris di partite. L'ultima è quella di oggi. Mi addormento contando le pecore.

Il mio Socio si sveglia, guarda la Nazionale rotolare spompata sul campo di Daejeon e intanto raccoglie le calze spaiate. Al golden gol della Corea spegne il televisore e ascolta il palazzo gemere, i ragazzi bestemmiare dalla strada. Il nostro vicino, sopra, butta in cortile la zuppiera della minestra gridando: Fate schifo.

Il mio Socio accende il computer e va al suo database per le scommesse. La scritta del pronostico dice:

```
Prob vittoria entro i tempi regolamentari:
Corea 30%, Italia 70%
Prob vittoria entro i tempi supplementari:
Corea 35%, Italia 65%
Prob vittoria ai rigori: Corea 40%, Italia 60%.
```

Il mio Socio chiude il programma, poi prende la cartellina con tutto il suo database e la trascina sul cestino. Poi seleziona Vuota il cestino. Il mio Socio impara dai propri errori. Cerca sulla guida l'indirizzo della Tripolar.

5

La sede della Tripolar non è sulla guida. C'è un numero verde sui volantini. La terza operatrice che risponde è meno scafata delle precedenti, si fa convincere a rivelare un numero normale. Dal numero all'indirizzo è un passaggio veloce.

Il mio Socio si cambia ed esce. Fuori, la sborsia da batosta mondiale. Arbitri corrotti e Ct da cambiare. I banchetti sostituiscono le bandiere italiane con quelle del Senegal. Il mio Socio cammina, vedendo e non vedendo quello che lo circonda. Per capire come osserva il mondo, bisogna pensare a un vecchio film con Joe Pesci, *L'occhio privato*. Joe Pesci è un fotografo degli anni Trenta esperto in cadaveri e gangster. Pesci fotografa in bianco e nero e vede tutto in bianco e nero. Il colore non gli serve. Il mio Socio è così, elimina le informazioni superflue. L'uomo che boccheggia per il caldo, il ragazzino che si arrotola una canna all'ombra del ponte di Porta Genova vengono cancellati. Li nota solo se si avvicinano, se assumono atteggiamenti ostili.

Il numero della Tripolar corrisponde alla sede della Finalsold. La Finalsold è una finanziaria per poveracci come ce ne sono un sacco a Milano. Fanno prestiti immediati "anche a firma singola", infilano volantini sopra i tergicristalli, pubblicano annunci sulle pagine locali. Chiami il numero verde e vieni indirizzato alla sede più vicina dove aspetti che il funzionario esamini la tua dichiarazione dei redditi. Se non sei pluriprotestato, se non hai altri dieci prestiti in corso, ricevi il tuo assegno entro due giorni e cominci a rimborsare a rate mensili con un tasso d'interesse giusto un pelo sotto il limite legale. Quel tanto che basta. Fanno sconti speciali per giornalisti e sbirri, ma nello stanzone ci sono solo giocatori di cavalli e videopoker, disoccupati, donne con la faccia di chi si è già venduto tutto al Cash-Converter e non si preoccupa più di niente.

Potrebbe anche andare peggio, la Finalsold non è l'ultima spiaggia. Prima degli strozzini veri, i cravattai che ti bruciano la macchina e ti spaccano le ossa, ci sono le finanziarie che si fanno pagare. Tu versi una cifra variabile, loro promettono di cercarti una banca disposta a farti un prestito. Promettono di cercarla, non di trovarla. Intanto paghi.

Il mio Socio non aspetta il turno, apre la prima porta a caso. La stanza è piccola, gelata per l'aria condizionata, arredata Ikea con mobili bianchi componibili e scrivanie in finto mogano. Dietro la scrivania una funzionaria giovane, con gli occhialini rotondi e i capelli raccolti. Sguardo duro dietro le lenti, espressione tirata. Davanti a lei, una donna che piange silenziosa in un fazzoletto.

La ragazza punta l'indice. «Torni al suo posto.»

Il mio Socio spiega che cerca la Tripolar. La ragazza si stupisce. «Ma non sono qui.»

Il mio Socio insiste. Sa che ci deve essere almeno un funzionario. Azzarda che la proprietà è la stessa.

La ragazza annuisce. «Certo, ma non ricevono qui. I promotori fanno tutto a casa dei clienti. Adesso, per favore vada e lasci il suo nominativo alla segretaria. La faccio chiamare.»

Il mio Socio chiude la porta e apre quella a fianco. La scena è più o meno la stessa. Poi la segretaria comincia ad agitarsi e i clienti a rumoreggiare.

Il mio Socio si siede con gli altri. Dice ad alta voce che aspetta qualcuno della Tripolar. Lo ripete un sacco di volte ignorando gli inviti del personale a un atteggiamento più consono al luogo. Cedono quasi subito, arriva un funzionario tripolare. È l'uomo pelato che mi ha assunto. Il mio Socio lo riconosce dalla descrizione che gli ho fatto, il pelato scambia il mio Socio per me.

«Dazieri, non abbiamo niente da dirci.»

Il mio Socio non finge nemmeno la mia espressione. Chiede un colloquio privato.

Forse il pelato si sconcerta perché accetta di farlo entrare nel suo ufficio. La porta si apre nel breve corridoio che dà nel bagno. Non c'è scritto nulla sul battente, è un ufficetto ancora più angusto di quello della ragazza con la crocchia. La tapparella è abbassata, c'è odore di sigarette e muffa.

Il pelato si appoggia alla scrivania. «Noi non riceviamo mai qui, questo ufficio serve solo per la contabilità. Allora, che cosa vuole ancora? Lei non ha fatto il suo lavoro, noi non paghiamo. Possiamo anche andare per vie legali, se ritiene di dover agire in tal senso, ma le consiglio di lasciar perdere. Non abbiamo firmato un contratto. E, anche se fosse, lei non lo avrebbe onorato.»

Il mio Socio scuote la testa e dice che gli avvocati non sono necessari. Ma che sarebbe meglio venirsi incontro. Per evitare problemi.

Il pelato spalanca gli occhi. «Lei mi sta minacciando? A me?»

Il mio Socio finge un sorriso. Ma come si sono capiti male! Niente minacce. Ripasserà. Saluti.

La centralina Telecom che serve il palazzo della Finalsold è all'angolo della via. Tra un albero e una vecchia cassetta postale rossa. Fa caldo e non passa nessuno. Lavorando con le mani dietro la schiena, il mio Socio scassina la serratura e lascia lo sportello accostato. Torna dopo un'ora con una bottiglia di vetro piena di acido solforico. Libera vendita, ne tiene una damigiana in cantina. Il mio Socio passa e, senza fermarsi, spalanca lo sportello e sbatte la bottiglia contro i cavi. Sfrigolii. Mentre opera, gli suona il cellulare.

Risponde senza fermare il passo veloce. È Undead, uno del vecchio giro di Bologna, autonomia e centri sociali. Adesso lavora soprattutto con le reti informatiche, controinformazione via Internet, diffusione di software libero. Il mio Socio risponde con la mia voce, fa una battuta che potrebbe essere mia.

Undead ride. «Senti, non è che passi da Bologna, per caso?»

Il mio Socio risponde che proprio non può. Troppo incasinato. Perché?

Undead gli spiega che stanno organizzando un meeting hacker al centro sociale Teatro Multivalente. Dibattiti e presentazioni. «Abbiamo bisogno del tuo aiuto professionale.»

Il mio Socio sarebbe divertito, se si divertisse mai. I miei ex compagni non apprezzano particolarmente il lavoro che faccio, puzza troppo di questura. Chiede spiegazioni. Undead risponde che preferisce non discuterne per telefono.

Intanto, il mio Socio è tornato a casa. Mentre si lava le mani, il cellulare tra la spalla e l'orecchio, si accorda per ricevere un file di Undead sulla mia casella di posta elettronica sandrone@ecn.org, quella che uso per tenermi informato delle questioni movimentiste. Il file sarà criptato con PGP, qualcosa di molto difficile da aprire se non si è il destinatario. PGP era considerata un'arma da guerra, negli Stati Uniti, perché l'Fbi non ti può leggere la posta se lo usi. La privacy va bene, ma decidiamo noi quando. È un algoritmo matematico, il suo creatore ha rischiato la galera.

Intanto che aspetta il file, il mio Socio telefona con il cellulare al numero della Tripolar. Suona libero. Telefona al centralino della Finalsold, suona libero. Bene: qualcosa si è rotto.

Riceve il file. Lo apre con la mia "chiave elettronica". È una breve richiesta di Undead perché faccia un lavoro di *bonifica* ambientale al Teatro Multivalente prima dell'hackmeeting. Non avverrà nulla di illegale, durante, ma tra il pubblico un sacco di ragazzini parleranno a ruota libera di come bypassare sistemi di sicurezza o *forare* sistemi protetti. Undead vorrebbe essere sicuro che non ci siano microfoni della Polizia postale o della Digos a registrare. Hai visto mai?

Il mio Socio non è interessato ai miei amici, ma preferisce tenerseli buoni. Decide che è un lavoro perfetto per Pinocchio, un frugamerda di Torino che si tiene aggiornato sull'hi-tech.

Ex poliziotto, ex riscossore, Pinocchio fornisce informazioni riservate, organizza piccoli ricatti e fa da autista ai pàpponi di lusso. Il mio Socio fa due conti e decide che Pinocchio negli ultimi mesi ha maturato qualche debito. Lo chiama, e la conversazione non è bella da ascoltare. Sono due squali che mostrano i denti fingendo di sorridere, sono due professionisti del colpo gobbo che si prendono le misure abbracciandosi. Li incontrassi per strada, cambierei direzione.

Si accordano. Il mio Socio scrive un breve testo con il numero di Pinocchio e lo manda a Undead. In cambio chiede un supporto tecnico. Il supporto arriva in un quarto d'ora, con tanti baci dalla popolazione hacker. Il mio Socio stampa i ringraziamenti su un foglio perché io possa leggerli, copia su due dischetti diversi i file arrivati con l'ultima mail di Undead, poi cancella tutto dall'hard disk e ripassa a salutare l'omino della Tripolar.

Davanti alla centralina, gli operai dell'impresa Telecom bestemmiano districando un ammasso di plastica bruciata. L'omino pelato non si fa vedere, il mio Socio lascia i suoi saluti.

Torna alle due di notte. Durante le sue visite ha studiato come funzionano le porte dell'ufficio e il sistema d'allarme. Niente di particolare. Soldi liquidi non ne circolano, i documenti sono spediti ogni sera alla sede centrale di Roma. Bisogna tenere lontano soltanto tossici e balordi. Il mio Socio apre la porta sul cortile e quella dell'ufficio con un grimaldello che ha comprato via Internet. Si chiama Multikeys ed è pubblicizzato come perfetto per aprire tutte le serrature di cui si è persa la chiave. Funziona anche con le serrature degli altri. Il mio Socio mette fuori uso l'allarme con un estintore d'automobile, richiude la porta e si mette al lavoro, tenendo una piccola torcia tra i denti. Indossa guanti da chirurgo e sacchetti di plastica attorno alle scarpe. Misure minime per non lasciare tracce, che utilizza per abitudine. Nessuno cercherà impronte, domani.

Si siede davanti al computer che comanda la piccola rete locale, lo accende e inserisce il primo dischetto nel driver. Il programma cerca tutte le password di sistema. Non funzionerebbe con una protezione decente, ma in quell'ufficio scalcagnato non sanno neanche cosa sia. Intanto che il programma gira, il mio Socio si esercita ad annusare. Si considera un archeologo degli odori, distingue il sudore della disperazione da quello della paura, quello della fatica da quello della sofferenza. Le migliaia di persone che sono passate a vendersi il culo hanno intriso le pareti.

In cinque minuti il programma ha terminato il suo lavoro. Il mio Socio può accedere ai computer come fosse l'amministratore del sistema. Disattiva gli antivirus, poi carica il secondo dischetto. Contiene un virus informatico rognoso, di quelli che si attaccano alle e-mail e mandano in giro i contenuti dell'hard disk, che intasano la memoria, che riscrivono la Bios, qualsiasi cosa sia. È lo stato dell'arte, un virus di ultima generazione. Ha fatto sfracelli in Giappone, ed è prevista la sua diffusione in tutta la rete nel giro di una settimana. A quanto pare, la Tripolar ne avrà una piccola anteprima. Quando ha terminato, il mio Socio cancella le tracce della sua intrusione informatica, spegne il computer e fa un regalo speciale al pelato. Gli piscia sulla poltroncina.

La sera dopo il mio Socio va a pagare l'affitto.

6

Qualche volta non mi accorgo neppure di essermi addormentato e di essermi svegliato. È più come cercare di salire al buio un gradino che non c'è. Un sobbalzo ansiogeno. Un attimo prima c'era la luce e un caldo soffocante, adesso è buio e fa un caldo mortale. Pura afa milanese, quella che ci invidiano anche i pesci bolliti. Un po' di maionese, prego.

L'attimo è durato trentasei ore, il mio Socio ha fatto gli straordinari. Quando leggo il suo rapporto, capisco anche perché. Effrazione, minacce, ricatto, ma che bella pensata. Per quattro soldi ho rischiato qualche anno di galera. Va be', l'affitto l'abbiamo pagato, inutile menarsela ancora. Per forza di cose, convivere con un'identità supplementare fa diventare fatalisti. Ti svegli dove non dovresti, scopri che qualcuno ti odia o ti ama senza che tu abbia fatto niente per meritartelo, i soldi si consumano o arrivano più velocemente di quanto dovrebbero. L'unico vantaggio è che devo rifare il letto solo una volta al mese visto che uno di noi due è sempre sveglio a fare qualche puttanata usando il corpo comune. Adesso tocca a me e vado fuori in cerca di fresco.

Non è un'idea originale. Tutti i miei concittadini stanno facendo lo stesso, incuranti del fatto che sia l'una di notte di un giorno feriale. C'è ressa sui marciapiedi, un flusso da sagra di paese, una sfilata di mutandoni canottiere, pantaloncini, zoccoli, ventagli, cappellini con ventilatore incorporato. Potremmo essere a Gabicce, non fosse per i ghisa che deviano ancora il traffico dalle isole pedonali e per l'odore di smog che ristagna. Piazza XXIV Maggio è una discoteca a cielo aperto, centinaia di ragazzi con tatuaggi da rapper e catenine d'acciaio ballano sambe elettroniche agli angoli. Stanno a gruppetti, appoggiati ai motorini, con walky-cup e bottiglie di birra. Attorno, banchetti e tappetari offrono bandiere del Senegal, trombette, pentole di couscous, incensi.

Milano andrebbe chiusa al traffico e trasformata in un parco divertimenti notturno, in un casino. Vendersi è la cosa che sa fare meglio, butta giù le vecchie botteghe per costruire McDonald's ed Esselunga. Asfalteranno i Navigli, un giorno, e ci pianteranno sopra un bel monumento all'Uomo Operoso.

Compro un piattino di tabulè da un senegalese, neanche male, poi cammino lungo Corso di Porta Ticinese. Tutti i locali sono aperti, anche i ristoranti cino-giapponesi, le ghirerie greche, le Antiche Osterie, ma preferisco puntare alla confortevole tristezza del bar di Oreste, il più scassato in questa zona di mondo. Mentre tutti gli altri si sono ripuliti, inventandosi pedigree millenari, Oreste è sempre uguale a se stesso, con i tavolini da refettorio, il bancone scavato dallo straccio, le polpette color uovo e le uova sode color polpetta.

Dentro fa meno caldo grazie alla foresta di pale che ruotano sul soffitto, ma Oreste ha la faccia e la maglietta di chi si è sudato tutto il sudabile. Sua moglie è collassata su una sedia e si sventola la ciccia con un giornale, sua figlia Fiaba, la bellezza locale, stasera si è defilata. Senza aiuto, Oreste apre bottiglie a ritmo con il flusso di giovani imberbi che urlano la loro sete, raccoglie tappi e monete, ricarica il frigorifero, tira la chiave del cesso a chi non ha gli occhi a spillo.

La fila di ragazzi arriva sino allo spiazzo del Museo Diocesano, saranno almeno un centinaio, maschi con il piercing al naso e femminucce all'ombelico. Ci sono un sacco di capelli tinti di rosso e di pantaloni oversize. A vederli, si direbbe che per il mondo ci sia ancora speranza. Loro sì che ribalteranno tutto, vai con la fantasia al potere. Poi noti che i gruppi non si mescolano davvero, che i ragazzi neri e asiatici stanno per conto proprio, divisi per etnie. Poi senti che i fidanzati danno della zoccola alle fidanzate e le fidanzate danno dello stronzo ai fidanzati, ma lo fanno con gli occhi adoranti. Come minimo, c'è ancora un sacco di lavoro da fare. Femministe, dove cavolo siete finite? La state facendo passare troppo liscia alle nuove generazioni.

Saluto Oreste con la mano, poi giro dietro il banco e mi servo un gin tonic usando l'ultimo pezzetto di ghiaccio del contenitore. Con il bicchierone mi siedo a un tavolino unto, godendomi la sensazione di essere l'unico cliente dentro il locale. Nessuno mi si fila. Da Oreste sono passate almeno cinque generazioni, e io sembro essere l'ultimo residuato della mia. Bevo, ho messo troppa acqua tonica, aspiro rumorosamente con la cannuccia.

Mi viene la fantasia funerea di essere il fantasma di me stesso, condannato a girare intorno a casa senza trovare nessuno che lo riconosca. Si siede un cinquantenne asciutto e ripiegato come un pezzo di plastica fusa, parla da solo di ammazzare sindaco e assessori, che lasciano la gente in giro a fare casino. Lo lascio quando diventa ripetitivo e torno a battere la strada sino alle Colonne di San Lorenzo.

Anche qui ressa da rotonda sul mare.

Trovo un tavolino d'angolo al Lukas, sedendomi tra graffitari in libera uscita e due ragazze in gonna batik e ciabattine infradito che parlano fitto dei loro piaceri. Quando mi alzo per prendere da bere cerco di sorridere a quella che guarda dalla mia parte. Non cambia espressione, e si mantiene impassibile anche quando fingo di inciampare. Esprimo ad alta voce il disappunto per la mia goffaggine, condendolo con una battuta gentile. I suoi occhi per un secondo cambiano, e non mi piace quello che ci leggo. Fosse lei a dovermi salvare dalla mia condizione spettrale, dovrei continuare a gironzolare attraverso i muri per i prossimi secoli.

56

Bevo il mio gin tox cercando di proiettare la mia anima su, abbastanza in alto per vedere me stesso e tutto quello che mi circonda come piccole figurine, lievi e senza importanza. Non ci riesco, ritorno a casa ad ascoltare la radio. Un'ora dopo squilla il telefono.

Potrebbe accendersi un cartello con il suo nome disegnato a neon, tanto sono certo di chi è. Non mi chiama da tre mesi, ma non ho il minimo dubbio. La segreteria parte:

«*Sandrone... ci sei?*» Ha la voce bassa, quasi un sussurro.

Pigio il vivavoce e mi distendo sul pavimento, al buio. Sento il fresco del marmo contro la nuca pelata. «Già.»

«Come stai?»

«Stavo meglio prima. »

«Vuoi che metta giù?»

«Sì, ma non farlo. Aspetta solo un attimo che mi ripiglio, va bene?»

«Va bene.»

Mi alzo, cammino fino al frigo e lo apro tenendo gli occhi chiusi. Non voglio che la luce dello scomparto disturbi la mia abitudine al buio. Al tatto, prendo una bottiglia di acqua e bevo qualche sorsata che sudo subito. Torno a distendermi.

«Ok. Ci sono.» L'unica luce, adesso, è il led verde del telefono. Ci gioco con la mano, cercando di vederla nella trasparenza della carne.

Sta in silenzio per qualche secondo. «Fa caldo a Milano?»

«Non me ne sono accorto.»

«Qui è la stagione fredda, sai?»

«Non mi intendo di geografia.»

«Ci sono venti gradi. Ha appena finito di piovere, ma il panorama è bellissimo. Dalla finestra è tutto verde, e mi arriva l'odore di erba. Prima c'era anche un uccello posato sul ramo. Con dei colori pazzeschi...»

«Vale, non me ne frega niente del panorama. Perché mi hai chiamato?»

Vocina. «Mi manchi. Mi mancate tutti e due.» Piange.

Soffro e mi contorco. «Vale, non so cosa dirti. Torna a casa.»

«Non posso.»

«Ti tengono prigioniera?»

«No.»

«Allora?»

«Non rendermi tutto più difficile…»

«Hai ragione, come sono indelicato. Dove sei, per la precisione?»

«Lautoka.»

«E preferisci startene lì. Bene. Grazie.»

Silenzio.

Vocina. «Mi odi?»

«No! Merda. Prenderei a fucilate il tuo uccellino, ma non ti odio. Ma perché non mi hai detto niente, cristo? Siamo stati insieme cinque merdosi anni. Non sapevo neanche che eravamo in crisi. Eravamo in crisi?»

«No.»

«E allora?»

«Allora ero infelice.»

«E te ne sei accorta alle Figi? Cosa ti hanno fatto fumare?»

«Che stronzo.»

Batto la mano sul pavimento. «Ah, *io* sarei lo stronzo.»

«Sto cercando di spiegarmi. Pensi che sia facile con te che continui ad aggredirmi?»

«E perché cavolo dovrei rendertela facile? Per me non è stato facile.»

Vocina. «Per favore…»

«Va bene. Perché eri infelice?»

«Per te. »

«Giusto. Sono una merda.»

«Non dire cazzate.»

«Allora?»

«Non sei tu. È il tuo lavoro.»

«Se volevi un ragioniere ce ne sono un sacco sul mercato. Io faccio il buttafuori.»

«Sandrone, ma credi davvero di fare solo il buttafuori?»

«A parte i casini.»

«A parte i casini COSA? Tu sei sempre nei casini. Insegui i ragazzini scappati di casa, ti prendi a coltellate con i papponi. E se accetti un lavoro normale finisce che ammazzano qualcuno. O che ti sparano addosso.»

«Dovevo rimanere al Leoncavallo. Sarebbe stato tutto più semplice.»

Silenzio.

«Vale, non me la sono mai andata a cercare. Ho solo avuto sfiga.»

Ha la voce lontana, adesso. «Tu non sei sfortunato. Sei incredibilmente fortunato, altrimenti saresti morto.»

«Grazie della comprensione.»

«Di comprensione non ne ho più. In tutti questi anni ho aspettato che tu ti mettessi tranquillo e ti ho visto andare sempre peggio. Ma non è colpa tua, devi fare così. È il tuo karma.»

«Mi sembra giusto: non sei tu che te ne vai, è Dio che lo vuole.»

«Sì. Il tuo dio personale, che ti mette sempre nella merda.»

Ci sono dei rumori dall'altro capo del filo. Poi diventano le voci di due uomini e una donna che parlano in inglese. «Sono arrivati i miei amici, Sandrone. Devo andare.»

Boccheggio. «Non ho il tuo numero.»

«Preferisco così. Ti manderò un'e-mail con il mio nuovo indirizzo di posta.» Silenzio. Vocina. «Ti voglio bene. Voglio bene a tutti e due. Dillo al tuo Socio.»

Non apro bocca. Mette giù. Rimango disteso a braccia aperte. Se davvero c'è un piccolo dio che mi sta facendo vivere tutto questo è meglio che non si faccia mai trovare da me.

Rimango crocifisso sul marmo sino al mattino. Seguo il sole che passa sotto la persiana e comincia a strisciare verso il mio piede. Alle sette e trenta chiama Gipi. Prima ancora che chieda gli dico di sì.

*

Va bene, ho fatto male a dar retta a Gipi. Avrei dovuto capire che die-tro la vacanzina semplice si nascondeva il trucco, che tutto quanto sa-rebbe cominciato ad andare male appena avessi messo piede sulla riva fetente di questo lago fetente. Ma, cribbio, non pensavo di meritarmi le fiamme dell'Inferno.

Il primo a prendere fuoco è stato un Nano alto un metro e ottanta. Il suo cappellino rosso si è incendiato. Ha fatto qualche passo, è finito in mezzo a un gruppo di Damine e Principesse, poi è caduto a faccia in avanti sul pavimento bollente. Sta cercando di rialzarsi, ma una trave del tetto gli esplode in testa, esplode sulle teste di tutti, e lui si riappiccica al terreno mentre lapilli, schegge e fiammelle ci ricoprono. Cerchiamo di spegnerci prendendoci a manate, rotolando sulla schie-na, pestando i piedi. C'è fumo, c'è caldo, ci sono urla. In questo casi-no, cerco di ricordare che accidenti di rumore fosse quello che ho senti-to qualche secondo fa, prima che qualcuno gridasse: Fiamme! Sta andando a fuoco tutto.

Ed era vero, cristo. Si è incendiato tutto quanto di colpo. Ma prima, prima c'è stato una specie di botto soffocato. Che mi ha vibrato nelle orecchie. Non era più forte di uno sportello che veniva sbattuto in un cortile, ma era proprio un botto. Una bomba, penso, mentre tiro l'en-nesima zaffata di fumo nero di plastica bruciata e comincio a tossire. Mi appoggio con la schiena contro il bordo della pedana, i polmoni si torcono nello sforzo di trovare aria. Aria, aria.

7

Gipi, all'ultimo sembrava preoccupato. Aveva desiderato il mio aiuto davanti al Gohonzon e aveva avuto la faccia tosta di chiedermelo. Ma lo avevo anche accontentato, e questo faceva scattare in lui il meccanismo del sospetto. Ottenere fa sempre quell'effetto, soprattutto se chi dice di sì è un personaggio di dubbio gusto e molto dubbia reputazione. Gipi venne a salutarmi alla partenza. Anche lui, di lì a qualche giorno, si sarebbe imbarcato sulla tradotta per il Sud. Fece. «Ehm ehm.»

«Traduci.»

«Hai il porto d'armi?»

«Ti pare che me lo davano? E per fare che?»

«Lavori senza niente?»

«Non faccio il killer. Ti preoccupi per me o che metta nei guai tuo cugino?»

«È che già lo tengono d'occhio. Se tu fai saltare fuori il ferro alla prima occasione...»

«Non ce l'ho il ferro, mai avuto.»

«Non volevo offenderti. Solo che...»

«Ho detto di no.»

«Coltelli?»

«Ho la faccia da assassino? Dimmelo, ho la faccia da assassino?»

«No, è che, minchia, ho letto i rapporti su di te.»

«Ma la privacy, tra voi questurini non esiste?»

«Sono atti giudiziari. Possiamo consultarli.»

«Va be'. Ho detto che sono pulito.»

Viaggio sempre con due valigie, scassate e cartonate. La seconda, più piccola, contiene tutta una serie di strumenti atti a offendere. Sperai che Gipi non sentisse il rumore di ferraglie mentre mi aiutava a sistemarle nel baule della vecchia Cecca, ma dal fremito delle sopracciglia ne dedussi che aveva capito. Peggio per lui. Misi in moto e lo lasciai lì, piantato nella sua grossezza esagerata a guardarmi tutto preoccupato. Gli mostrai il medio dal finestrino aperto. Sono soddisfazioni che si possono prendere di rado con i poliziotti, tanto vale approfittarne.

Angera non fu granché come sorpresa. Eccellente posto per vecchi depressi e famigliole in vacanza, in mezz'ora conosci tutti e in due ore tutti ti sono già venuti a noia. Ci sono quattro bar spatasciati sul lungolago, un disco pub, cinquanta alberghi con poche camere, tutti hanno l'invidia del pene per l'altra riva, piemontese e ricca. Molto probabilmente i prodotti locali sono biscotti all'anice e portacenere col disegno delle isole Borromee.

Mentre scaricavo i bagagli all'hotel Fagiano, premurosamente mi venne infilato sotto il tergicristallo un volantino del Museo delle Bambole, thrillerosa attrazione per i bambini di tutte le età. Se volevo, c'era anche la possibilità della crociera notturna sul lago, con spaghettata di mezzanotte. Che brivido, che saccheria.

Prima di tutto assolsi l'obbligo istituzionale. Andai in visita dal presidente di Lago Decoroso e gli mostrai un vecchio curriculum e qualche lettera di presentazione taroccata. Mister president somigliava a un suino, ti aspettavi che da un momento all'altro si mettesse a razzolare con le scarpine lucide. I maiali sono i miei animali preferiti, ma questo doveva essere un figlio bastardo. Allargava le narici, ti stringeva la mano solo con la punta dello zampone, grufolava con il retrogola come avesse un groppo.

Della mia presenza non gliene poteva fregare di meno. Ero stato fortemente voluto dai suoi associati, che a volte avevano il vizio di intascare le bazze senza dargli la sua parte. Circhi e fiere gli facevano schifo, perché gli animali portano malattie e l'unico divertimento sano è il cineforum dell'oratorio. Si augurava solo che mi dessi da fare, datosi che vitto e alloggio erano a carico della comunità lacustre.

«E non c'è niente di gratis in natura.»

Annuii. «Sante parole.»

Promisi che mi sarei meritato la mia camera d'albergo, centimetro dopo centimetro. Impresa relativamente faticosa, visto che era la più piccola in cui io avessi mai messo piede. Per togliermi i calzoni dovevo aprire la finestra.

Incontrai Tattù al suo lunapark: mi ero sbagliato su di lui e ci rimasi male. Pensavo fosse un coatto duro e puro, di quelli che prima ti trapanano il portafoglio poi ti chiedono il nome, sputano in terra e puzzano di aglio. Invece era un tizio tranquillo, con la stazza di un peso medio. Testa rapata corta, giubbotto di jeans senza maniche, tatuaggi sparsi con il tratto tipico delle patrie galere e delle caserme, fatti con l'inchiostro da biro e ago da cucire. Quello sulla fronte, semiscolorito, era il più elaborato, grande come una moneta, rosso e blu.

Tattù stava fissando la vite di un sedile del calcinculo, quella specie di centrifuga dove rotei cercando di non vomitare. Però formato mignon, per bambini non troppo cresciuti.

Risolvemmo rapidamente la faccenda dell'imbarazzo iniziale. Va bene, faccio il lavoro che doveva fare tuo cugino, ma non ti preoccupare, mi sono sistemato con lui eccetera. Meglio tenersi buoni gli sbirri, *ah ah ah*. Tutto strano, ma era strano anche per me, e questo ci sintonizzò. Mi fece fare il giro turistico della sua proprietà. Il carosello dei cavalli di legno era appena stato ridipinto di bianco e azzurro. «Si usano anche cavalli veri. Ma mi farebbe schifo mettere un animale alla catena.»

«Almeno a questi non gli devi dare da mangiare.»

«E pulire la merda.»

La terza attrazione era il lancio al barattolo, un baracchino lungo e stretto che aveva subito tanti rattoppi quanto i miei calzini più vecchi. «Finito?» chiesi.

«Finito.»

«Senza offesa, è il luna park più misero che abbia mai visto.»

«Questo non è un luna park. È un parco giochi attrezzato. Se vuoi ti faccio vedere il permesso dei vigili.»

«E ci cavi abbastanza per vivere?»

«Dipende come butta.» Arrivammo alla biglietteria, un prefabbricato di lamiera e legno. «Dentro si soffoca, meglio se rimaniamo fuori.»

Infilò la testa, prelevò due bottiglie di birra da un piccolo frigo, me ne passò una e si allungò nell'erba con le mani dietro la nuca. Pensai di imitarlo, ma non volevo sporcarmi gli ultimi pantaloni. Poi non si sa mai che cosa si può nascondere nell'erba, che accidente di verme o formica assassina. Mi sedetti su un sasso rotondo e aprii la bottiglia con una moneta. C'era un leggero venticello, all'ombra si stava alla grande. «Stanco?» chiesi.

«Di brutto. Io e Chantal ci stiamo facendo un culo quadro.»

Chantal è sua moglie. L'avevo vista che andava al mercato con una T-shirt con scritto: NIENTE ZUCCHERO AGGIUNTO. Una bella donna, che sembrava troppo delicatina per la vita da carovana. Mi sbagliavo, ma ci avrei messo ancora un po' per capirlo.

«Non hai due aiutanti?»

«Sono in Camargue. Dovevano tornare all'inizio del mese, ma Santino ha fatto l'appendicite e Michele è rimasto a curarlo. Spero che almeno lui torni presto.»

«Avrà mangiato troppo al *randivù*.»

Il randivù è la festa di tutti gli zingari. Calano da tutta Europa a Saintes-Maries-de-la-Mer, ballano, cantano e si prendono delle ciucche da paura. Se vai a farci il turista, però, meglio se tieni una mano sul portafoglio. Spennare i curiosi è lo sport locale, sia detto senza offesa per le etnie coinvolte.

«Vedo che conosci gli usi.»

«Avevo un compagno di scuola rom e mi faceva fare i giri gratis sull'autoscontro quando arrivava la fiera a Cremona. Tu devi essere l'unico giostraio non zingaro sulla faccia della terra.»

«Macché, ce ne sono un sacco. Io poi sono in minoranza in

questa impresa. Michele e Santino sono cugini di terzo grado di Chantal. La sua famiglia è molto numerosa.»

«Gipi me l'ha detto.»

«E che altro ti ha detto?»

«Che se fai l'idiota viene e ti spacca la testa.»

«Si preoccupa troppo.» Aprì la bottiglia con i denti facendomi correre un brivido lungo il collo. Il dentista è una delle mie principali fonti di spesa. «Di te che mi dici? Sei sposato?»

«No.»

«Figli?»

«Non mi pare.»

«E cosa aspetti? Senza figli un uomo non ha combinato niente nella vita.»

«Mi offrirò per la banca del seme.»

«Io ne ho tre, due maschi e una femmina, ma ne farei altri dieci se potessi. Adesso stanno con gli zii, a Chieti. Lo zio, anzi, il prozio di Chantal ha un negozio di bonsai.»

«Non dovrebbero andare in giro con la carovana a suonare il violino?»

«Nella famiglia di mia moglie non gira quasi più nessuno. Stanno un po' qui e un po' in Francia. Giostre, soprattutto, fiori, cose così. Uno è anche medico.» Ruttò. «Allora, perché non sei sposato e non fai figli?»

«È una bella domanda. Cos'è quell'affare?»

«Stai cambiando argomento. Quale affare dici?»

«Quello.»

Era sul confine del luna park, una specie di capannone lungo venti metri e largo cinque, avvolto in spessi teli di plastica da muratore.

«È del Comune, una minchiata comprata in America.»

«Un bunker antinucleare?»

«No. È un vecchio rottame di Disneyland. La Casetta di Biancaneve.»

* *

Vorrei sapere chi l'ha progettata, questa Casetta. Il vecchio Walt in persona, Archimede Pitagorico? Chiunque sia stato, ha fatto davvero un bel lavoro di merda. Legno e plastica senza uscita di sicurezza, l'ideale per far cuocere i visitatori. Avrei potuto anche astenermi dall'entrarci, ma è come quando prendi l'aereo. Certo che gli aerei cascano, ma non sarà quello su cui sali tu, proprio quando ci sali tu. Se ti sforzi, arrivi a capire che anche tutti i poveracci che sono esplosi in aria o sono caduti in mare hanno pensato la stessa cosa quando si sono seduti sul loro sedile di stoffa antiscivolo e hanno guardato le hostess che mimavano le procedure di sicurezza.

O quelli che si sono beccati un fulmine in testa durante il temporale. Tutti quanti si muore un po' sorpresi. Anche l'eroe più eroe guarda la spada che gli esce dal petto con un certo non so che di sbalordimento. Proprio io, che sono giovane e bello?

Mi lacrimano gli occhi e ho i polmoni in debito d'ossigeno. Cerco di sostenermi a un piolo mentre un Cerbiatto mi rovina addosso. Una scheggia di legno gli brucia tra le corna, gliela spengo con una manata fiacca. Si allontana spaventato, zoppicando sull'unico zoccolo rimasto. Abbraccia una coppia Re e Regina che si sta togliendo barba finta e parrucche, appoggiata a una delle panche. Se non si sono ancora calpestati a morte è che non c'è spazio a sufficienza per farlo. Siamo chiusi in una scatola che brucia in tutte le direzioni, e possiamo solo stringerci al centro contando i secondi. Quanti ne sono passati? Sembrano mille ma credo siano venti o trenta.

L'incendio è partito dal fondo, ma è arrivato subito al portone, che brucia senza aprirsi. La sua anima in metallo rimarrà in piedi anche dopo che l'ultima molecola di legno si sarà trasformata in fumo e carbone. Un Cacciatore, tutto vestito di bianco, ha cercato di spingerlo attraverso il fumo, ma è rimbalzato indietro, con le maniche in fiamme della blusa in montone sintetico. Il chiavistello è bloccato, ed è un chiavistello serio, di quelli con le sbarre che si infilano sopra e sotto. Adesso il Cacciatore che ci ha provato è seduto con la schiena contro il Forno delle Torte, mentre una Strega gli sostiene la testa, facendolo respirare. Sono gli zii della sposa, mi pare. A proposito, lei dov'è?

Eccola, con l'abito da Biancaneve nero di fuliggine, per terra che si sta liberando delle scarpe con la fibbia. Aspettava il suo momento per camminare verso l'altare, ma mi sa che morirà nubile. Non è un brutto modo di morire, così, nel bel mezzo della festa più importante della sua stupida vita.

Il suo Principe, in compenso, non si sta comportando in modo troppo principesco. Urla con la bocca appoggiata alla finestra a forma di cuore. Vorrebbe essere un verme e infilarsi tra le sbarre. Grida aiuto, un flebile getto d'acqua gli colpisce il viso. I pompieri, penso, poi capisco che è solo qualcuno con un'inutile canna per innaffiare. Sotto la finestra si scatena una piccola rissa. Tutti vogliono l'acqua addosso, bagnarsi i vestiti e la faccia.

Due Paggi, intanto, cercano di abbattere una parete usando una panca e le mani. La panca è di compensato e gesso, si frantuma. La parete si scheggia appena.

Quanti secondi sono passati adesso? Quaranta, il tempo sta andando strano, sarà perché siamo agli sgoccioli.

Una donna che regge la collana strappata, mi urla nell'orecchio che i pompieri stanno arrivando, quelli veri. Poi si interrompe e sviene. Guardo verso il fondo, le fiamme sono diventate una parete e il fumo è nero, pastoso. I pompieri tireranno fuori una bella pila di cadaveri. Uno sarà il mio, penso, e una strana sensazione mi avvolge. Finalmente la pace. Volerò via come una foglia, mi addormenterò senza sogni. La mancanza di ossigeno mi fa galleggiare in aria, non ho paura. Cerco il posto giusto per aspettare, quando qualcuno mi colpisce la nuca da dietro.

8

Bella la piccola comunità lacustre con la pittoresca gente panem et circenses. Tutte balle, non bisogna credere ai dépliant. Quando sei troppo stanco per pensare al peggio, qualcuno lo pensa per te.

Il terzo giorno il mio Socio mi spiaggiò alle due del mattino, lasciandomi boccheggiante per un sogno fastidioso. Mi ibernavano e mi scongelavano cento anni dopo. Si era fatta ibernare anche Vale e appena sveglia scappava con un alieno. Ero sul balconcino, la faccia alle stelle e la voglia di sputare di sotto. Uscii a cercare fortuna nei dintorni del luna park. Chantal dormiva nel camper, Tattù era nel baracchino dei biglietti ad ascoltare musica, con i piedi nudi sulla cassa. Fumava una canna.

Gli bussai sul vetro anche se mi aveva visto arrivare. «Se ti beccano con quella ti fanno chiudere. E ti flagellano.»

«I vigili sono già passati, stasera. Hanno detto che la mia insegna è dieci centimetri più lunga di quanto autorizzato. Multa.»

«Per dieci centimetri?»

«Anche per dieci millimetri, se gli tira così. E tu devi dire sissignore e grazie signore e succhiami il cazzo signore. Vuoi favorire?»

«Preferisco qualcosa di liquido.»

Mi servii una lattina tiepidina di birra. Tra le rastrelliere di cd e cassette Tattù aveva appiccicato un poster nuovo, quello di un chitarrista magrolino con la zazzera. Dai vestiti e dalla grana della fotografia in bianco e nero doveva risalire all'epoca di Rocky Roberts.

«Chi è?»

«José Sopo, un grande artista rom.»

«Suona ancora?»

«Morto.»

«Ah, che allegria.» Tolsi una matassa di cavo elettrico da una sedia e mi sedetti al fianco del padrone del vapore. Muoveva soltanto il petto per respirare. «Domani debutti. Sei eccitato?»

«Tu?»

«Molto. Pensa a tutti quei pedofili che dovrò tenere a bada.»

«Già.»

«Non sei di grande compagnia, posso tornare nella mia stanzetta a fare il solitario.» È uno dei problemi che causa avere un ritmo circadiano irregolare. Non trovi facilmente da chiacchierare quando ti svegli alle due di notte e di solito hai già visto la puntata di *Star Trek* che stanno dando in televisione.

Tattù scosse il capo. «Scusa. Sono incazzato. Michele e Santino hanno fatto la bella. Ti giuro che è la prima volta che succede.»

«Non sono arrivati?»

«No. Cazzo.»

«Avrai dei problemi, domani?»

«Sì, volevo chiederti di darmi una mano.»

«Non ho voglia di piantare paletti nel cemento. Sono fragile di schiena.»

«Già fatto tutto. Tu potresti stare alla cassa del calcinculo, se ti va.»

«Non se ne parla, il calcinculo mi fa paura. Trovami un'altra occupazione, tipo parlare al megafono o vendere le caldarroste.»

«Ti va di stare ai barattoli?»

«Tre palle un soldo?»

«Bravo. Ti posso dare quello che prende Santino per le sue giornate.»

«Tutto fa brodo. Ma non garantisco i risultati.»

Allungai la mano per stringere la sua e chiudere il contratto, ma mi fermai a mezz'aria. Mentre lo guardavo il vetro davanti a me si era riempito di crepe. Sentii qualcosa che rimbalzava lontano.

Tattù scattò in piedi. «Ma che cazzo...»

Non capii il resto perché dal buio cominciò a piovere di tutto. Sassi, bottiglie, pezzi di legno e anelli di catena. Era tutto un *crac* e un *bong*, con schegge che mi rimbalzavano sugli occhiali.

Spinsi Tattù sotto il tavolo spostando i cocci vari. Si liberò dalla mia mano. «Devo andare da Chantal, mollami.»

«Aspetta un attimo...»

«Mollami, cristo di un dio!»

Strisciò fino alla porta, mentre sassi e pezzi di vetro gli rimbalzavano sulla schiena. Cercò di tirarsi in piedi, bestemmiò per una pietra, rotolò fuori dalla porta e cominciò a correre. Mi alzai anch'io, meno eroico e felino, per guardare dal buco che era stata la finestra. Fuori stava cominciando una bella buriana. I nostri lapidatori erano sei, dotati di caschi, tute di pelle e moto di grossa cilindrata. Accesero i fari inchiodando il povero Tattù. Era dura che arrivasse al camper intero. Quando la prima moto lo colpì a un fianco con il manubrio, presi una sedia e corsi fuori. Fine della vacanza di tutto riposo.

9

Non mi videro finché non fui a portata, o forse non mi avevano messo nel conto. Mulinai la sedia e la spaccai sul primo casco disponibile, la moto scivolò di lato e ne colpì un'altra. Tattù fu sfiorato da uno degli idioti che gli cadeva davanti al piede, si voltò e riprese a correre verso il camper. Io ero dalla parte sbagliata. Fissai due fari che mi venivano incontro, feci dietro front e mi diressi tipo Speedy Gonzales verso il calcinculo. A metà strada mi arrivò il primo pugno nella schiena, poi un altro sulla nuca e un colpo al fianco, cattivo, fatto con qualcosa di duro. Accompagnai la spinta, rotolai in avanti, mi rialzai tra i seggiolini della giostra. Arimo.

Le due moto si fermarono a qualche metro. Non era facile venirmi addosso. Ero circondato da catene e appoggiato al pilone di sostegno che mi copriva la schiena. Potevano scendere e assalirmi a piedi, ma avrebbero perso il vantaggio di guidare un bestione di qualche quintale. Il primo che mi fosse venuto sotto si sarebbe fatto male, e non era quella la loro idea di serata. Estrassi il portachiavi e lo feci oscillare. È un kubotan, un cilindro di plastica scanalata lungo una ventina di centimetri che porto infilato alla cintura. Si usa colpendo di punta o per fare leva. La polizia coreana se ne serve per sollevare i pacifisti da terra schiacciando i polsi.

Lo mostrai ai due. «Chi vuol essere il primo?» chiesi gonfiando il petto e gridando. «Fatevi fare un trattamento dal Gorilla, pezzi di merda!» Saltellai una danza di guerra.

Mentre pantomimavo riuscii a inquadrare Tattù. Era arrivato al gradino del camper e stava proteggendo l'entrata con le spalle alla porta. C'era anche Chantal che brandiva un ferro da stiro. Davanti a loro, i quattro stronzi a ruote sgasavano e gridavano, ma poco convinti. Erano solo il doppio di noi e il vantaggio della sorpresa se n'era andato. Cominciarono a chiamarsi e a suonare il clacson. Le due moto che mi guatavano arretrarono e si unirono al gruppo, poi sciamarono insieme alle altre verso la statale.

Respirai per qualche secondo tenendomi lo stomaco, poi corsi verso la coppietta felice. Chantal aveva gli occhi enormi mentre bestemmiava in italiano, romanés e francese. Quando mi vide agitò il pugno pronta a fare a botte. Tattù la bloccò, abbracciandola. «Che fai, amore. È Sandrone.»

«Un gadjo è sempre un gadjo.»

Non me la sentivo di difendere la mia razza. Feci un giro dell'accampamento per vedere se gli amici si erano lasciati dietro qualcosa. Sì: un sacco pieno di letame spiaccicato sullo stand dei barattoli. C'era anche un foglio di carta bianca, piegato all'estremità, con brandelli penzolanti di nastro da pacchi. Si era infilato tra due tiranti del calcinculo. Lo presi delicatamente, attento a non smanacciarlo troppo.

Tornai dai due. Chantal si era calmata, anche se non mi guardava in faccia. Tattù continuava a parlarle all'orecchio recitando qualcosa in romanés. Non è tra le lingue che capisco, ma Tattù poi me la tradusse in italiano.

La luna riflette
sui tuoi capelli
un raggio:
è argento che si fonde,
carezza che invidio.
Ella ti bacia

72

ma tu, dispettosa, sorridi.
Vorrei essere luce,
un lieve sospiro,
anima eterna,
e baciarti anch'io.[5]

Pura melassa gitana, e Chantal sembrava pensarla allo stesso modo perché interruppe la recitazione con una spinta. Tattù la mise a letto poi mi raggiunse vicino agli avanzi della biglietteria. Io tremavo e avevo la nausea, lui sembrava calmo

Gli esaminai l'occhio destro, cominciava a gonfiarsi. «Mi sa che la strategia poetica non funziona molto con tua moglie.»

«È fatta così. Anzi, scusala. Qualche volta si dimentica che anch'io sono un gadjo. Ma il peggio è quando se lo ricorda.» Si accende una sigaretta appoggiato alla parete. «Ahhh, ci voleva. Lei da bambina abitava a Settecamini, capisci?»

«No.»

«Uh, è una storia vecchia, e forse se la ricordano soltanto gli zingari. Settecamini è in provincia di Roma. La famiglia di Chantal e un po' di famiglie Xoraxané e Rudari ci avevano costruito un campo di baracche. Non mi ricordo perché si fossero spostati dall'Abruzzo, forse Ercole, mio suocero, era lì con le giostre. Un casino, all'inizio, perché i sedentari del paese non li volevano tra le palle, ma alla fine erano riusciti a farsi accettare. Almeno un po', capisci? Avevano firmato anche una specie di documento con quelli del paese in cui si impegnavano a fare le fosse biologiche e a tenere pulito. Un giorno Chantal torna dall'asilo e vede casa sua che brucia, insieme con quella di tutti gli altri.»

«Tizi come quelli di stasera?»

«Peggio, erano arrivati gli sbirri. Nessuno sa chi abbia firma-

---

[5] *Desiderio*, di Joska Michele Fontana. Da "Gli ultimi nomadi, poesia del mondo zingaro". A cura di Arca,. Igis edizioni, 1982.

to l'ordine, ma hanno circondato il campo e dato fuoco a tutto. Chantal ha anche delle foto di sua madre che spinge la macchina per farla partire, mentre gli sbirri la prendono per il culo. Vuoi vederle?»

«Non ci penso neanche, ho già gli incubi di mio. Suppongo che non farai denuncia.»

«Hai voglia di scherzare? Sono un ex galeano, penserebbero che ho problemi con il racket dei giostrai o qualche altra cazzata.»

«Come preferisci.» Gli mostrai il foglio. «Questo è caduto da una delle targhe. Serviva per coprire i numeri.»

«Che ci vuoi fare?»

«Un rito vudù. Se muore qualche nazista dei dintorni sappiamo perché.»

Tattù agitò la sigaretta, un arco di luce rossa nel buio. «Allora a domani. Ti racconterò un'altra storia.»

«Non ci pensare neanche. *Lacio drom*.»

In realtà avevo altri progetti per il foglio di carta, anche se confusi. Quando arrivai alla mia stanza d'albergo lo presi e lo misi controluce. Si vedeva solo la filigrana Pigna. Appoggiai il foglio alla lampadina sperando nel calore. Mi ero ricordato di quando da piccolo giocavo all'agente segreto, scrivendo le lettere con il succo di limone. Non servì a niente. Forse bagnandolo? Alitandoci sopra? Sgozzando una gallina nera? Non sapevo assolutamente cosa fare. Il mio modo per ricavare informazioni, di solito, è prendere a calci la gente.

Mollai il colpo, bevvi un sorso dalla bottiglia d'emergenza, poi chiesi al mio Socio di fare gli straordinari. Si prese un'oretta.

Mi svegliai con il foglio appeso al filo della biancheria. Sopra, c'erano alcuni numeri scritti alla rovescia. Il mio Socio era stato efficace e ridondante. Aveva macinato la mina di una matita, poi l'aveva sparsa sopra il foglio. Poi aveva messo un altro foglio sopra, l'aveva scaldato con il phon, aveva tolto il secondo foglio e soffiato via la grafite dal primo. Dove i numeri avevano toccato la carta, la grafite era rimasta sul foglio disegnando l'ombra delle cifre. Per finire, aveva spruzzato un flacone di lacca sul foglio per evitare che cancellassi i numeri con le mie manine maldestre. Farsi dare la lacca dal portiere di notte era stato un tocco da maestro, uno normale si sarebbe limitato a trascrivere.

Erano quasi le cinque. Chiamai Gipi sul telefonino. Rispose rantolando. Gli dissi cosa mi serviva, mi rispose di no.

«E perché?»

«Perché è illegale.»

«Cosa mi tocca sentire.»

Gli spiegai perché mi serviva, si diede da fare. Aspettai che venisse l'ora della colazione, fui il primo a scendere al ristorante per riempirmi di uova non gallate, pane, marmellata, succo d'arancia e caffè. Mi rimaneva in bocca un sapore di sabbia e pensavo: e se questo gentile signore che mi serve a tavola fosse uno di quelli che stanotte ha fatto il raid? Sembra troppo anziano e troppo intelligente, ma chi mi assicura che con la tuta addosso non si trasformi?

Quando sentivo il rumore di una moto mi alzavo per guardare la strada e una volta fui certo di aver trovato uno degli aggressori. Accostò di colpo a un metro da me. Poi tolse il casco e vidi che era una donna con i capelli lunghi. Viaggiava con un'altra donna, massiccia e ruvida e si erano fermate a fare un po' d'acqua. Poteva esserci una donna nel gruppetto? Magari erano tutte donne.

Tornai dentro a finire la colazione prima di andare del tutto in paranoia.

10

Gipi richiamò mentre prendevo il terzo caffè americano, la voce caragnante di chi sta dannandosi l'anima. Non mi feci commuovere e gli spremetti il nome. Giuseppe Strazzi, trent'anni, lavorava ad Arona come collaboratore turistico. Potevo trovarlo alla statua di San Carlo Borromeo, tutti i giorni d'apertura. Mi complimentai con Gipi, riattaccai e schiacciai un pisolo.

Il mio Socio partì per la caccia. Il San Carlone è una statua alta quaranta metri, in ferro, costruita ai tempi della Controriforma per spaventare i protestanti, grossa e cattiva. Ora che Santa Romana Madre Chiesa ha vinto, pagando il biglietto puoi entrarci, salire la scala che ha nella pancia e scendere con i peccati mondati. Il mio Socio ne avrebbe invece cumulato uno in più da dividere con me.

Strazzi lo riconobbe mentre scendeva dalla macchina. Pura sfortuna, stava pulendo le scale e aveva guardato oltre il cancello. Mollò la scopa e corse verso la statua, il mio Socio saltò il tornello e gli andò dietro senza intralci di pellegrini e guardiani. Mancava ancora mezz'ora all'apertura, e la sorveglianza non è un granché nei posti dove non si può rubare nulla. Solo un omino spuntò dalla biglietteria gridando che era ancora presto, e che accidenti di fretta hanno tutti oggi.

Il mio Socio inseguì Strazzi lungo la scala a chiocciola che porta al belvedere. Sul terrazzino impattarono. Strazzi cercava di chiudersi dentro la statua, sbarrando la porticina di metallo della scala interna. Il mio Socio gli tirò un calcio rasente lo stipite, Strazzi si girò e riprese a salire. Impattarono di nuovo nella testa del San Carlone.

Era una stanza circolare di tre metri di raggio, Strazzi ne percorse tutte le pareti facendole risuonare come una campana. Era diventato un batacchio umano, uno strofinaccio semivivo. Quando il mio Socio lo stese di schiena, sanguinava dal naso e dalla bocca. Gli tirò un calcio alle costole per aiutarlo a respirare meglio. Strazzi si contorse. «Non volevo, giuro.»

Il mio Socio gli disse che l'avrebbe ucciso, che l'avrebbe fatto uscire a pezzi dai buchi del naso di quell'affare. Strazzi si coprì il volto. «No... per due pietre... era solo per lo zingaro... così impara a lasciar stare i bambini...»

Il mio Socio gli schiacciò la trachea e gli chiese i nomi degli altri. Strazzi li disse muovendo solo le labbra. Tremava. Il mio Socio gli strappò la camicia hawaiana. Apparve la catenina, con una medaglietta bifronte, da un lato la Madonna, dall'altra Benito Mussolini. Aloha.

Il mio Socio memorizzò l'elenco, poi disse al ragazzo che lo lasciava vivo e non lo denunciava agli sbirri. Ma che loro, tutti quanti loro, gli dovevano un favore. E che prima o poi l'avrebbe riscosso. È così che ragiona, è così che si costruisce le basi in un territorio nuovo. Io non ho niente da eccepire finché qualcuno non ci lascia la pelle. In caso contrario, spero che non me lo dica.

Si fece dare il numero del cellulare di Strazzi e gli disse di tenerlo in carica. Avrebbe chiamato, prima o poi.

Lungo la strada di casa, decise che non se la sentiva di fare il raccattapalle. Accostò a una piazzola di servizio e mi risvegliai con un taglio sulla fronte e dolore ai polsi.

Mi chiamarono sul cellulare un minuto dopo. Riconobbi il numero del presidente suino, risposi temendo il peggio. Non mi salutò neanche. «Dazieri, deve incontrare una persona. È importante. Ce la fa a passare nel mio ufficio tra mezz'ora?»

«No.»

Grufolò. «Come no?»

«No. Sto facendo il mio lavoro, e il mio lavoro prevede la presenza costante al luna park. Conosce la parola costante?»

«Non faccia lo spiritoso. Aspetti.» Coprì il microfono con lo zampone, *frush frush*. «Allora il dottor Maugeri la incontrerà là» disse dopo qualche secondo.

«Chi è il dottor Maugeri?»

«Si presenterà lui, si faccia trovare.»

«Metterò una gardenia all'occhiello. No, meglio, avrò il "Times" sotto il braccio, ah ah.»

Riattaccò senza salutare. Se l'associazione albergatori trattava così i clienti, c'era da stupirsi che ci fossero ancora turisti paganti.

Il luna park era una gioia per gli occhi. Luci, musica, sciami di esseri umani vitali e allegri: famiglie con prole urlante, quindicenni in cerca di rimorchio, banchetti con lo zucchero filato, un camioncino che vendeva panini alla porchetta, gelatai, torronai e croccantai. I due altoparlanti mandavano Kung-fu fighting (*Everybody was kung-fu fighting, those cats were fast as lightning, in fact it was a little bit frightening, but they fought with expert timing...*).

Chantal sistemava i bambini alla giostra dei cavalli, molto signora e molto zingara, sembrava non aver alcun problema con i gagè, forse ero io il caso particolare. Tattù stava in piedi tra il calcinculo e il banchetto delle frittelle: mi fece segno e lo raggiunsi. Aveva un completo di jeans nero, un occhio viola e un cerotto rosso sul collo. Era terribilmente macho e terribilmente variopinto.

«Problemi di ordine pubblico?» chiesi.

«Non ancora. Lui è Pino.»

"Lui" era il frittellaio, un vecchietto con il cappello da cuoco e le scarpe con il rialzo, talmente incrostato di unto da scricchiolare quando si muoveva. «È cinquant'anni che faccio questo mestiere» disse.

«E l'olio quante volte l'ha cambiato?»

«Non serve cambiarlo, bisogna solo rabboccarlo di tanto in tanto.» Si leccò un dito, smazzò un tovagliolo di carta, poi ci spadellò sopra una frittella grossa e nodosa. «Omaggio della ditta.»

La guardai. Friggeva e si contorceva di fumi verdastri. Finsi di morsicarla, chiudendo le pinne nasali. «Be', grazie.»

Tattù mi prese sottobraccio tirandomi via. «Sei pronto per i barattoli?»

«Non ancora, devo parlare con un tizio. Si chiama Maugeri, lo conosci?»

«Come no? È un pezzo da novanta. Un industriale, non chiedermi di cosa, ma ha una villa da paura qui vicino. Che vuole da te?»

«Saperlo... Io faccio una ronda, e aspetto che salti fuori. Appena mi sono liberato dello scocciatore vengo a fare da bersaglio vivente.»

«Ci conto.»

Lo trattenni prima che si allontanasse. «Tutto ok?»

Alzò le spalle. «Chantal mi ha fatto dannare. Odia questa città del cazzo.»

Mai fatta una ronda così breve. Tempo di sorridere a una mamma di etnia incerta e di sicuro fascino, che un tizio vestito di beige veniva verso di me con la mano tesa. Buttai nel cestino la frittella indurita e gli strinsi la mano.

Aveva passato la cinquantina, corpo massiccio e testa rasata, mascella da comandante di marina. Tutto, dall'abbronzatura al mocassino diceva: ho la grana. Quella vera, senza burinate come il Rolex sul polsino. L'unica concessione erano gli occhiali a specchio.

«Signor Sandrone, che piacere conoscerla.» Aveva la voce tenorile, che insieme al fisico completava l'immagine da maschio alfa. «Mi dispiace disturbarla sul lavoro.»

Figurarsi. «Non si preoccupi.»

«Allora posso offrirle un caffè? C'è un bar dall'altro lato della strada, possiamo chiacchierare cinque minuti in pace.»

«Preferirei restare in zona, mi pagano per questo. Andiamo nell'ufficio di Tattù, sarà anche più intimo.»

Per fortuna il sole non batteva a picco e a quell'ora la baracca era quasi vivibile. Tattù aveva compiuto un piccolo miracolo e l'aveva rimessa a nuovo, sostituendo i vetri con fogli di plastica azzurra. Solo la porta cigolò mentre l'aprivo, per qualche frammento rimasto incastrato nei cardini.

Maugeri si sedette sulla sedia superstite, io usai come appoggio il piccolo frigo.

Ci guardammo. «Bene, eccoci qui.»

«Signor Sandrone, sono proprio contento di averla incontrata. Come si trova qui ad Angera? La trattano bene?»

«Una delizia.»

«È già stato alle isole Borromee?»

«Giusto quello mi manca.»

«Allora deve andarci quando ha un po' di tempo. Poi le dico anche dove fermarsi a mangiare, c'è un ristorante splendido, ma bisogna prenotare con un po' di anticipo.»

«Buono a sapersi, ma detto tra noi fare il turista è una delle cose che odio di più, insieme al girarci intorno.»

Maugeri si appoggiò allo schienale e sorrise. Aveva il sorriso di un piraña. «Volevo che mi spiegasse che cosa è uno stalker.»

La mia unica rotella fece click. «Capisco. Ha letto il mio curriculum.»

Allargò le mani in un gesto di scusa. «Come ha visto sono un buon amico dell'associazione. Gentilmente mi hanno omaggiato di una copia.»

Per non mandarlo subito a quel paese mi piegai e presi una birra dal frigo senza fare il gesto di offrire. Il Piraña aspettò, limaccioso e tranquillo, mentre aprivo e facevo un sorso.

Teniamoci buoni i villici, pensai. «Lo stalker è un maniaco che si fissa su qualcuno. Non c'è uno schema fisso. Ci sono quelli che seguono il loro obiettivo senza farsi mai vedere e quelli che si fanno trovare dappertutto. Qualcuno telefona, qualcuno scrive lettere o lascia pacchettini. Di solito sono uomini e le vittime donne, ma non sempre. Diciamo che gli stalker uomini sono l'ottanta per cento. La proporzione si inverte per le vittime.»

Si passò una mano sulla testa. «E sono... sono pericolosi?»

«John Lennon è morto di freddo?»

«Giusto, giusto.»

«Quello era uno stalker. Non tutti sono come lui, però. La maggior parte, anzi, sono innocui, per quanto fastidiosi. Poi ci sono quelli che sono innocui all'inizio e diventano pericolosi quando la loro preda li rifiuta. Oppure li delude.»

«Però, come dice lei, accade soprattutto alle star.» Pronunciò *star* con accento inglese da businessman, corso accelerato.

«No. Solo che le star vanno in prima pagina e i comuni cittadini nei trafiletti. La polizia riceve centinaia di denunce al giorno. Non tutte fondate, anzi quasi mai.»

«E cosa fa?»

«Prima di un fatto di sangue, solitamente niente. Qualche volta manda lo sbirro di turno a fare qualche verifica inutile. Ma se la vittima non sa nome e cognome di chi lo sta perseguitando, può aspettare un bel pezzo che qualcuno l'aiuti. Anche per avere il telefono sotto controllo ci sono delle procedure complicate e sostanzialmente messe in piedi per scoraggiare i meno convinti. Per questo esistono agenzie specializzate che si occupano di antistalker. Forniscono guardaspalle e sorveglianza ventiquattrore su ventiquattro, se hai i soldi per pagarle.»

«Gente come lei?»

La birra era finita. Accartocciai la lattina con gesto plastico. «Senta, se è una specie di test di ammissione alla libera comunità di Angera la avviso che è superfluo. Tra dieci giorni al massimo faccio le valigie e non tornerò prima della nuova glaciazione.»

«Per favore... soddisfi la mia curiosità. Le prometto che poi le spiego tutto.»

«I comportamenti misteriosi mi eccitano poco.»

«Per favore... Sia buono.»

Sospirai abbastanza forte da appannarmi gli occhiali. Dalle mie parti buono è sinonimo di fesso. «L'antistalker è stato il mio lavoro per cinque anni, anche prima che si chiamasse così. Noi lo chiamavamo Servizio Maniaci. Mi occupavo di sorveglianza personale e individuazione. Cosa sia l'individuazione mi sembra chiaro.»

«Credo di sì. Perché lo ha lasciato?»

L'immagine di Faccia di Cane fece capolino dietro le mie palpebre. «Non pagavano abbastanza per il rischio.»

Il Piraña appoggiò il mento al pugno, il gomito sul ginocchio, la gamba destra accavallata sulla sinistra. «Deve scusarmi. Vede, nel mio lavoro ho letto un sacco di curriculum, e riesco a capire quando c'è qualcosa che il candidato non vuole rivelare. Tipo un licenziamento o un errore professionale. Il suo ha una curiosa lacuna. Cinque anni a fare carriera nelle agenzie di security, poi un taglio netto e lavori di poco conto. Capisce perché mi sono insospettito?»

«Capisco che sta perdendo il suo tempo.»

«Perché?»

«Lei vuole assumermi per qualcosa. Io sono in vacanza.»

«Strana vacanza, a sorvegliare un luna park.»

«Mi piacciono gli ambienti esotici.»

Il Piraña mostrò di nuovo i suoi denti troppo bianchi e aguzzi. Non so come facciano a renderli così, ma meglio le carie, almeno sono umane. «Ho sentito definire in tanti modi il Lago Maggiore, ma esotico mai, neanche dai giapponesi. Sarà un lavoro facile e veloce, una sciocchezza rispetto ai suoi standard.»

«Non ci crederà, ma ho una cicatrice per ogni sciocchezza che ho fatto. Ci terrei a risparmiarmene una nuova.»

Strinse gli occhi. «Perché la sta prendendo così male?»

Ci pensai qualche istante. «Non lo so. Forse perché lei ha l'aria di comprarsi tutto quello che si può permettere, e l'aria di chi si può permettere tutto.»

«E lei non è in vendita.»

«Non lo sono sempre, una differenza sottile.»

«La capisco.» Toccò a lui riflettere qualche istante. «Devo chiederle scusa» disse poi. «Ho cominciato con il piede sbagliato. Lei non è un mio dipendente, e non era tenuto a rispondere alla mie domande. Grazie per essere stato gentile con me.»

«Prego.» Che figlio di puttana.

«Vede, domenica si sposa una ragazza molto amica di mia figlia Lidia. Vorrei che lei si aggiungesse come ospite alla festa. È solo questo l'incarico che desidero affidarle. Pensa che possa essere compatibile con le sue vacanze?»

«Di che cosa si sta preoccupando?»

«Di uno stalker, come lo chiama giustamente lei.»

«Chi è la vittima?»

«Mandi, la sposa.»

«Avete idea di chi si tratti?»

«No. Mandi ha ricevuto una serie di lettere anonime. Molto, molto volgari e violente. E anche telefonate al suo cellulare.»

«Un po' poco per preoccuparsi davvero.»

«Una volta, al tennis, le è sparita la biancheria dall'armadietto. Questo maniaco gliene ha spedito un pezzetto in una busta. Il resto lo indossa lui, pare.»

Questo era un po' più serio. Se qualcuno arriva a scassinare un armadietto per prendere un feticcio, può anche scassinarti la porta di casa per prendere te. «La polizia che idea si è fatta?»

«Nessuna.»

«Dottor Maugeri, a naso lei ha abbastanza influenza per far venire il prefetto a lucidarle le scarpe. Quello che dicevo prima sull'inerzia dei questurini non vale per i tipi come lei.»

«Non posso negarlo, anche se potremmo discutere a lungo su che tipo sono io. Ma, vede, il padre e la madre di Mandi sono molto riservati, quasi inglesi. Vivono nel loro mondo e non amano che gli altri s'intromettano. Ritengono le lettere anonime e quello che è successo allo sporting delle bizzarrie di poco conto. Se avessero anche solo il sentore che sto parlando con lei mi toglierebbero il saluto.»

«E la famiglia non ha predisposto nessun servizio di sicurezza al matrimonio?»

«Non è gente che ragiona in quel modo.»

«Che strano, lei sembra più preoccupato di loro.»

«Non mi preoccupo per Mandi o per i suoi genitori: ho imparato che ognuno è responsabile dei propri guai. Ma non voglio che Lidia rischi di rimanere coinvolta. Se lei accetterà, signor Sandrone, verrà presentato come un amico di mia figlia e potrà accompagnarla alla cerimonia e alla festa. La offendo se le chiedo qual è la sua tariffa?»

Il vento aveva cambiato direzione, perché all'improvviso sentii il suono della ruota e qualche nota dagli altoparlanti. Adesso era James Taylor (*how sweet it is, feel love by you, thank you baby*). Pensai ovviamente a Vale e a quanto avesse ragione a non fidarsi di me. Per quanto facessi, il mio passato e il mio lavoro venivano a tirarmi per i piedi.

Sentivo l'eco di tutte le conversazioni che avevo avuto con tutti gli stronzi in frescolana identici a quello che mi stava davanti, altri come lui che mi avevano affittato, noleggiato, preso in prestito, piantato come una statua davanti a qualche portone, usato come deterrente per i rompiscatole, insultato, strapazzato, guardato dall'alto in basso perché mangiavo le tartine con la mano sbagliata e non sapevo comportarmi durante feste per debuttanti, anniversari delle ditte, compleanni delle amanti. Però è quello che sono, anche se fingo sempre di essere l'unica vergine nel casino.

«No, non mi offende. Dove si terrà questo matrimonio?»

Indicò fuori dalla finestra. Nel sole del tardo pomeriggio il residuato di Disneyland brillava in tutto il suo fulgore.

11

Per quattro giorni svolsi il mio lavoro di cacciatore di perversi e uomo barattolo, la cosa più simile a una vera vacanza che abbia fatto negli ultimi anni. Non dovevo fare altro che aggirarmi con la mia fascia azzurra al braccio e chiedere ogni tanto i documenti a qualche genitore, borbottando dubbioso alle loro pretese di paternità. Ne approfittavo per conoscere le mamme più carine, ma non erano molte e nessuna di loro disponibile a farsi rimorchiare dall'elemento più folkloristico dei baracconi.

L'afflusso di clienti paganti cominciava intorno alle quattro, dopo il pisolino e la merenda e terminava prima delle undici, con una pausa all'ora di cena. Quando Tattù e Chantal mettevano la canzone della buonanotte, prendevo il traghetto e facevo una navigata notturna. Attraversavo il lago per una puntatina a Stresa o in qualche isoletta, oppure mi limitavo a farmi portare in giro senza mai toccare terra.

Mi rilassava sentire l'acqua scorrere sotto il ponte, e con i gomiti puntati sulla balaustra mi sforzavo di riconoscere dentro di me qualche gene marinaro ereditato dai miei bis-bisnonni che facevano i sabbiaioli sul Po. Scendevo che olezzavo come una carpa e terminavo la notte in qualche bar da dove si vedesse il sole spuntare.

Domenica, il grande giorno dei fiori d'arancio, presi il battello delle nove del mattino da Stresa e raggiunsi un'ora dopo Lidia al bar Chillino di Angera. Scoprii che era più minuta di quanto apparisse in fotografia, con i capelli biondo scuro e i lineamenti spigolosi.

Lidia stava perdendo qualche euro al videopoker. Le feci un cenno. Mi diede la mano libera, mentre con l'altra continuava a selezionare coppie e tris. «Papà ha sempre delle idee del cazzo. Non ha capito che quando canto non posso avere distrazioni. Farò schifo.»

«Veramente mi paga per non farti distrarre troppo. Non sapevo che fossi una cantante.»

«Classica e modestamente sono anche brava.»

«Basta vederti.»

«È una battuta?»

«No, un complimento. Che canterai?»

«Visto che è un matrimonio a tema Biancaneve, prova a indovinare.»

«Uh.»

«Non fare la faccia schifata, mi vergogno già abbastanza di mio. Ho accettato solo perché Mandi mi ha pregata in ginocchio. Sei in macchina?»

«Sì. Io terrei la coppia di otto.»

Lei tentò la scala, le andò male e finì i crediti. Pagai il suo cappuccino, le aprii la porta del bar e la portiera dell'auto. Non mi ringraziò, in fondo ero il servo di scena. Persi tempo ad allacciarmi la cintura di sicurezza. «Senti, Lidia, tuo padre non mi ha detto praticamente niente rispetto ai guai che si aspetta. Tu sai qualcosa in più?»

Scosse la testa senza guardarmi negli occhi. «Non c'è niente di cui preoccuparsi. Ti romperai soltanto le palle, anche se mi sentirai cantare.»

«Un'occasione da non perdere.» Finsi di impapocchiarmi con la chiave d'accensione. «Non ne hai mai parlato con Mandi? Lei, almeno, ha idea di chi le scriva le lettere? Un ex fidanzato, un vicino di casa...»

Rabbrividì letteralmente, con la pelle d'oca sulle braccia nude. «Mandi non ne parla volentieri, e io neanche. E guai a te se ti fai scappare qualcosa.» Guardò fuori dal finestrino. «Dai, andiamo che mi devo scaldare prima della cerimonia. C'è un'acustica del cazzo in quel capannone. Ieri che ho fatto le prove mi veniva da piangere. Farò schifissimo.»

Invece aveva una bella voce da soprano ben temperato, era quello che cantava a fare ribrezzo. La musica veniva da una base registrata con viole e violini, e ce ne vuole per rendere la canzone dei Sette Nani a urletti acuti.

Mentre Lidia accordava l'ugola, cominciai a fare i miei giri. L'essenza della sorveglianza è tutta nello stare svegli e camminare, controllando quello che può nascondere una persona ostile. Ci può riuscire chiunque abbia un quoziente di intelligenza superiore a quello di un lombrico, cosa peraltro rara nell'ambiente della security.

Non notai niente di significativo. Fuori, caldo e voci lontane di bagnanti. Il luna park era spento e immoto sullo sfondo. Tattù e signora dormivano nel loro camper nonostante l'afa, nessun curioso o motociclista in pelle si aggirava con aria minacciosa. Sulla strada principale, dall'altro lato, c'era un bel viavai di automobili vacanziere, ma nessuno a piedi, salvo una signora anziana con cane bianco e peloso. Poi c'era il lago con le sue barchette, acqua mossa e vento di ponente.

Dentro eravamo soltanto Lidia, io e il guardiano, un ragazzo di vent'anni che lavorava per il Comune. La Casetta ricadeva sotto la sua giurisdizione e mi fece capire che l'apertura di quel giorno era assolutamente straordinaria. Era previsto che quell'affare venisse restaurato completamente prima di essere offerto al pubblico, ma la famiglia di Mandi era riuscita non si sa come ad avere il permesso.

In effetti la Casetta era messa male. Costruita come una replica su larga scala di quella del film, aveva perso quasi del tutto la vernice originale: i fregi erano di un grigio uniforme, talmente consumati da confondersi con le pareti. Solo da vicino capivi che i rigonfi semicircolari una volta erano mele rosse e i blob penzolanti passerotti azzurri formato gigante. Mani amiche avevano pulito e lucidato ogni angolo ma sotto l'odore di lisoformio e cera ristagnava il puzzo di muffa e legno marcio.

La Casetta era divisa in tre aree. Entrando dal portone con i finti tronchi si accedeva alla parte centrale, quella che doveva rappresentare una sorta di soggiorno. Una ventina di panche decorate a rampicanti erano rivolte a sinistra verso la "cucina", dove, tra un lungo tavolo di scena e un fornello della Barbie versione gigante, era stato allestito un piccolo palco. Era lì che Lidia stava facendo le prove, il registratore collegato a un piccolo impianto.

L'ultimo terzo della Casetta, a destra per chi entrava, era transennato per impedire l'accesso al pubblico. Al di là si scorgevano una serie di grossi oggetti ricoperti da teli grigi e avvolti in nastro adesivo. Mi era toccato spacchettarli, starnutendo per la polvere dei secoli. Sotto c'erano i letti a castello dei nani, un lettone matrimoniale per Biancaneve e un tavolino tondo con uno scoiattolo senza testa. Era la zona notte del ménage a otto, adibita anche a deposito di vernici e solventi dagli operai. Mancava giusto il gabinetto, con sette piccoli water e uno grande a forma di cuore.

L'ambiente era illuminato da dieci finestre, blindate come le bocche di lupo delle galere, e rinfrescato da una serie di condizionatori d'aria che Lidia e io avevamo acceso appena arrivati. L'unico modo per sentirne gli effetti era quello di mettere la faccia nella ventata gelida, cosa che facevo spesso. Si soffocava.

Mandi arrivò al termine del mio terzo giro, truccata da Biancaneve sino ai capelli cotonati; lasciai che Lidia mi presentasse e mentii su quanto fosse bella ed elegante. Era accompagnata dai genitori, mascherati da Re e Regina con barba finta e parrucche. Deplorarono la mia mancanza di un costume, inventai di essere vestito come il cameriere della Strega che si vedeva nel director's cut. Non sembravano affatto freddamente inglesi, anzi tendevano a farsi abbastanza gli affari miei, per cui fui lieto che Il Principe Azzurro me li levasse di torno.

Questo Principe era davvero un bel tipo, con basettoni e occhi storti. Il costume di raso gli era stato cucito su misura, ma non riusciva a nascondere la sua forma a pera, sostenuta da gambe tozze fasciate da fuseaux bianchi. Avessi dovuto propendere per un maniaco avrei scelto lui, ma mi sembrava improbabile visto che era quello che si sposava. Poi, Biancaneve se lo mangiava con gli occhi, altro che mela avvelenata.

Alle undici finalmente la compagnia era al completo. Si erano aggiunti una trentina di ospiti con costumi di varie fogge, e l'assessore con la delega per i matrimoni.

Entrammo tutti e chiudemmo i battenti del portone sperando che i condizionatori facessero effetto. Lidia cantò tre canzoni, il pubblico applaudì generosamente. Poi attaccò *Un giorno il mio principe verrà*, ma non riuscì ad arrivare alla seconda strofa perché ci fu un tonfo lontano, poi un *woosh* e le pareti presero fuoco. Prima che potessi muovermi, utilmente o meno, la trave vicino al mio naso esplose in una fiammata verde. Nasai una zaffata di fumo che puzzava di trielina e smisi di preoccuparmi del mondo.

* * *

Non a lungo, però, perché il calcio che mi è arrivato nel collo è una stilettata di puro dolore che agisce come un elettroshock. Riesco a riprendermi leggermente dalla mia fissità ebete, quel tanto che basta, almeno, per girarmi e capire chi mi ha colpito a tradimento. Non poteva essere che lei, Lidia, la causa di tutto. Sotto l'abito lungo, una volta bianco, nasconde un paio di scarpe con punta acuminata, ci credo che mi ha fatto male. «Vuoi fare qualcosa, porco cazzo!» gracchia. Non ha più il tono flautato da professionista, anche lei fa fatica a respirare.

La guardo sognante, ancora a mezzo in quell'altro mondo dove la preoccupazione non esiste e la pecora giace con il lupo. Ipnosi, certezza della morte, voci dall'oltretomba. Tutto quanto insieme. Non sono in grado neppure di aprire bocca, fatico a capire il senso delle sue parole.

Stavolta mi tira una sberla in faccia. «Non voglio morire, porco cazzo! Fai qualcosa!»

Piange, mi tira un'altra sberla. Qualcosa mi si sblocca. Qualcosa di strano che frulla dentro la pancia e comincia a pungermi. È la paura, mi è arrivata nel corpo prima che in testa. D'improvviso sono terrorizzato. Non sono pronto, non voglio. Mi fischiano le orecchie e mi sento male. Cado in ginocchio e striscio. Uscire. Da dove. Fuori. Da dove.

È quella posizione che mi salva. Il fumo, denso e pesante, non si è ancora posato. Respiro una boccata di aria calda e puzzolente, ma c'è ossigeno dentro. Ricomincio a pensare, proietto la scena nella mia testa, la mappa della Casetta. Il portone è impraticabile. Le finestre sono *troppo strette. Non c'è uscita di sicurezza. La Casetta è un reperto archeologico. Niente trattamento ignifugo, niente estintori. La mente sta volandomi ancora via, mi concentro.*

Il tetto? Non c'è modo di arrivarci, e tra un po' sarà lui a venirci incontro, con tutti i passerotti obesi. Trasformo la mappa in un solido, lo faccio ruotare di sopra, di lato. Cos'è quella specie di quadrato che sporge? Un cubo di metallo. Sporge per mezzo metro all'esterno, appoggiandosi al prato verso il luna park. Eppure, da questa parte non c'è niente che...

Il Forno delle Mele. Quello che ho visto fuori è il fondo del forno. Per buttare il caldo all'esterno quando, un secolo fa, qualcuno ci cucinava davvero per i bambini paganti. L'avevo aperto per esaminarlo, non avevo notato quanto fosse profondo. Stupido, distratto, dilettante, moribondo, soffocato, disgraziato.

Mi rialzo e piombo sul gruppo dei Nani. Sono i più giovani, gli amici della sposa.

Li prendo a calci. Indico il forno. «Lì!» Gemo. Ma il rumore mi copre, e la tirata di fumi che ho fatto ancora mi distrugge la testa. Torno a piegarmi, e gattoni arrivo sino al cacciatore ustionato. Lo tolgo strappandolo per il colletto. È un signore anziano, lo zio della sposa. Mi guarda con odio, si sposta di un metro. Apro il forno. Dentro ci sono teglie piene di ragnatele ed escrementi di topo. Il fondo è fissato con bulloni e saldature, ma a fare attenzione si capisce che è più profondo della parete.

Afferro una sbarra che sporge sopra la vecchia manopola del gas. Spingo. Non succede niente. Mi ci scaglio contro, la prendo a calci disteso sulla schiena. Vedo il soffitto venarsi di strisce di fiamma, gocce di resina e plastica che colano lungo le travi di sostegno. Il forno non si smuove, non si smuove, non si smuove.

Una figura mi si affianca nello sforzo. È il Nano che stava bruciando. Ha capito. Spinge corrugando la fronte piagata. Geme, gemiamo assieme, insultiamo quel forno costruito in ghisa, in piombo, in uranio. Poi arriva Lidia, poi gli altri. Nani, Damine, Cerbiatti. Almeno venti braccia, e venti braccia possono fare tutto, spostare montagne e mondi interi. Il Forno cede, saltano i bulloni laterali, il corpo centrale striscia fino all'esterno.

A quel punto è una massa che ci travolge. Vengo calpestato e schiacciato sul pavimento, rotolo lontano dal buco che sembra assorbire tutto il calore con un risucchio che lascia storditi. Tra le voci che gridano distinguo quella di Lidia, che si dibatte, il vestito sollevato fin sopra la testa, crollata sotto il peso di un corpo svenuto. Intanto le fiamme dentro sembrano aver trovato maggior energia. L'aria, penso, l'aria che entra dal buco. Il soffitto fa crash, una trave viene giù con tutto quello che ci poteva essere attaccato. Fiamme, fiamme e fiamme.

Stavolta non si vede proprio più niente e non c'è più niente da respirare. Solo piombo fuso in gola, e nello stomaco.

Chissà come, arrivo addosso a Lidia, sto sollevando il corpo di quello sdraiato su di lei, un vecchio vestito da Servitore, con la faccia nera di fuliggine. Caldo, caldo, bruciore.

Tossisco e spingo il corpo verso il buco, mentre Lidia si rialza piangendo, con l'abito che sta cambiando colore. È come se avesse perso la direzione, si gira verso le fiamme. La prendo per la gonna e la faccio voltare. Riesco a vedere a un millimetro, lei nemmeno quello per via degli occhi impastati. La spingo, dall'altra parte qualcuno tira, poi tira me e mi prende per le braccia e mi deposita sull'erba bagnata. E vedo il cielo della domenica mattina e Tattù che piange con in mano la canna per innaffiare.

12

L'ospedale dista cinque minuti, come ogni punto di Angera da qualsiasi altro punto. Le ambulanze sono piene di vecchi in coma e amici in crisi, Tattù e Chantal hanno il loro daffare a non farsi demolire il luna park dalle autopompe. Mi faccio caricare dal primo spettatore non pagante che ha una faccia commossa invece che arrapata. Passo attraverso i carabinieri che tirano i cordoni di sicurezza e i pompieri che innaffiano ad arco qualcosa che sembra stringersi sempre di più. Cerco di non pensare a cosa sta succedendo ai corpi di quei disgraziati che sono rimasti sotto le travi in fiamme. Non faccio fatica, la testa è tornata leggera, anche se stavolta non è colpa di un aerosol di solventi.

Tremo, ho le dita che non riescono ad afferrare niente. L'omino guida, un occhio alla strada e uno alla mia faccia. Sembra stupito quanto me, o forse ha solo paura che i miei abiti bruciacchiati perdano scaglie.

«Come sta?» mi chiede.

«Cotto a puntino.»

Ho la voce tipo cantante dei Kiss e riesco a tenere le palpebre solo a mezz'asta. Allo specchietto di cortesia sembro un nero con mascherina bianca sotto gli occhiali. Sono gli occhiali più brutti che abbia mai avuto, con una montatura viola molto pesante, ma non si sono scassati nemmeno questa volta. Hanno resistito anche i coprilente a specchio.

L'omino mi scarica e chiede se voglio essere sostenuto fino all'ingresso del pronto soccorso. Sto vedendo tutto capovolto, mi appoggio al cofano e rispondo no grazie. Voglio avere un aria disinvolta quando entro a farmi curare, se è il mio ultimo atto voglio che sia ricordato come d'incredibile eroismo. Camminando, con la vista tornata in squadra, vivo il sogno di qualcun altro, dove io sono pacifico mentre il resto del mondo si danna e sclera. Sono stonato.

Un infermiere quasi s'impressiona mentre trova una sedia della sala d'aspetto e mi fa sedere con la cautela riservata ai vecchi e agli storpi di alto rango. Devono passare davanti quelli gravi, capisce?

Come no, rispondo.

Aspetto un numero imprecisato di minuti e lotto per non addormentarmi. Non posso lasciare che il mio Socio si risvegli in questa situazione, come minimo scapperebbe. Ogni tanto controllano che io sia ancora vivo, l'agente di guardia mi prende nome e indirizzo per comunicarlo a quelli che stanno facendo la conta dei corpi. Per non creare casini, capisce?

Come no, rispondo.

Finalmente si libera un buco. Mi lavano la testa con una spugnetta che sa di limone, controllano la dilatazione delle pupille e il battito, poi mi mettono della pomata, delle bende e una garza. Ho recuperato abbastanza forze per oppormi al ricovero. Spiego che ho passato più tempo a farmi medicare che a fare del sesso e ci terrei a migliorare la proporzione.

Il medico non ride. Ha la bella faccia di un uomo stanco che sta facendo qualcosa di buono per gli altri. «Mi faccia vedere le mani» dice.

«Queste due?»

Ops. I palmi sono piagati. E adesso che lo noto, cominciano a farmi male. Cos'ho toccato, imbranato che non sono altro?

Fasciano anche quelli, mi danno un campioncino di collirio e due pastiglie per dormire che lascio nel portacenere dell'atrio. La sala d'aspetto ora è davvero piena e gli ex celebranti sono un bello spettacolo con i costumi da favola andata a male. Ci sono pianti e stridore di denti, occhi vitrei e grida. Qualcuno mi riconosce, io svicolo infilando la porta. Torno in albergo a piedi, accorgendomi troppo tardi che è un'impresa più difficile di quello che potevo permettermi. L'ospedale sta su una collinetta, rischio sempre di ruzzolare in avanti e finire la corsa come una valanga umana. Ho i pantaloni talmente rotti che mi cadono, tra la Casetta di Biancaneve e l'ospedale ho perso una scarpa: la gente mi fissa chiedendo se si tratti di una nuova moda dei cittadini in vacanza.

Arrivo, prendo la chiave dal portiere che non osa fare domande perché gli sbatto la scarpa superstite sul bancone e gli dico: «Manda qualcuno a comprarmene altre due uguali, per favore. Era l'unico paio che avevo».

Salgo un gradino, torno indietro. Il portiere non ha mosso un pelo. «Ah, mi raccomando. Niente ditte che fanno lavorare i bambini.»

Salgo le scale a quattro zampe seminando impronte unte di Foille, non so come riesco a lasciare un rapporto semicomprensibile al mio Socio.

Che lo legge e si limita a starsene a letto a riposare. Tra il mio addormentarmi e il suo risveglio sono passate due ore, segno che il nostro organismo è messo male. In condizioni normali il cambio è istantaneo, ci sfioriamo nell'area intermedia del dormiveglia, un mezzo cervello cessa di funzionare l'altro scalda i neuroni. Siamo due fratelli in un corpo solo, Stanlio e Ollio che timbrano il cartellino entrando e uscendo dalla stessa fabbrica.

Un po' schifato, il mio Socio si fa portare frutta e acqua, poi rimane a letto a guardare la televisione. Ci sono le immagini su tutti i telegiornali che dicono quattro dispersi, un morto e venti feriti, si sospetta un incendio doloso. Il morto è il nonno della sposa, il vecchio che io e Lidia abbiamo spinto fuori senza accorgerci che era già andato. I dispersi sono quattro parenti dello sposo, difficile che tornino fuori come se niente fosse. L'assessore Miglierini si è salvato, è quello che mi ha camminato sulla faccia mentre saltava nel buco del forno.

Una lunga inquadratura becca Lidia che piange raggomitolata negli avanzi del vestito. Si vedono solo i capelli che torneranno biondi, e le mani che si agitano in aria, ma il mio Socio la riconosce ugualmente dalla descrizione che gli ho fatto.

La notizia dopo è su Pietro Valpreda, un pezzo della storia della mia amata città di merda: anarchico, ballerino, accusato di essere il bombarolo della strage di piazza Fontana (*alza la faccia, mostro*, gli avevano detto i fotografi in questura), assolto con formula piena, scrittore, barista, malato di cancro, morto. Andavo al suo bar quando stavo in giro a notte fonda, perché alle tre abbassava la saracinesca, ma se eri dentro potevi rimanere a bere. Ai tempi della militanza litigavamo di politica, ai tempi del Servizio Maniaci litigavamo per il mio mestiere che puzzava di sbirro e manicomio. Non è riuscito a vedere in galera quelli che la bomba l'hanno messa davvero, ed era rimasto uno dei pochi a sperarci.

Al mio Socio non frega niente, ma sa che a me dispiacerà. Per cui piega la bocca verso il basso e prova un piccolo lamento: uuuu. Non gli viene bene, non riesce a sembrare davvero commosso. Ci prova ancora, tenendosi la faccia tra le mani: uuuuu. Più che un pianto, sembra il verso di un gufo. Si concentra, si sfrega gli occhi finché quello sinistro, il più arrossato, produce una lacrima. Lascia che scivoli lungo la guancia fin quando arriva al mento e allora decide che può bastare. Spegne il televisore sulle immagini dei cortei del 1969 e stacca il telefono che suona a intermittenza da due ore. Poi manda a fare in culo il resto del mondo e si mette a leggere.

Parte seconda

IL BLUES DELLA CATTIVA FORTUNA

1

Dopo tre giorni arrivano i giornalisti. Tutti assieme, mio Dio, sembrano gli agenti dell'Fbi in *Mississippi Burning*. Quanti saranno, venti o trenta? Difficile contarli, si danno il cambio e sono circondati da assistenti, tecnici, palafrenieri, ruffiani e semplici sciacalli.

Non ti puoi sbagliare. Si muovono a stormi nei ristoranti, cacciano con la fiocina il congiunto più triste o il vecchietto che sa raccontare la storia dei morti indicando la finestra della loro casa. Ne sono scesi anche al mio albergo, li sento oltre i muri della camera che urlano nel telefono.

Le più rumorose sono le tipe dei femminili. Magre e schizzate, mitragliano i pezzi nel cellulare agitando la sigaretta con la mano libera. Sono depresse per la loro vita in generale e indispettite perché nessuno comprende la loro pena, soprattutto i direttori, capaci di far saltare articoli ricchi di pathos per inserire pubblicità di assorbenti e profumi. La sera diventano anche tristi, confessano di volersi imbarcare come corrispondenti di guerra e telefonano a casa per avere notizie del gatto.

I giornalisti dei quotidiani, invece, parlano sempre a bassa voce, tra loro è tutto un gioco di sguardi e sorrisetti. Hanno già visto tutto, sanno come va il mondo. L'incendio? Puff, quello di Lisbona sì che era un incendio. Morivano a grappoli, esplodevano come fuochi d'artificio. I morti? Ah, dovevi vedere le Torri Gemelle l'11 settembre...

La sera si scambiano massacri come figurine e riservano la loro pietà per i colleghi delle televisioni, sempre con la giacca ben stirata e i pantaloni con la piega. Quasi mi mancano le loro battutine sagaci adesso che sono andati al funerale collettivo lasciandomi a reggere l'olmo.

A parte me, nel bar del Fagiano c'è solo una turista giapponese non molto soddisfatta per come stanno andando le sue vacanze. Posso capirla, povera piccola, si è beccata la strage più grossa della storia di Angera: otto morti, tre cucinati al volo e cinque in ospedale per ustioni e asfissia. Leggo i loro necrologi sul giornale di ieri e mi sento a disagio nella mia giacca e cravatta. Fino all'ultimo ho creduto che mi sarei unito ai dolenti per l'estremo saluto, invece non ho avuto le palle per farlo. Potevo essere la bara numero nove, ho già dato, grazie.

I necrofori passano davanti alla vetrata dell'albergo, mi tiro in piedi non so se per rispetto o per vedere meglio. La giapponese fa un inchino, io mi nascondo dietro le tende.

C'è mezzo paese a seguire i feretri, madido per la pioggia che arriva sotto gli ombrelli portata dal vento. Il sindaco ha la fascia tricolore gocciolante, il drappello dei pizzardoni lotta con un gonfalone animato dalle raffiche, la banda cittadina non riesce a suonare per gli ottoni pieni d'acqua e i berretti che volano.

Quando a sfilare rimane solo il camioncino della Rai con l'antenna satellitare, torno a sedermi e mi faccio offrire da bere dalla mia nuova amica, studentessa di design from Sapporo. Rimango con lei a testare alcolici esotici sino a quando i carabinieri finiscono il servizio pubblico al funerale e vengono a prendermi. Arigato, arigato, è stato bello. Spero che Sumiko abbia i soldi per pagare il conto.

Al comando subisco rassegnato la raccolta sommaria d'informazioni, come i questurini chiamano una torchiatura senza avvocati. Il maresciallo Bernardi ascolta paziente, e non mi chiede di ripetere le cose due volte. Di solito si accontenta di tre, anche se è più meticoloso quando qualcosa non gli quadra. Racconto di nuovo dal botto alle fiamme e spiego che il portone era chiuso, per farci arrostire ben bene.

«Le chiavi, però, mi risulta fossero ancora nella toppa, all'esterno. Almeno, erano lì quando ho guardato. Se il guardiano le avesse avute in tasca, credo che le avrebbe usate. L'hanno seppellito stamattina, povero figlio.»

Bernardi non è convinto. «Non siamo ancora sicuri che sia stato chiuso a chiave.»

«Be', aprire non si apriva.»

Indica la porta del suo ufficio. «Provi a chiudere senza dare alcuna mandata.»

Mi piacciono i giochi di società, eseguo.

«Adesso provi a riaprirla.»

Abbasso la maniglia, ma la porta fa resistenza, magia magia.

«Riprovi tirando un calcetto allo stipite, senza esagerare.»

Immagino dove devo colpire perché vedo la vernice scrostata e l'impronta di innumerevoli scarpe. Do un calcetto mentre tiro, la porta si apre.

«Capisce, Dazieri? Quella porta è vetusta, come tutto il resto della nostra caserma. Il piolo della serratura è ossidato e sporge sempre un po', e quando si cerca di aprirla fa resistenza. Secondo i tecnici dei vigili del fuoco, lo stesso può essere accaduto alla Casetta di Biancaneve. Il catenaccio sporgeva solo di pochi millimetri nell'"incontro", come si chiama il foro nello stipite. Quanto bastava per bloccare l'uscita, ma non è detto che non sia stato il calore a dilatare il metallo.»

«Niente esclude che qualcuno abbia dato un piccolo giro di chiavi, però.»

«Niente esclude, ma perché non dare quattro sane mandate?»

«Forse qualcuno ha distratto il nostro amico.»

«È un'ipotesi. Quando troveremo il responsabile, sarà così gentile da illuminarci.»

«Perché siete sicuri di trovarlo?»

«Senza alcun dubbio.»

Chapeau. Io e i caramba chiacchieriamo un po', non sanno bene cosa farsene di me. Non c'entro con gli altri ospiti, sono losco e sospetto, ma sono anche quello che ha aperto la via di fuga a un po' di cristiani. Alla fine il maresciallo Bernardi mi offre un caffè. «Certo che lei esercita un mestiere bizzarro» mi dice.

«Senza offesa, lei pure.»

Mi lascia andare libero e giocondo, cammino sotto la pioggia gelida fino al luna park. Ahia, sirene e lucette, Tattù sta passando un brutto quarto d'ora. Dopo l'incendio gli sbirri erano già andati tra le giostre a farsi un giro e chiacchierare con il padrone del vapore. Ma era stata una visita quasi di cortesia, un sai com'è, ci tocca. Adesso sono arrivati i Ris di Parma, la scientifica dei carabinieri, e sono davvero allupati.

Due con la tutina bianca stanno frugando nello scarico delle fogne, uno fotografa metro per metro l'accampamento, altri due sequestrano e avvolgono nel cellophane tutto quello che potrebbe vagamente servire ad accendere una fiamma. Nel retro del furgone della scientifica c'è un'esposizione di taniche, torce antivento e bombole del gas, tutte avvolte nella plastica ed etichettate.

Tattù, appoggiato alla parete del suo camper, maledice il creato dalla a alla zeta. Arrivano due in giacca e cravatta a porgergli un foglio timbrato e ceralaccato, un'ordinanza di sequestro giudiziario. Il luna park non potrà aprire sino al termine delle indagini. E quanto ci vorrà? Il tempo necessario.

Una risposta che sembra fatta apposta per segare i nervi, infatti Tattù dà di matto. Devo tenerlo per impedirgli di farsi arrestare al volo, gli amici in divisa ungono le manette. Cedo il comando a Chantal e lo allontano di qualche metro lasciandolo sfogare su un cassonetto della spazzatura. Lo prende a colpi di suola, fa saltare pezzi di vernice con tale energia che una fila di scarafaggi scappa fuori e annega in una pozzanghera.

Dall'altra parte della strada, un piccolo sciame di giornalisti ci osserva con l'acquolina alla bocca. Il funerale è appena terminato, hanno bisogno di carne fresca. Puntano gli obiettivi su

Tattù in azione, poi si ritirano quando mi vedono togliere il portachiavi dalla cintura e correre verso di loro. Vanno a intervistare qualche questurino, io telefono a Mirko Bastoni in cerca di conforto.

Mirko è il mio avvocato preferito. Aria da ragazzo per bene, cuore nero da perfido leguleio milanese. Mi ha tirato fuori dalla merda in più di una situazione disperata e lo pago in natura, barattando carte bollate con ricerche di testimoni reticenti. Però era un collega di Vale e pensare a lui mi fa deviare l'umore. Già che ci sono sbaglio anche il numero e compongo il diretto della mia ex morosa. Rimango basito ad ascoltare la sua voce che dice addio. *Non lasciatemi messaggi che non avrò modo di ascoltarli...* in sottofondo i Gipsy King, *bamboleoooo bamboleoooo.*

Mi salva la segretaria. «Sandrone, accidenti. Ma quanto tempo...» Pausa assorbimento gaffe. «Cerchi Mirko, vero?»

«E chi altri?»

«Ehm ehm, te lo passo.»

Anche Mirko è poco disinvolto. «Stai bene?»

«No, mi sto suicidando con il laudano.»

«Come si dice, meglio aver amato e aver perduto...»

«Non esagerare, stronzo. Avete già dato via la sua scrivania?»

«Troppo tardi per i souvenir, l'abbiamo bruciata per il nervoso. Tu che vuoi? Aumentarci le complicazioni?»

«Solo i clienti.»

«Paganti?»

«Sarà dura.»

Spiego il problema in corso. Mirko grugnisce. «Non faccio in tempo a venire lì o mandare qualcuno.»

«Possono andare avanti anche senza la presenza di un legale?»

«Santa ingenuità.»

«La prossima volta gli dico di prendere appuntamento.»

«E di portare da bere. Passami il tuo amico.»

Lo faccio. Quando Tattù mi rende lo scocciofono, cinque minuti dopo, si è leggermente rischiarato. «Grazie» dice anche.

«Prego. Sì, Mirko?»

«Adesso cerca di trovarmi il responsabile.»

«Mi hai preso per il tuo centralinista?»

«E si lamenta anche...»

«Potresti dire almeno per favore.» Mi guardo attorno. «Come lo distinguo? È quello con i galloni dorati?»

«No, quello con il pennacchio.»

Più che il pennacchio ha la faccia assonnata e gli occhialini fumé. Per raggiungerlo devo guadare il piccolo fossato che divide il luna park dalla strada, inzaccherandomi fin nelle calze. Passo vicino all'ex Casetta di Biancaneve, adesso una bolla di plastica nera circondata da un'area grigia dove si è posata la fuliggine idroresistente. L'hanno transennata e delimitata con il nastro bianco e rosso da costruzioni.

Una pantera piantona l'accesso, i due in macchina fanno le parole incrociate.

«È per lei» dico al tizio, quando lo raggiungo un minuto dopo.

Il responsabile non fa una piega e risponde con la sigaretta in bocca, ascolta per qualche secondo, poi emette qualcosa nel microfono, s'interrompe per ascoltare, risponde sempre a bassa voce. Non riesco a sentire un piffero, immagino che Mirko stia facendo uno dei suoi numeri da giocoliere. Alla fine lo sbirro si rassegna e infila una sfilza di *va bene*. Mi ripassa il telefono, caldo e unto. Lo sfrego sui jeans prima di rintascarlo.

«Tosto, eh?» gli dico.

«Per la miseria. Lei chi è? Ah già. C'è roba sua qui?»

«No.»

«Allora si levi dai piedi, per favore. No, anzi, prima mi dia i dati dell'avvocato. Se no mi fa due palle così.»

Gli allungo uno dei biglietti di Mirko. Lo intasca. «Dazieri.»

«Dica.»

Mi guarda per qualche secondo in silenzio. Sotto l'aria indolente intuisco lo sbirro duro. Chissà che ci fa nel paesino dei limoni. «Ci siamo capiti, vero?» dice poi.

Ogni tanto la telepatia funziona. «Non gradisce avermi attorno.»

«Le piacciono gli eufemismi, Dazieri.»

Passo a salutare Tattù. È tornato in zona, sta parlando con la mogliera a due passi da un carabiniere che scava sotto il camper con una pala pieghevole.

Chantal mi sputa a un centimetro dalla punta della scarpa. Tattù la redarguisce nella loro lingua privata, poi alza un occhio torvo.

«Che ti ha detto *o lolò?*»

«Se o lolò è il poliziotto, te lo puoi immaginare da solo. Ti sei messo d'accordo con Mirko?»

«Per quello che servirà…»

«Ecco, bravo, questo è proprio l'atteggiamento giusto.»

Sbuffa. «Ha detto che viene, domani o dopo. Io devo solo aspettare e spararmi un colpo in testa.»

«O l'uno o l'altro. Adesso devo andare che passano a prendermi per la cena. Ce la fai a non metterti nei casini?»

«Ci provo.»

«Bravo. Perché ho già il mio daffare a tener buono il tuo cuginetto.»

Tattù scrolla le spalle, mi allontano mentre ricomincia a tuonare. L'unica cosa più triste di un luna park vuoto sotto la pioggia è un luna park sotto la pioggia pieno di sbirri.

In albergo mi metto qualcosa di asciutto e faccio appena in tempo a scendere nell'atrio che la macchina accosta davanti all'ingresso. È una monovolume con i vetri oscurati, odora di pelle e di nuovo. Mi godo il breve viaggio sino a Ranco, un paesino piccolo ma agguerrito in fatto di ville e turisti illustri. Metà della dirigenza milanese ha il suo buen retiro da queste parti, ci si ritempra dagli affari spietati tra pesce d'acqua dolce e gite in motoscafo.

L'autista mi scodella sulla porta di una locanda sepolta tra siepi di rose, un cameriere mi attende con l'ombrello a due posti. Sorbole che servizio.

Acconsento magnanimamente a seguirlo, mentre il mio metabolismo da povero comincia a emanare brividi di piacere. Da solo mangio pane e cipolle, ma quando pagano gli altri cerco sempre di imbucarmi nel locale più costoso raggiungibile. Questo, in effetti, ha l'aria di essere il più lussuoso del lago. Tutti i tavolini sono occupati da persone che non hanno problemi ad arrivare alla fine del mese e nemmeno alla fine del prossimo secolo, vendendo quello che hanno addosso si potrebbe risanare il debito pubblico dell'Argentina.

Il Piraña non fa eccezione. Mi aspetta a un tavolino sotto una finestra, gessato Armani non da emporio e auricolare innestato. Si alza quando mi vede in dirittura d'arrivo, mi dà la mano e stacca la comunicazione precedente con un ciao sbrigativo.

Il Piraña mi trattiene la mano, cosa che odio. «Signor Sandrone, non ho parole...»

Sfilo la mano e mi siedo. «Peccato, perché abbiamo un sacco di cose da dirci, invece.»

«La prego, prima pranziamo. Poi ci possiamo mettere a quel tavolino lì fuori» indica il portico oltre la finestra «e concludere.»

Concludere?, strano termine. Facciamo a modo suo, ed è un pranzo bizzarramente formale.

Il Piraña gode a fare l'anfitrione, spiegandomi l'origine di tutti i piatti e di tutti i vini. Allo zabaione improvvisa anche una dotta dissertazione sulle invasioni locali nel duecento avanti Cristo. Il mio Socio saprebbe cosa rispondere, io dirotto su *Il Gladiatore* e me la cavo con qualche secolo di scarto.

Intanto, penso a quello che ho saputo su di lui da Pinocchio. Cinquantasette anni, laureato in filosofia alla Cattolica, primo impiego all'Olivetti come consulente del lavoro, poi una carriera in crescita da un'azienda all'altra fino a mettere in piedi uno studio suo. È sempre riuscito ad attaccarsi al carro giusto. Negli anni Ottanta era consulente del Partito socialista, alla fine degli anni Novanta si presentava alle elezioni con la Lega Nord. Slogan: Maugeri contro l'immigrazione. Per fortuna era stato trombato. Gli elettori non avevano gradito che il suo nome echeggiasse un paio di inchieste di Tangentopoli. Ne era uscito pulito, comunque, come quasi tutti i peggiori.

Sposato con una giornalista freelance, Donatella Bai, due figli: Lidia di venticinque anni e Leandro di ventisette. Ricco, ammanicato, figlio di puttana. Il tipico cliente con cui mi ritrovo a trattare da quando ho lasciato il Servizio Maniaci.

Alle dieci ci sediamo al tavolino esterno con una bottiglia di cognac a guardare la pioggia che scende. Si è acceso un Cohiba, mi metto controvento.

Apre la Vuitton e ne toglie una busta satinata. «Signor Sandrone, questa è per lei. La apra, per favore.» È un assegno. Circa dieci volte la cifra pattuita per il mio incarico di domenica. Non faccio una piega mentre penso a un biglietto per le Figi. «È solo un anticipo, se lei accetterà.»

«Vuole che io continui a lavorare per lei.»

«Esatto.»

«Non posso accettare. Ho un sano rispetto per la mia pelle. Lavorare per un cliente che ti prende per il naso vuol dire rischiarla.»

Puff puff, una nube di fumo azzurrino si scioglie sotto la pioggia. «La pensa così?»

«Dottor Maugeri, a cosa serve questo giochetto?»

«Forse voglio capire quanto lei è intelligente.»

«Forse vuole capire quanto si è scoperto il sedere con me. Abbastanza. Vuole lavorare con un buttafuori di dubbia reputazione, quando qualsiasi agenzia di questa terra le stenderebbe un tappeto rosso. Poi, prima che i carabinieri mi interroghino, mi chiede di tenere la bocca chiusa su una faccenda che, in teoria, la riguarda appena marginalmente. È sua figlia il vero obiettivo dello stalker. E lei solo adesso si sta rendendo conto di aver fatto una cavolata enorme a non parlarne con la polizia. Mi sbaglio?»

China leggermente il capo. Penso che sia il suo modo di apprezzare la mia deduzione, poi mi accorgo che l'ombra di un'emozione vera lo sta attraversando. «Ha ragione. In parte.»

«È Lidia?»

«Sì.»

Ripenso ai brividi della ragazza quando stavamo andando al matrimonio. «Lettere oscene e tutto il resto?»

Prende di nuovo la borsa. «Questa è arrivata la settimana scorsa.»

Mi passa un foglio di carta da quaderno, scritto con un pennarello. In cinque righe ci sono tre varianti della corretta denominazione dell'organo genitale femminile e altrettante del mestiere della battona. Il resto sono minacce di penetrazioni anali con coltelli e rasoi. Brrr.

Gliela rendo. «L'ha fatta esaminare?»

«No.»

«È disponibile a farlo adesso?»

«No.»

Non capisco. Per pensare mi verso un altro bicchiere. «La sua reputazione è più importante dei suoi figli?»

Un'altra ombra di emozione. «Al contrario. Mi dica, sarebbe normale per uno stalker compiere una strage indiscriminata?»

«Forse gli è scappata di mano.»

«Chiunque sia stato ha manomesso delle taniche di solvente, vi ha inserito un innesco di polvere nera, se si dice così, e le ha fatte saltare. All'apparenza, voleva fare quello che ha fatto.»

Le taniche appaiono nel buio della mia testa. Erano quelle sotto il lenzuolo, nella stanza da letto di Biancaneve. Le ho guardate, certo, ma superficialmente. Bravo dilettante, mi dico con la voce del mio Socio. Ero lì per impedire un'aggressione, non un attentato, mi rispondo, ma la scusa è debole.

Scuoto la testa. «Gentile il maresciallo Bernardi a passarle informazioni riservate. Un altro buon amico di Lago Decoroso?»

«Potrei dirle che non è stato lui, ma devo essere sincero, giusto?»

«Non mi faccia ridere. Che altro le ha detto? C'era un timer?»

«No, un radiocomando. Pare il pezzo di un aeroplanino giocattolo.»

«Il nostro stalker è un dilettante, allora.»

«Un dilettante che costruisce una bomba radiocomandata?»

«Ci sono un milione di siti Internet che insegnano come fare. E anche molti manuali sugli esplosivi in libera vendita. Un professionista non avrebbe mai usato un pezzo di un aeroplanino.» Mi guarda perplesso. Approfondisco. «I telecomandi dei giocattoli hanno poca portata e non sono protetti contro le interferenze. Può bastare un cellulare che suona a farli scattare. Forse voleva far saltare tutto dopo, quando fossimo usciti.»

Il Piraña ha un'espressione strana che non riesco a decifrare. «Ne è sicuro?»

«Abbastanza.» Nell'altra vita sono quasi riuscito a bruciare una casa occupata grazie a un sistema di radiocomandi applicati a molotov. Una mia brutta figura storica, di quelle che ancora si raccontano nel giro. Chi ha fatto il mestiere ha rischiato molto.

Sembra sollevato. «E magari non voleva uccidere nessuno.»

Non condivido. «Forse. Ma non si faccia troppe illusioni. Anche se la maggior parte degli stalker sono innocui, in una piccola percentuale sono talmente ossessionati dalle loro vittime che non si fermano davanti a nulla pur di "punirle". Darebbero fuoco a un grattacielo, se servisse.» Rivedo la fiammata finale che mi lambiva i piedi mentre strisciavo nel buco. Cristo. «Deve portare le lettere al magistrato e raccontare tutto. Nessuno la rimprovererà per aver esitato. Non poteva prevedere…»

«No.»

«Andare alla polizia, ora, è il modo migliore per mettere al sicuro sua figlia. Non è uno scandalo essere molestati da un maniaco. E non è colpa sua se sono morte delle persone.»

«Non possiamo sapere se è stata davvero la persona che tormenta mia figlia, giusto?»

«Ha candidati migliori?»

«Il gestore del luna park è un candidato perfetto.»

Lo dice troppo convinto e ho un brivido. «Sempre il suo amico maresciallo, vero?»

«Sta per essere incriminato.»

«E quale sarebbe il movente?»

«Stava per perdere la sua fonte di reddito. La Casetta di Biancaneve doveva diventare il primo pezzo di un nuovo parco giochi comunale. Questo era l'ultimo anno per le giostre ambulanti.»

«E Tattù lo sapeva?» Appena formulo la domanda, capisco quanto sia inutile. Certo che Tattù lo sapeva, solo che ha ritenuto opportuno non dirmelo.

Il Piraña torna a mostrare i denti appuntiti. «Lo sanno in molti, in paese. Strano che lei non abbia chiesto in proposito.»

«Non mi riguardava. E non mi riguarda. Sarei dovuto ripartire tra una settimana, vuol dire che ripartirò prima. Dopo aver fatto due chiacchiere con il giudice incaricato.»

«E pensa che le crederà?»

«A quel punto non sarà più un problema mio.»

Il Piraña esamina il sigaro ormai spento e lo lancia tra l'erba bagnata. «Sandrone, se io avrò la certezza che chi molesta Lidia è responsabile davvero dell'incendio, andrò volontariamente al comando dei carabinieri a raccontare tutto. Prima di allora non dirò niente a nessuno. Lidia negherà, mia moglie anche. Se lei insiste, farò in modo di farla passare per un imbroglione che mesta nel torbido. Che vuole ricattarmi raccontando strane storie su mia figlia. Lei non ha santi in paradiso su questo lago, Sandrone.»

Non ho mai picchiato un cliente, ma sto per farlo. Quando mi alzo sono proprio convinto che lo afferrerò per la cravatta e gli cancellerò l'espressione distante a suon di cazzotti. Voglio vedere il suo sangue che schizza, anche solo per fargli pagare i minuti che ho passato in quell'affare in fiamme, per vendicarmi di come mi sono sentito oggi durante il funerale, per quell'orribile e appiccicosa certezza di essere diventato uno iettatore che porta la distruzione ovunque si sposta. Che ha il karma pesante, un dio crudele seduto sulle spalle.

Poi mi blocco, *zang*, fulminato da un satori. Respiro a lungo per calmarmi. «Dottor Maugeri, chiunque, ma proprio chiunque, sapendo che uno sconosciuto minaccia la sua famiglia, avrebbe una paura fottuta. Uno nella sua posizione, poi, avrebbe già preteso una scorta dal ministro degli Interni. Lei, invece, cerca di tenere tutto sotto controllo, di non far trapelare voci. C'è solo una spiegazione possibile. Il suo stalker non è uno sconosciuto. Ho ragione?»

Esita, ma ormai il gioco è scoperto. Annuisce secco. «Sì.»

«Lei sa chi è, ma questo non giustifica, per la miseria. Perché lo sta proteggendo in questo modo?»

Il Piraña fissa il vuoto. «Perché è mio figlio.»

Eccolo qua il figliolo modello di casa Maugeri. Leandro Stefano, nato ventisette anni fa e cresciuto bene tra asili e oratori. Bravo figliolo alle elementari, un po' discolo alle medie. Al liceo sbarella, ma i genitori se ne accorgono per ultimi. Come sarebbe a dire che non era in classe ieri, che non è venuto per tutta la settimana? Non andava molto lontano, tornava a casa e faceva festa con gli amici che bigiavano. Che onta essere rimandati a settembre, che onta essere bocciati due volte. Ma i ragazzi possono passare anche momenti brutti, sono i problemi di crescita.

C'è qualcosa che vuoi dirmi, figliolo? No, papà, va tutto bene. Mi compri la Zundapp? Invece non va bene. Ai miei tempi sarebbe diventato un paninaro, con dieci anni di ritardo Leandro si accontenta di fare il Boy dell'Inter e giocare alla guerra tutte le domeniche con le tifoserie avversarie.

Torna a casa con qualche livido, si fa beccare i coltelli nel cassetto. Poi un giorno arriva la telefonata della polizia. Il figlio è stato fermato per resistenza a pubblico ufficiale. Venite a prendervelo voi o ve lo rimandiamo impacchettato.

C'è un vantaggio ad avere un padre con i soldi. Ci si può permettere un buon avvocato che ti tiene fuori di galera, anche se non può impedirti l'interdizione da tutti gli stadi del regno la terza volta che ti blindano per rissa aggravata.

Leandro passa allora a divertimenti più costruttivi. Si rapa a zero e si compra un bel bomber, facendo il salto da tifoso imbecille a naziskin. Foto di Hitler e collezione di divise tedesche, feste "oi" in casa quando i genitori non ci sono, e qualche volta anche quando ci sono e si chiudono in camera preoccupati. Bottiglie di birra e anfibi.

Il Piraña è stufo di rischiare l'infarto ogni volta che legge sul giornale di qualche immigrato picchiato: decide di far seguire il figlio da un investigatore privato. L'investigatore è uno di quelli esperti in problemi familiari, corna e ragazzi che si fanno le canne.

Dopo un paio di settimane porta al paparino un rapporto lungo così, con tanto di foto. Il ragazzo bazzica le colonne di San Lorenzo a Milano e si fa chiamare più virilmente Leo. È uno dei boss della birreria Oktoberfest, dove si riuniscono le teste pelate, poi uno dei frequentatori di Spazio Libero, il "centro sociale" nero di Milano. Il padre chiede di continuare la sorveglianza, ma ahimè il nostro piedipiatti non è abituato a muoversi in certi ambiti.

Una sera lo aspettano in quattro, con catene e bastoni, e lo mandano all'ospedale. Solo un congruo risarcimento e la brutta figura professionale del massacrato evitano una nuova denuncia al pupo. Che prosegue la sua carriera, anche se il centro sociale è chiuso dalla polizia nel 1996. È l'operazione Thor contro i gruppi neonazi, una roba che serve a far parlare i giornali di repressione contro i violenti.

Leo non è tra quelli che finiscono in tribunale, nessuno lo tira in mezzo per aver profanato un cimitero ebraico o aver messo la stella gialla sui negozi non ariani: continua i suoi giri. Disprezza la destra ufficiale, debole e molle, si fa un po' di viaggi in Inghilterra dove ci sono i camerati tosti, sparisce per settimane, e ogni volta torna un po' più incarognito.

Come arrivino ai ferri corti non si sa. Forse all'ultimo tentativo di iscriverlo a qualche università all'estero dove potrebbe imparare qualcosa. Il padre rifiuta di dargli ancora soldi, Leo lo minaccia con un coltello. Sparisce, ritorna. Lo fermano a un concerto di naziskin, lo rimandano a casa, i genitori lo vedono girare tra le pareti domestiche come una belva in gabbia. Sparisce un'altra volta, torna magro come un chiodo per una qualche infezione intestinale, vuota in pochi giorni l'armadietto dei liquori. Butta in terra la madre durante una discussione, minaccia di nuovo il padre che fa sempre più fatica a mantenere la faccia tosta quando amici e colleghi gli chiedono di quella testa matta del figlio.

Una notte succede il fattaccio: massacra la sorella, l'unica in casa con la quale avesse qualche rapporto decente. Papi e mami accorrono alla urla e trovano Lidia per terra con il naso rotto, e Leo in piedi su di lei con l'uccello di fuori. A occhio e croce, sembra che lei si sia rifiutata di fargli un servizietto.

La famiglia decide per la tolleranza zero. A marzo Leo se ne va definitivamente di casa. Chiede soldi, che il padre gli dà solo per levarselo dai piedi, mentre la madre vorrebbe chiamare la polizia o qualcuno che gli tiri un colpo in testa. Leo si farà sentire un mese dopo chiedendo altri soldi che finalmente il Piraña gli rifiuta. Leo dà fuoco alla Porsche di famiglia, i pompieri salvano giusto il volante. Il Piraña apre a Leo un piccolo conto che potrà utilizzare per le spese d'emergenza; Leo si accontenta e sparisce.

Tutti tirano un sospiro di sollievo, tutti tranne Lidia. Non le sono bastate le botte per dimenticare l'amore fraterno, chiede che il Piraña assuma un altro investigatore e lo cerchi. Il Piraña si rifiuta. Lidia lo cerca comunque, tra una lezione e l'altra del Conservatorio, ma non cava un ragno dal buco, non ha punti di riferimento. Il clima è cambiato in città. I nazi non si ritrovano più nei vecchi posti alle Colonne di San Lorenzo.

Poi, miracolo, Leo rispunta due mesi fa, e Lidia lo incontra per caso ad Angera mentre ride e scherza con altri pelati. L'incontro deve essere peso, perché Lidia torna a casa sconvolta. Cominciano ad arrivare telefonate oscene sul cellulare di Lidia, che cambia il numero, poi lettere. L'ultima la riceve dopo un incubo. Ha sognato che il fratello voleva entrare in casa, che stava male sulla porta e si lamentava.

Che sia successo davvero? Il Piraña si preoccupa all'idea che

Leo faccia qualche porcata plateale, soprattutto al matrimonio degli amici di famiglia. Ma ecco che arriva un nuovo buttafuori in città. Mi assume, combino quello che combino, succede quello che succede. Adesso vorrebbe il servizio completo. Protezione familiare, ricerca del figliol prodigo. Anche solo per capire se ha dato i natali a un assassino che dovrebbe finire in galera per il resto dei suoi giorni. O in manicomio.

Il Piraña finisce di parlare. Io finisco di vuotare la bottiglia di cognac.

«Le costerà» dico.

2

Stavolta è il ristorante rustico Goccia d'Oro, a Cuveglio, ai bordi di un piccolo lago artificiale dove si allevano pesci d'acqua dolce. È un posto da riposo assoluto, tra ombre dei portici e brezza. Di fronte a me, in ordine sparso lungo il tavolo di legno, quattro ragazzotti ruspanti che non hanno ancora compiuto trent'anni. Uno di loro è venuto in giacca e cravatta per farmi capire con chi ho a che fare, gli altri hanno preferito il look da fighetto povero, con T-shirt marchiate in evidenza e jeans.

Strazzi sta seduto all'angolo, non alza la faccia per guardare né me né i suoi camerati. Il mio Socio deve avergli fatto male, perché gli è venuto il mento come quello di Totò. Gli altri del gruppetto esprimono un misto di emozioni varie ed eventuali.

Il primo a parlare è Edoardo Brugnetti, quello più in carne. La pancia gli straborda sotto la maglietta con un D&G grande così. Lui è di Stresa, nei mesi invernali lavora come bidello alle medie. «Si può sapere chi cazzo sei?»

«Sono quello pagato per mettere a posto le cose.»

«Non ho capito. Non sei l'amico dello zingaro delle giostre?»

Difficile giocare di fino con i trogloditi. «Anche. È per questo che sono qui. Avete un debito nei miei confronti. Adesso ho intenzione di riscuoterlo.»

«Secondo me ti sei fatto delle idee strane.»

«Sì, quella di non mandarvi in galera.»

Antonio Franchi si agita sulla panca. Ha gli occhiali Web, ma le lenti sono più spesse delle mie. Fa il macellaio nel negozio del padre ad Arona. «In galera per cosa?»

Conto sulle dita. «Aggressione, violenza, tentato omicidio. Se vogliamo, aggiungo anche incitamento all'odio razziale e radunata sediziosa.»

«Ci stai prendendo per scemi? Aggressione di chi?»

Allargo le mani sul tavolo. «Mi sa che qui abbiamo un problema.»

Quello in giacca e cravatta ridacchia. Si chiama Francesco Adelmo, è il più giovane e stupido del gruppo, studente di lettere. Dalla taglia minuta dovrebbe essere quello che si è preso la sediata in testa durante la notte del luna park. Proseguo paziente. «Il problema è che voi vi ostinate a fare i duri. Ma se siete qui è perché avete paura. E avete ragione, siete nei guai.»

Franchi cerca di fare un sorriso beffardo, non gli viene bene. «Non hai prove che siamo stati noi.»

Indico Strazzi. «Secondo te, furbone, lui come l'ho trovato?»

Tutti si voltano a guardare l'infame che cerca di scomparire sotto il tavolo.

«E allora?»

«Vi propongo uno scambio che coinvolge anche i vostri due amichetti assenti. Diteglì pure che la volta prossima vado a prenderli a casa.»

«Uno scambio.» Brugnetti sembra fatichi a capire. «È una specie di ricatto?»

«No, un affare. Farete un lavoro per me.»

«Sei matto.» Brugnetti si alza. «Andiamo via.»

Alex spunta dall'angolo e lo colpisce alla nuca, Brugnetti si affloscia senza un lamento: un'azione talmente veloce da mettere invidia ai Keystones Cops. Prima che si facciano strane idee appaiono anche l'Elefante e Kik e si mettono dietro i superstiti.

Adelmo trema, Franchi tenta una reazione, l'Elefante gli si appoggia alle spalle con i suoi quasi due metri. «Non fare il pirla» gli sussurra. Non è molto bravo a fare a botte l'Elefante, ma come deterrente vale due volte la sua taglia. Franchi si tranquillizza, Adelmo si piega per vedere che cosa è successo all'amico steso. Niente, si sta aggrappando al tavolo nel tentativo di alzarsi. Alex ha la mano da farmacista.

«Grazie, ragazzi.» Faccio segno ad Alex e agli altri di rimettersi seduti. Obbediscono come se fosse normale fare quello che dico. «Capiamoci bene. Non ve la potete cavare gratis.» Fisso Brugnetti. È tornato dritto e si sta asciugando il naso che cola con l'espressione di chi ha visto la Madonna. Estasi mistica da sacchetto di sabbia in testa. «Normalmente, il vostro piccolo raid non preoccuperebbe nessuno, ma adesso c'è un'inchiesta per l'attentato al baraccone» prendo fiato prima di tirare la palla colossale, «e quello che avete combinato interesserebbe molto il giudice. Se lo sapesse.»

Strazzi sembra sull'orlo delle lacrime. «Ma hanno già arrestato il negro.»

Alchimie della mente di un deficiente: un giostraio siculo diventa improvvisamente afro. Va be', è deficiente non a caso. «È solo sospettato. Voi venite, fate casino, poi due giorni dopo brucia un pezzo del luna park. Anche se siete innocenti, vi faranno a pezzi e vi sputtaneranno.» Prima che a qualcuno venga in mente di obiettare proseguo. «Ma io voglio evitarvi tutto questo. In cambio, dovete solo darvi un filo da fare. Niente di faticoso. E alla fine» lancio la palla gigantesca «potrete anche guadagnarci dei soldi.»

Franchi distende leggermente il viso. Una trattativa economica gli permette di salvare la faccia. «Si può sapere che cazzo vuoi?»

«Certo.» Poso sul tavolo la foto di Leandro Maugeri. Il nostro uccel di bosco veste bomber e anfibi. Ha in mano un boccale di birra che sembra offrire all'obiettivo. «Lo conoscete?»

I quattro se la passano di mano, anche Brugnetti che si palpa la nuca dolorante. Adelmo cambia espressione. «Non è quello che veniva al bar Tubino, a Ranco?»

«Dimmelo tu.»

«Sì, è uno di Ranco. L'ho visto girare. Ha un enduro.»

«Un tuo camerata?»

Alza le spalle. «Camerata sì. Mio no. Lo salutavo e basta. Non so neanche come si chiami.»

«Leo Maugeri.»

«Giusto, Leo.» Una luce si accende anche negli occhietti di Franchi. «Ma sì, è uno della curva. L'avevano legato, mi sembra. Che vuoi da lui?»

«Trovarlo.»

«Hai provato con le Pagine Utili?»

Ride da solo e smette quando fingo di guardare verso Alex. Si passa la lingua sui labbroni. «Perché?»

«Non ti riguarda. Ma non è niente di illegale.»

Adelmo maneggia nervoso la foto. «È da un sacco che non si vede.»

«Però era da queste parti due mesi fa. Chiedete in giro. Siete della zona, più o meno la pensate come lui, politicamente, se pensare è il termine corretto.»

Borbottano obiezioni che non riesco a raccogliere perché mi suona il cellulare. Non appare il numero. «Sì?»

«Ciao, sono io.»

Mi gira la testa, sento campane suonare e razzi partire verso gli spazi siderali.

Singulto. «Vale.»

«Sì, ciao, ti ho detto che ti avrei telefonato. Come stai?» Sussurra, ha qualcosa di strano nel modo di parlare.

Mi alzo. «Pensateci su qualche minuto, eh?»

Passo vicino al tavolo di Alex e gli altri, che mi scrutano interrogativi. Non gli bado.

Mi chiudo nel cesso. Vale dall'altro lato canta a bassa voce «*I was born in a house when the television always on...*»

Chiudo il coperchio e siedo sulla tazza. «Mi hai chiamato per farmi la filodiffusione?»

«Non ti piace come canto?»

«È fantastico.» Dalla finestrella a mezzaluna vedo il tavolo. I quattro congiurati confabulano, i miei amici li osservano dubbiosi.

«So un sacco di canzoni. So tutto l'Album Bianco dei Beatles, tutte le canzoni di De André…»

«Vale, sei ciucca.» E lì sono le sette del mattino, complimenti.

«No, sì. Ho solo bevuto un po' di *sangue del diavolo*, è una bevanda che fanno qui con la canna da zucchero.»

«Il nome è attraente. Sono un po'…»

… senza parole, ma appunto non me le lascia dire. «Tu pensi che sono cattiva, vero?»

«No, ma che…»

«Che non capisco come tu ti senti, adesso che io sono qui e tu lì. Ti ho rovinato l'estate, non ti ho cambiato le bende quando eri in ospedale. E ti ho anche messo le corna.»

«Certo che detto così…»

«È che in questi momenti vorrei essere lì con te, e abbracciarti. Mi abbracceresti se fossi lì? Mi terresti stretta come una patata nella terra?»

«Mi piacerebbe. Lo sai che.. »

Lo sa. «Non mi è piaciuto quello che ti ho detto l'altra volta al telefono. Non è giusto, lo so che cerchi di fare del tuo meglio per stare bene, come me e come tutti. Io ci credo che tu vuoi cambiare vita, sai? La stai cambiando?»

«Ma certo.» In peggio.

«Perché se tu la cambiassi potremmo essere una coppia qualsiasi che fa una vita normale. Non ti piacerebbe? Grigia e normale, e tranquilla. Anche un po' noiosa…»

«Insom…»

«Perché anche tu vuoi stare bene, no?»

«Sì, certo.»

Va in loop, ma la sua voce mi è mancata talmente che l'ascolterei in estasi anche se facesse i gargarismi. Alla fine piange un po' e mi ripete che vorrebbe tanto essere qui con me. Non avesse venduto la casa e lasciato il lavoro, le crederei. Interrompe bruscamente senza salutare. Sollevo il coperchio dello sciacquone e mi spruzzo di acqua fredda e rugginosa, poi torno fuori, in forma come dopo un elettroshock.

Al tavolo, i quattro sono arrivati a una specie di decisione.

Franchi è diventato il portavoce del gruppo. «Ci metteremo nei guai con questa storia?»

«Solo se vi comportate da imbecilli e fate girare troppo la voce. Se qualcuno vi chiede perché, dite che lo state cercando per motivi vostri. Inventate una balla credibile, cominciate a chiedere ai vostri amici. Se ne avete.»

«E ci pagherai? Quanto?»

«Quanto varranno le vostre informazioni. Ma vedete di fare in fretta.» Metto sul tavolo il numero del mio cellulare. «Chiamatemi qui quando saprete qualcosa. Siete liberi.»

Non ci stringiamo la mano, salgono in macchina e partono.

Alex, Kik e l'Elefante fanno un cambio di tavolo.

L'Elefante prende il menù. «Intanto che ci racconti tutta la storia, mi sa che ti tocca offrirci la cena.»

«Benvenuti ad Arona. È un piacere vedervi.»

E lo è davvero per i miei occhi stanchi, anche se nessuno dei miei pard è un mostro di bellezza.

Il più grosso è Marco l'Elefante, un chilometro di corpaccione imbranato, capelli rossastri e barba. Alex, invece, è alto poco più di uno e sessanta, pelle chiara dove risaltano le efelidi, espressione ingrugnata. Siamo coetanei, me li tiro dietro da quindici anni almeno, o sono loro che tirano dietro me, difficile dirlo. Abbiamo brigato insieme nei collettivi autonomi, li ho coinvolti con le agenzie quando mi serviva gente fidata. Hanno mollato prima di me cercandosi lavori migliori, uno informatico, l'altro – incredibile – bancario, ma mi danno ancora una mano quando sono proprio con il sedere a terra. Il che capita non di rado.

Il terzo è una new entry da un bel pezzo a questa parte: Kik. Alto quanto me, naso affilato e aria fosca, Kik una volta era un punk, gli sono rimaste espressioni e cicatrici di lamette. I vecchi militonti del Pci lo menavano, quando veniva in corteo, per i vestiti neri e le spille con gli strani simboli. È stato uno dei fondatori del centro sociale Virus, il più hard core d'Italia, ha vissuto negli squatt più sgarrupati, si è fatto tutte le droghe naturali e sintetiche. Però diventava vecchio lo stesso e questo continuava a non andargli bene. E il no future? E Sid Vicious?

Così è passato ai giri del mondo in ottanta mesi, alla vita da hobo, è sparito talmente a lungo che tutti noi pensavamo fosse morto. Perché lo pensavamo, ogni tanto. Era uno di noi e chi ti diventa fratello tra gli anni di piombo e quelli di merda, fratello rimane.

È tornato con una delegazione messicana per il corteo anti G8 a Genova, l'anno scorso, e ne ha prese così tante nella caserma di Bolzaneto che ha deciso di rimanere. «Quando la polizia ti spoglia nudo poi ti prende a calci nel cesso» mi ha detto spuntando a casa mia due giorni dopo, «capisci che peggio di così non ti può andare per un po'. Mi fai fare una doccia?»

Ovviamente lo abbiamo coinvolto subito nelle nostre storiacce.

L'Elefante finge di annusare in cucina. «Mmm, sento puzza di bruciato.»

«Ma che bella freddura.» Batto un cinque con Alex. «La prossima volta arrivate prima, però. Ancora un po' e mi toccava picchiarli tutti da solo.»

«Ti fidi a far lavorare i fasci?» dice Alex.

«Giacché cerco un fascio... Daranno meno nell'occhio che quattro probi cittadini come noi. Spero che almeno uno di loro si dia da fare, non ci conto molto.»

«E se qualcuno gli rompe le ossa, sempre un'utile indicazione sarà.»

«Mi mancava il tuo spirito acuto.»

«E tra un po' ti mancherà ancora. Votazione unanime: ti diamo dieci giorni di tempo. Sia io che Marco abbiamo intenzione di farci le ferie in luoghi più ameni di questo.»

«Grazie, grazie, come siete generosi. Come va Kik?»

Si stringe il golfino di lana al petto, scosso da lievi tremiti.

«Bene.»

«Quando stai bene tremi?»

Scuote la testa. Cominciano a vedersi fili bianchi anche a lui, nonostante si rasi a spazzola. «È il *bembe*.»

«Il bembe. Chiaro.»

«Un insetto del Costa Rica. Dà febbre ciclica. Non ti preoccupare, non è contagiosa se non mangi le mie feci.»

«Cambiamo argomento, va'.»

Tra gli antipasti di lavarello in carpione e le tagliatelle con gli scampi racconto loro tutta la sporca fazenda.

«Il nazi potrebbe essere dappertutto, adesso» dice Kik, con l'espressione del pugile suonato. È la prima volta che si infila in un pasticcio del genere, non ha i calli sull'anima del resto della compagnia. «E come lo recuperiamo?»

«Be', se è stato lui ad accendere il fuoco, da queste parti è venuto per forza. Di certo due mesi fa era qui, e con qualcuno avrà ben parlato. Nessuno arriva e scompare senza lasciare traccia, a meno che non sia l'uomo invisibile. E anche l'uomo invisibile lascia le impronte.»

«Bancomat, carte di credito, eccetera?» chiede Alex.

«Ha prelevato un po' qui e un po' là, soprattutto a Milano, ma anche a Londra e Berlino. È uno che viaggia. Però ha smesso di prelevare proprio due mesi fa.»

«Bella coincidenza.»

«Diciamo inquietante, però coincidenza rimane e anche tutto il resto. Dobbiamo pararci la schiena facendo un po' di ricerche anche sugli altri invitati al matrimonio. Anzi, dovrete, perché io tengo la barra fissa sul nazi di famiglia.»

«E quanti erano, tanto per sapere?» chiede Alex.

«Quarantatré. Ho escluso gli invitati al rinfresco dopo, che non si è fatto.»

«Sì, te lo scordi in dieci giorni. E magari dobbiamo anche darti il cambio con la ragazza» dice l'Elefante.

«Ovvio. Ma il paese è piccolo e la gente mormora, se qualcuno di loro era in fuga dalla mafia o dagli strozzini la voce girerà. Partite dai più probabili: gli sposini, i genitori... Anche l'assessore Miglierini.»

«Non credi che la vittima designata fosse Lidia?» chiede Kik.

«Se non lo fosse, sarebbe un'altra coincidenza notevole, ma giacché siete qui...»

«Ci facciamo un culo grosso come una casa» conclude l'Elefante.

Lentamente l'agriturismo si è riempito. Lasciamo il tavolo a una famiglia milanese di ciccioni con figli ciccioni, prendiamo al banco un bicchierino di grappa all'amarena, poi i miei riottosi collaboratori accettano di farsi condurre al luogo di lavoro.

Rimangono di sasso quando vedono la residenza dei Maugeri, trenta stanze e otto bagni, incrocio tra una villa palladiana e la casa di J.R., con colonne, piscina di cinquanta metri e piccola vasca termale. Dentro, c'è anche un bagno turco à la finlandese e una sala cinema con videoproiettore.

«Bei borghesi di merda i tuoi clienti» dice Kik, scocciato.

«Se fossero dei poveracci non potrebbero pagarci. E sono i *nostri* clienti, ciccio. Non cominciare subito a rompere.»

Anche i Maugeri rimangono di sasso quando vedono la squadra al completo, soprattutto la moglie, che sognava la calata dei California Dream Men. Alta e secca, abbronzata e liftata, non apre bocca durante le presentazioni, ma alla fine accetta di dare la mano ai tre nuovi arrivi.

Solo Lidia rimane inespressiva. Ha interrotto gli esercizi di gorgheggio per venire ad accoglierci con il resto della famiglia – tutti in fila sulla soglia tipo gotico americano, la cameriera Ada leggermente discosta con il grembiule attorno ai fianchi – e rientra in camera con la medesima espressione. Nel giorno e mezzo che ho vissuto nei pressi ha fatto di tutto per starmi alla larga, preferendo non uscire che avermi come guardaspalle. Adesso avrà un'ampia scelta di protettori, anche se sembra non gradirne nessuno.

Accompagno Alex a portare la valigia in quella che dovrebbe

essere camera mia, una stanza degli ospiti arredata finto anni Sessanta, con un matrimoniale e uno scrittoio dove ho già piazzato il mio laptop. La finestra dà sulla piscina.

Alex posa la valigia su una sedia. «Da che parte del letto dormi?»

«Spiritoso.»

«Col fatto che sono l'unico a sapere che sei matto mi tocca sempre averti in camera. Che palle.»

Chiudo la porta. «La tua discrezione è proverbiale.»

«Chi vuoi che ci creda? Se non ti sentissi cambiare voce, anch'io penserei che te lo sei inventato.»

«Il mio Socio ha la mia stessa voce. Fisicamente sarebbe impossibile il contrario.»

«Dovresti sentirlo quando non finge di essere te. A parte l'accento, parla come Dolph Lundgren.» Si siede sul letto e lo prova. «Almeno non russi. Che fine ha fatto il giostraio?»

«Quella prevista. È in carcere a San Vittore. Il Piraña ha fatto pressioni e mi ha fatto avere un colloquio per domani.»

Ghigna. «Che ci vai a fare? Ti ha preso per il culo dall'inizio alla fine.»

«Non sarebbe il primo e lui aveva più motivi degli altri.»

«Tipo che è povero, sfigato e sposato con una minoranza etnica.»

«Tipo.»

«Cuore tenero. Probabilmente è stato lui.» Ha sentito qualcosa di duro sotto il materasso, ci fruga e tira fuori il taser. Impugnatura in plastica da pelapatate, due elettrodi sopra e sei batterie dentro. Tira delle scariche elettriche da 20.000 volt che stendono anche un bue. Vietatissimo in Italia, il mio Socio l'ha costruito dal modello americano copiando la mappa dei circuiti. Meglio non usarlo sui portatori di pacemaker. «Che ci fai con questo, cuore tenero?»

«Ci giocherò al dottore con il tuo sedere, stanotte. Vado a vedere come sta la mia protetta.»

«Bravo, fatti un giro che voglio andare a letto presto. Ronf ronf.»

«Sapessi quanto sei fortunato.»

In corridoio becco la faccia di Lidia che scivola dietro lo stipite della sua camera. Siamo vicini di corridoio, non a caso. Knocco on the wood. «Tutto ok, Lidia?»

È in jeans e maglietta, seduta al pianoforte. «Sto solo cercando di studiare. Non è facile con voi che andate avanti e indietro.»

«Certo che sai come accogliere gli ospiti.»

«Voi non siete ospiti, lavorate per mio padre. Posso anche risparmiarmi di essere formale.»

Alzo le spalle. «Veramente lavoriamo anche per te. Meglio se collaboriamo in letizia.»

«Nessuno ha chiesto il mio parere.»

«Neanche a quelli che sono finiti arrosto vestiti da carnevale. Esci, stasera?»

«Perché?»

«Lo sai perché.»

Tira una manata sui tasti, tipo Jerry Lee Lewis. «Sono maggiorenne, porco cazzo! Non ho bisogno della balia.»

«Ahimè. Non è in tuo potere decidere. Emetti un fischio quando vuoi andare. Ciao.»

Faccio un giro nel parco della villa, camminando attorno alla piscina dall'acqua illuminata, poi seguo il perimetro del muro di cinta fino alla porticina opposta al cancello principale. Bisognerà fare qualcosa per questa, si può aprire con una forcina o sfondare a spallate tanto il ferro è marcio. Dal punto di vista della sicurezza la casa è un colabrodo. Le due telecamere e il sistema di allarme standard possono servire per i ladri di polli, ma non per qualcuno intenzionato a fare del male. Soprattutto se conosce il territorio, come Leo dovrebbe.

Da domani si cambia, però. L'Elefante è venuto con la vecchia attrezzatura e ha già previsto una spesa di ammodernamento che renderà un po' meno smagliante il sorriso del Piraña.

Mentre cammino verso la serra dei cactus, Lidia mi chiama al cellulare e fischia nella cornetta, rintronandomi per qualche secondo. Simpatica ragazza.

Mi attende sulla porta di casa, battendo nervosa il piedino infilato nel sabot. È in total white, vezzosa camicia da mercatino e pantaloni larghi che velano appena il perizoma scuro. Cerco di non guardarla come il porco che sono, l'accompagno ad Arona dove l'aspettano un po' di amici.

Fingiamo di non conoscerci e mi piazzo al tavolo di fianco chiedendo a una coppietta di spostarsi. Ogni tanto butto un occhio alla mia protetta, ride e scherza, ma per lo più ragiono sui casi miei centellinando bicchierini di rum oro. Mi chiedo quanto vecchi si possa diventare giocando all'ombra nell'ombra. Un sacco vecchi, temo. Ci sono colleghi in età da pensione che si trascinano ancora tra duroni e reumatismi; ho lavorato con uno che si appostava di notte con la copertina sulle gambe. Mi immagino tra dieci, venti e trent'anni, poi finalmente riesco a fare il vuoto in testa e lascio che il tempo prosegua per conto suo.

3

Nel cinquemila e rotti, possibilmente dopo l'incontro con qualche civiltà aliena più intelligente della nostra, si guarderà alle galere come a qualcosa di incomprensibile. Davvero, mamma, rinchiudevano le persone e non le facevano uscire? Davvero, nel terzo millennio era normale mettere la gente in scatola, e pensa che credevano fosse una pena umanitaria.

Arrivato a Milano, aspetto Mirko in Piazza Filangieri, dalla parte opposta rispetto al portone d'ingresso visitatori. C'è già la fila dei parenti in visita, si è allungata e ingrossata mentre la osservavo. Sono in anticipo rispetto all'appuntamento, avevo bisogno di tempo per ritrovare il mio spirito cool. Le prigioni mi mettono a disagio. Mi sembra sempre di entrare nell'incubo di qualcun altro, mi sento un intruso quando passo il portone e un verme fortunato quando ne esco.

Mirko si avvicina a piedi con la valigetta di pelle che dondola leggera. Abito di lino stirato di fresco, barba fatta, capello pettinato, Mirko ha cinque anni più di me, ma ne dimostra altrettanti meno; quando esco con lui le ragazze non mi degnano di uno sguardo.

Ci abbracciamo. «Ho qui tutte le tue carte» mi dice.

«Allora posso entrare come se niente fosse? E anche uscire?»

«Come se niente fosse, no. Dobbiamo parlare con il funzionario di turno.»

Passiamo il portone, Mirko saluta una delle guardie, mostra il tesserino e ci infiliamo nella porta riservata ai legali. È una fortuna, considerando che l'altro ingresso è intasato di gente, anche famiglie intere con pacchi e sacchetti. Nessuno dei bambini che incontro piange o strilla, nemmeno quelli piccoli. Chissà perché mi sembra un particolare orribile. Arriviamo in una saletta completamente vuota e ci sediamo ad aspettare che qualcuno si accorga che siamo arrivati.

Sulla parete, la riproduzione di una vecchia pianta di San Vittore. Un bottone rosso indica "Voi siete qui", di che fare gli scongiuri.

«Come sta Tattù?»

«Sta su, ma è preoccupato per i figli. E ovviamente non può vedere la moglie.»

«Non possono chiedere di incontrarsi?»

«È complicato, per ora, e la signora Chantal» Mirko è sempre molto formale con i clienti, forse per tenere una sana distanza psicologica «è stata immatricolata alla casa circondariale di Civitavecchia. L'ala femminile di San Vittore è sovraffollata. Anche quella maschile, ma il signor Carissimi ci stava.»

Carissimi? Ah già, Tattù. «Com'è la vita a San Vittore? Torture efferate tutti i giorni? Squadrette della morte?»

Sorride. «Il direttore è una brava persona.»

«Se fosse una brava persona, farebbe un altro mestiere.»

«Per fortuna no.»

Sarebbe una discussione lunga e non inedita, ma un agente ci fa passare nell'ufficio del funzionario. È stato dipinto di fresco e anche il Presidente nella fotografia sotto la bandiera italiana sembra più giovane.

Il funzionario è un tipo sulla quarantina con peli del naso sporgenti. Stringe la mano a Mirko, che scodella tutto quello che mi riguarda: certificato penale, carichi pendenti, lettera d'incarico a mio nome dello studio legale Pellaccia & Soci per la raccolta di informazioni, fotocopia della mia carta d'identità, certificato medico per le malattie esantematiche, fotocopia del mio alluce sinistro, e un altro pacchettino di fogli leggermente più specifici. In galera non lasciano nulla al caso.

Il funzionario esamina, poi scuote la testa. «No.»

Mirko alza il sopracciglio ben disegnato. «Abbiamo il parere favorevole del Gip.»

«Ma non è il Giudice per le indagini preliminari a dover decidere, dottor Bastoni.»

«Naturalmente non intendevo farle pressioni.»

«Ci mancherebbe.» Si tira un villo nasale. «Posso concedergli di vedere il detenuto, ma non nelle salette riservate ai legali. Non è un avvocato.»

Mi sto un po' scocciando di sentir parlare di me come se non esistessi, ma non oso aprire bocca, perché Mirko mi tiene sotto controllo con la sua pupilla assassina. Il contratto si conclude, sono costretto a salutare il funzionario e separarmi da Mirko. Il resto del viaggio devo farlo da solo, lui incontrerà Tattù negli spazi privati, io come un qualsiasi peone.

Stavolta devo mettermi in fila, farmi perquisire da un agente con guanti di gomma e la faccia di chi è stufo di palpare gente del suo stesso sesso. Accedo al parlatorio. Non c'è il vetro divisorio come nei film americani, ma cinque tavolini e una caterva di gente che pianta un casino mostruoso. Mi siedo su una seggiola fatta apposta per non essere sollevata e usata come clava, vicino a una famiglia che fa baciare il bambino a un detenuto contento come una pasqua. Ci sono un sacco di bambini che trottano in giro, guardie, muri sporchi e puzza di sudore e cibo. Intimità zero, ma in galera quando mai.

Tattù si siede davanti a me, molto cambiato dall'ultima volta che l'ho visto. L'espressione non è quella di quando l'ho conosciuto e nemmeno la malinconica dei suoi momenti peggiori. È sbarrata. Tutto quello che ha di buono e morbido l'ha messo al sicuro.

Gli stringo la mano. «Com'è il trattamento?»

«Si sta stretti.»

«Siete troppi in cella?»

«Troppi tossici e c'è uno che smania quando chiudono il blindo. Per fortuna non è allergico al valium. Che cosa ci dobbiamo dire io e te?»

Appoggio i gomiti al tavolo, centrando una macchia bagnata. Spero che non sia stato un bambino di passaggio. «Quello che non so.»

«Non sono stato io.»

«Chissà perché non credo che me lo diresti.»

«Che bisogno avrei avuto di farlo domenica mattina? Potevo venire un mese fa e bruciare tutto senza che nessuno si facesse del male.»

«Magari ti sei sbagliato. Magari hai perso la testa. Hai perso la testa?»

«O ci credi o non ci credi.»

«Perché non mi hai detto del nuovo luna park?»

«Sei venuto a farmi un interrogatorio? Ho già parlato con il giudice.»

«Tattù...»

«Non sapevo se saresti rimasto lo stesso. Mi servivi. Sono stato uno stronzo, va bene? Ho tradito la tua fiducia, va bene?» Ha alzato la voce più del necessario, ma nessuno ci bada. La donna alla mia destra sta piangendo e il ragazzo dall'altra parte dice non fare così, mamma, o non ti faccio più venire.

«E i tuoi cugini?»

Scrolla le spalle. «Stanno ancora in Francia.»

«Dimmela tutta. Almeno questa.»

Sospira. «Va bene. Li hanno arrestati, per furto.»

«Niente appendicite?»

«No.»

Mi faccio raccontare della mattina dell'incendio e della notte precedente. La mattina faceva sesso con Chantal, la notte precedente non ha visto nessuno aggirarsi con aria furtiva. Non badava alla Casetta, meno la guardava meglio stava.

Parla a fatica. È tornato dall'altra parte, meglio avere poco a che fare con chi campa facendo un lavoro da quasi sbirro. Se circola la voce che *puzzi*, finisce che passi in isolamento tutto quello che devi scontare, colpevole o innocente che tu sia, oppure che qualcuno ti infila nella pancia la molla di un letto. Cerco di fargli capire che potrei essere dalla sua parte e mi fissa. Gli occhi del ragno tatuato sono più espressivi dei suoi.

«Non mi hai portato molta fortuna.»

«Non ne ho molta neanche per me, ultimamente.»

«Sì, lo immagino. Sai che ho otto fratelli?»

«Sì.»

«La nonna di mia moglie era una anziana molto rispettata, un'indovina. Non è una delle solite cazzate zingare, le ho visto fare delle cose incredibili. Tipo che faceva smettere i bambini di piangere solo guardandoli o che ti faceva passare il mal di pancia prendendoti la mano e sfregandola. Mica sempre, la maggior parte del tempo era troppo ubriaca per combinare qualcosa o dormiva, ma aveva delle doti vere. E ha detto che anch'io ne ho un po'. Poche, perché sono un gagio, ma visto che sono il più piccolo di nove figli maschi posso vedere gli spiriti, buoni e cattivi.»

«Lenzuola e tutto?»

Alza le spalle. «Non li ho mai visti davvero. Ma qualche volta ho delle premonizioni. Quando io e te ci siamo incontrati ho capito che sarebbe successo qualcosa di brutto.»

Tra buddisti e negromanti non ne sto uscendo molto bene. «Pensi che sia colpa mia se sei finito in galera?»

«Penso che fosse destino. E se è destino che esco presto, esco presto. E non sarai tu a tirarmi fuori.»

«Quindi non ti cambierà niente se mi aiuterai. Dimmi qualcosa di utile.»

Storce le labbra. «Quel baraccone è sempre stato chiuso. Non ci andavano mai neanche gli operai. Gli unici che ho visto andare avanti e indietro erano quelli che si dovevano sposare. E la figlia di Maugeri.»

«Doveva fare le prove.»

«Magari con un fiammifero.»

131

«Lei era dentro.»

Allarga le braccia. «Non posso dirti nient'altro.»

In effetti è così. Abbiamo ancora un quarto d'ora di visita, ma non riusciamo a tirar fuori niente che abbia un senso. Non mi fido abbastanza di lui per raccontargli quello che faccio, non ho voglia di sentire altre previsioni funeree che mi mettano più strizza di quanta già ne ho. Parliamo di quello che danno in televisione.

Mi ritrovo sul marciapiede a respirare le polveri sottili, sollevato e colpevole. Per mezz'ora di chiacchiere ho perso quattro ore tra le mura del *Due*, mi chiedo come sia a essere il parente di un prigioniero di lungo corso. A giudicare dalle facce di quelli che escono con me, deve essere divertente come curarsi la prostata. Torno a Ranco, addio città amata, ricomincio quelle che dovevano essere le mie vacanze da single.

A casa Maugeri c'è un silenzio di tomba. Il capofamiglia pisola ai bordi della piscina con il "Sole-24ore" sulla panza, la mogliera dal parrucchiere, Lidia in camera a leggere, Alex in giro per chiacchiere che si sperano utili, Kik non pervenuto. Mi rimane solo l'Elefante a cui rompere le palle, gli piombo in camera sperando di trovarlo assorto in una pennica dura e fargli un gavettone. Purtroppo è sveglio, inginocchiato sulla moquette segue la traccia dei fili elettrici.

«Non smontare niente che te lo trattengo dalla paga.»

«Buon giorno Gorilla. Pranzato?»

«Mi è passata la fame. Che stai facendo?»

«Sto solo cercando di capire perché ci sono tutti questi cazzi di fili.» Indica con il tester. «Vedi questo?, è un coassiale...» Si rialza palpando la perlinatura della parete tipo baita. «Ah ecco. C'è una centralina di controllo.» Fa scorrere un pannello di legno, appaiono pulsanti e lucette. «Oh è l'impianto stereo a scomparsa, very luxury. Mi sa che dormo nello scannatoio di casa.» Pigia e gira una rotella. «Nada, deve essere staccato. Devo capire dov'è l'uscita dell'altoparlante...»

Pigia ancora e si sente una musichetta lontana. Quando l'Elefante gira la rotella al massimo capisco che viene da fuori. Apro la finestra. Gli altoparlanti della piscina stanno sparando una rappata terrificante.

YEAAH, STRAIGHT FROM THE TOP OF MY DOME.
AS I ROCK, ROCK, ROCK, ROCK, ROCK THE MICROPHONE.
YEAAH, STRAIGHT FROM THE TOP OF MY DOME.
AS I ROCK, ROCK, ROCK, ROCK, ROCK THE MICROPHONE. HIT ME![6]

Kik viene fulminato a un paio di metri dall'acqua, in slip nero e ciabatte. In quanto a tatuaggi rivaleggia con Tattù: una A cerchiata sulla spalla, un braccialetto tribale al bicipite destro, segni vari sulla schiena e sul petto. Si blocca e comincia a ballare come un breaker anfetaminico. Il Piraña si ribalta con la sdraio. Ci grida qualcosa di poco carino da sotto la finestra.

L'Elefante spegne l'impianto. «Meglio se andiamo a scaricare l'attrezzatura dalla mia macchina. È tempo di upgradare la sicurezza di questa caserma.»

Passo le quattro ore seguenti a tirare cavi, un mestiere che mi permette di spegnere il cervello. L'Elefante sa cosa fare, ai tempi delle agenzie ha messo sotto sorveglianza una caterva di case, per non parlare degli aggeggi che mi infilava addosso quando doveva seguirmi a distanza. Non fosse pigro, adesso starebbe cablando qualche pezzo degli Stati Uniti per una megacorporation, invece ama le comodità, le canne e la sua fidanzata Stefania, perciò compila programmi in casa, guadagnando dieci volte quello che guadagno io facendomi prendere a pugni.

Il check del sistema rivela che la villa possiede sensori di movimento nell'ingresso e due telecamere di sorveglianza, una sul cancello principale e una sulla porta, collegate a un monitor incastonato nella camera padronale.

[6] *Freestyler*, Bomfunk MC's.

L'Elefante vuol farmi vedere i punti ciechi. Mi parla al cellulare. «Capisci? Se mi metto qui mi vedi, ma se mi sposto qui...» sparisce dal video. «Adesso mi vedi.» Riappare. «Adesso non mi vedi. Adesso mi vedi, adesso non mi vedi, adesso mi vedi...»

«Adesso ti prendo a calci. Combiniamo qualcosa?»

Spostiamo le telecamere originali, trapanando muri e allungando fili, poi predisponiamo i punti di attacco per altre dieci nei vari muri esterni. Decidiamo di far arrivare gli attacchi alla tavernetta vicina alle cantine, che sarà la nostra base operativa per il tempo di permanenza: piazzeremo qui i nuovi monitor ordinati dall'Elefante e anche il computer che controllerà tutti i sensori di movimento e quelli di apertura finestre.

È un lavoro faticoso e sudiamo nella calura finendo la scorta padronale di birra. L'Elefante si spoglia e rimane solo con i pantaloni corti facendosi occhieggiare dalla signora Ada, non si capisce se con riprovazione o desiderio.

Alex rientra alle sei e viene a bersi una birra tra noi operai. Nessuno gli ha raccontato verità strepitose. Ammazzare qualcuno degli ospiti? E perché mai? Sono tutti galantuomini. Anche Lidia non sembra avere macchie nel suo passato. Alex ha parlato con il suo ex, un ragazzino sciapo che non sembra avere nessun astio per essere stato lasciato. Visto che ora è fidanzato con la terza classificata a Miss Lombardia, potrebbe anche essere vero. Non che la bellezza sia tutto.

«Mi sa che mi hanno tampinato» dice però.

«Sbirri?»

«Non ti so dire. Ho visto la stessa macchina un paio di volte, e uscendo da un bar ho anche beccato il guidatore che fingeva di lumare una vetrina.»

Mi descrive il tipo che gli andava dietro, capelli biondi radi e corpo atletico. In macchina era con un altro, ma Alex non è riuscito a vederlo bene. La targa? Nix.

«Usciamo sempre in coppia anche noi, d'ora in poi, ok?» gli dico.

«Kik oggi non aveva palle. Era giù di pressione.»

134

«Dobbiamo portarlo a Lourdes, il ragazzo.»

Quando esco dalla tavernetta il cellulare mi bippa due messaggi. Sotto non c'era campo.

Il primo è di Francesco Adelmo, il giovane stupido, che chiede di essere richiamato. Il secondo di Silvia, che *ordina* di essere richiamata.

Comincio dal più facile. Adelmo esita e ridacchia. Alla fine mi chiede se possiamo incontrarci subito. «Sono io da solo» aggiunge.

Gli do appuntamento nella via a cento metri dalla villa e salgo a infilarmi una camicia pulita mentre richiamo Silvia. Neanche mi saluta. «Ragiul è scappato.»

«Io non c'entro.»

«E invece c'entri. Trovalo.»

«Accidenti, ho lasciato a casa il pendolino.»

«Non fare lo spiritoso. Me l'hai mollato e adesso ne sei responsabile.»

«Interessante teoria.»

Ruggisce la mia descrizione morale, non ne esco bene. «Se fossi passato a trovarlo non sarebbe scappato così» conclude.

«Era convinto che volessi farmelo, avrei avuto solo un'influenza negativa.»

«Ma quando imparerai qualcosa di ragazzi?»

«Perché dovrei?»

«Eri la sua figura di riferimento, sei stato tu a tirarlo via dall'aeroporto. Mi chiedeva sempre di te. E tu invece…»

Sospiro e guardo l'ora. Le sei, tra dieci minuti devo vedere il giovane stupido. «Che dice il prete? Da quanto non torna?»

«Da stanotte. Padre Molina ha qualche idea, ha detto che ti aspetta.»

«Ci tengo alla pelle.»

«Vacci.»

«In questi giorni…»

«Subito!»

«Subito.»

Click.

Il Piraña aspettava che terminassi, sulla porta di camera mia in accappatoio blu e ciabatte. «Se è per la musica le garantisco che non succederà più» lo prevengo. «O era il costume di Kik? Troppo succinto?»

«Ci mancherebbe. In piscina ognuno va come gli pare. Non ci fossero le donne di casa potrebbe andare anche nudo. No, volevo informarla del matrimonio di Mandi. Si farà dopodomani.»

Sento lo *strap* delle mie braccia che si staccano. «Ancora?»

«Be', non vedo perché no.»

«Io lo vedo. Spero che Lidia non abbia intenzione di andarci.»

Sembra imbarazzato.Il Piraña imbarazzato, una nuova incarnazione. «Sarà Mandi a venire qua.»

«Non ho capito bene.»

«La sua famiglia ha pensato che non sarebbe il caso di tenere la cerimonia in un luogo pubblico, per via dei giornalisti e dei curiosi. Mi sono offerto di prestare la mia casa. È molto più grande della loro.»

«È ancora in tempo per rimangiarsi l'offerta?»

«Non ne ho alcuna intenzione. Ci saranno solo i parenti stretti e l'assessore, ovviamente. Una ventina di persone. Lei pensa di poter gestire la sorveglianza?»

«Se le dicessi di no?»

«Lo farei ugualmente. Tenga presente che ci sarà una macchina dei carabinieri in strada, e il maresciallo Bernardi è invitato.»

«Allora mi sento meglio.»

Non raccoglie l'ironia. «Bene. Magari domani facciamo una piccola riunione organizzativa.»

«Magari. Mi scusi, ho un impegno.»

Vorrei calpestarlo, ma lo scosto delicatamente e scendo a chiamare i ragazzi. Alex e l'Elefante si infilano in tasca oggetti contundenti e metallici, poi andiamo a piedi all'appuntamento.

Il giovane stupido aspetta nella sua Yaris bluette esattamente dove gli ho detto. La via finisce su uno spiazzo sterrato e attorno non c'è nessuno di preoccupante. Gli busso al finestrino, mentre l'Elefante e Alex aspettano a qualche metro di distanza guardandosi attorno.

«Bene. Che hai da dirmi?» Adelmo cerca di aprire la portiera, la richiudo con il ginocchio. «Stai seduto.»

«È un po' scomodo parlare così...»

«Non ho molto tempo. Dunque? Come mai hai fatto così in fretta?»

«I soldi che vuoi darci... eventualmente li daresti a uno solo, se l'informazione fosse buona?»

«E bravo il furbino. È qualcosa che già sapevi ieri, eh?»

«Non mi ricordavo bene...»

«Come no? Allora?»

«Prima parliamo di soldi.» Si tira il nodo alla cravatta. «Sai, io sono un po' messo male, mio padre non caccia... e...»

Infilo la mano in tasca e indosso il tirapugni. Grande invenzione: livella le differenze fisiche, non ammazza e protegge le dita. Tiro un cazzotto al finestrino. Adelmo grida, il finestrino si frantuma ricoprendogli la faccia di schegge. Cerca di mettere in moto, infilo un braccio e gli sottraggo le chiavi. «Ordunque. Dei tuoi problemi personali mi importa assai poco. I soldi arriveranno se e quando verificherò le informazioni.»

Trema, pulendosi la testa dai vetri. «Non volevo... non ti incazzare...»

«Sono tranquillissimo. Dunque.»

«Mi sono ricordato che l'ultima volta che ho visto Leo aveva un pacco di riviste. Diceva che lavorava lì.»

«Lì dove?»

«Al giornale.»

«Mi pigli per i fondelli? Manco sapeva leggere.»

«Invece no. Lavorava a una rivista culturale... "I nuovi cavalieri", si chiama, ecco.»

«Com'è che ti ricordi il nome?»

«Mi piacciono le storie medievali. Mi è venuto in mente Re Artù.»

137

«Quando è successo?»

«Era primavera, non questa primavera, quella prima.»

Quando Leo aveva lasciato definitivamente la casa del paparino. Magari aveva davvero trovato un lavoro.

«Dove sta questa rivista?»

«Non ce l'ho…»

«La sede, bauscia.»

«A Milano, ma non ho l'indirizzo. Stamattina ho guardato sulla guida telefonica, ma non l'ho trovata.»

Mi allontano di un paio di passi e gli lancio le chiavi. «Puoi andare.»

«E…»

«Prima controllo, poi vediamo. Se vieni a sapere qualcos'altro, il tuo compenso potrebbe anche raddoppiarsi, ricordatelo.» Il doppio di niente è sempre niente. «Scusa per il vetro, lo metto in conto.»

Arretro e lascio che se ne vada alzando una nuvola di polvere.

I due scherani mi si affiancano. «C'era bisogno di fare quel casino?» chiede Alex.

«Ne avevo bisogno io.»

Racconto, chiedo all'Elefante di fare una ricerca su Internet mentre torno a fare il pendolare a Milano. «Non credo che sia l'inserto culturale del "Manifesto".»

«Claro. Rientri per cena, tesoro?»

«*Grrr.*»

Mi tiro dietro Kik, non ha fatto un tubo tutto il giorno può anche aiutarmi fuori contratto. On the road again. Kik, per fortuna rivestito, sembra di buon umore. Mi racconta qualche pezzo delle sue varie trasferte in giro per il mondo. È riuscito a campare due mesi in Argentina vivendo in strada, roba da professionisti. Cerca di fare un po' di amarcord con me, tipo ti ricordi quando abbiamo occupato insieme via Porpora, che fine ha fatto tizio? Io rispondo grugnendo.

«T'innervosisce parlare del passato, Sandroide?»

«Gli anni non passano invano. Almeno per me.»

«Non sei diventato migliore, invecchiando. Almeno una volta rompevi il cazzo con la rivoluzione. Adesso non guardi al di là del tuo naso.»

«Non c'è molto di bello da vedere.»

«E sei diventato troppo attaccato ai soldi.»

«Sarà perché non ne ho mai.»

Si accende una sigaretta e svergina il portacenere immacolato. Il mio Socio ci mette anche i pallini deodoranti bianchi che sanno di saponetta. «E da quand'è che sono così importanti?»

«Ti preferivo punk che fricchettone.»

«Mamma mia come sei acido. Ci credo che le fidanzate ti mollano.»

«Vedremo quando metterai su famiglia tu, se trovi qualcuna che ti si piglia. Tra parentesi, hai le maniglie dell'amore.» Smanetto con l'autoradio. «Vediamo come ci butta stasera. La prima canzone che sentiamo ci dirà come va a finire.»

Non ho considerato che avevo sintonizzato su Radio Buratti, c'è un assolo di armonica. Poi...

I don't know what
Po' weary me can do.
Gypsy says I'd kill myself
If I was you.[7]

Kik ghigna. «Non ti è andata bene.»

«Era a metà, non conta.»

Annunciano quella dopo: una di Sonny Boy Williamson. Spero meglio. Uh.

---

[7] Kenny Neal, *Bad Luck Cards*, 1920
Io non so cosa/ cosa posso fare così stanco/lo zingaro ha detto che si sarebbe ucciso/ al posto mio.

*Baby did you hear about the bad luck, the bad luck that happened
just about six months ago?*

*Now did you hear about the bad luck, the bad luck that happened
just about six months ago?*

*Now my cousin Marvin got shot down, just as he was walkin' out
the do'*

Now and he said please mister, said please don't shoot me no mo'
Now and he said please mister, said please don't shoot me no mo'
*He said because my breath is gettin' short, and my heart is beatin'
awful slow*[8]

«Minchia che sfiga» dice Kik

«Ultima possibilità.»

Lo speaker annuncia il *Blues del Due di Picche*.

Spengo. «Si sentiva male.»

Il Centro di accoglienza di Padre Molina spunta dalle parti di
Famagosta, una zona di Milano tra i Navigli e l'hinterland. Mi
faccio forza e chiedo di lui a un volontario in maglietta bianca
che ho visto un paio di volte. Prima che Molina mi prenda a
colpi di spingarda interpongo Kik. «Ci sono testimoni» dico.

Prende il toscano smangiucchiato e lo butta nel cestino suc-
chiellandomi con le iridi azzurre. «Sei la solita testa di rapa. E
lui che ci fa qui?»

«È un amico, un collega, un...»

M'interrompo. Padre Molina sta sorridendo, avvenimento
inquietante. Kik fa un salto avanti e lo abbraccia. «*Como va?*»

---

[8] *Bad Luck Blues*, 1939
Baby hai sentito di quella disgrazia che è accaduta giusto sei mesi fa? / Sai, quella disgrazia, quella disgrazia che è accaduta giusto sei mesi fa./ Sai, hanno sparato a mio
cugino Marvin appena ha messo piede fuori dalla porta. / E ha detto per favore, signore, per favore non mi spari più./ E ha detto per favore signore, per favore non mi
spari più/Perché il mio respiro si sta strozzando e il mio cuore sta battendo sempre
più piano...

«*Muy bien, Chico. Tu eres un amigo de este cabron?*»

«*Ay, da mucho tiempo. No es malo, solo un poquito loco.*»

Mi appoggio alla parete. «Molto divertente.»

Si erano conosciuti in Chiapas mentre giocavano ai guerriglieri. Mi sento quello di troppo, ma almeno le loro effusioni migliorano l'atmosfera. Molina mi parla senza usare le mani. Ragiul è sparito il giorno prima senza preavviso. Ma si è preso le poche cose che aveva, segno che non è stato rapito dai cattivi.

«E guarda che so benissimo con chi è.»

«Perché non se lo va a riprendere, allora?» Siamo seduti sul gradino dell'ingresso, ogni tanto qualcuno, di solito non italiano e male in arnese, scavalca le nostre gambe per entrare. Molina saluta tutti per nome.

«Perché da me stanno alla larga. Sono due algerini che vendono cd nella metropolitana di Romolo, sono venuti qui qualche volta a fare i bulli e li ho mandati a quel paese. Ma il ragazzo ci ha fatto amicizia e sono gli unici che ha conosciuto che non stanno da noi.»

«Forse Ragiul è abbastanza grande da sapere che vuol fare. O no?»

«No, sta facendo una stupidata. Silvia ha quasi finito di sistemargli la faccenda dei documenti, ma se lo fermano va tutto a gambe all'aria. Non posso legarlo al letto, ma voglio provare a mettergli un po' di sale in zucca.»

«E secondo lei io posso convincerlo a tornare qui e parlarle.»

«Sì.»

«Se trovo dov'è.»

«Lo trovi, lo trovi.» Stringe gli occhi. «Ma guarda che non voglio violenza, non devi fare le tue solite mattane. Per fortuna che c'è Chico, di lui mi fido.»

Kik ammicca, non ricambio. «Va be', muoviamo le chiappe.»

141

4

Ci dividiamo le uscite della metropolitana di Romolo. Quando i due algerini che stappetano si alzeranno per andarsene, Kik seguirà il primo, io il secondo. Se andranno nella stessa direzione, li seguiremo dandoci il cambio. Avrei preferito Alex per un'operazione del genere, ma visto che è rimasto di guardia al forte mi devo accontentare di un dilettante. Aspettiamo fingendo di leggere il giornale o andando avanti e indietro sugli scalini. Non ci parliamo.

La noia dura poco. Prima delle venti i due raccolgono la loro mercanzia e prendono le scale. Chiacchierano tra loro, camminano insieme con i borsoni a tracolla. Annuisco a Kik perché parta, conto fino a dieci e mi muovo anch'io. Vedo Kik che cammina sul marciapiede destro del viale, le mani nelle tasche dei jeans. Impossibile da perdere, è l'unico vestito tutto di nero nella calura estiva. Sto sul marciapiede opposto, tanto per aumentare il raggio d'intervento e cammino tranquillo. L'Elefante mi chiama, infilo l'auricolare.

«Ho trovato di tutto su "I Nuovi Cavalieri" di questo cazzo. Sto stampando una chilata di pagine.»

«Mi bastava l'indirizzo. Cosa c'è di così interessante?»

«Eh, vedrai. Stasera ti farai una bella letturina.»

Kik attraversa la strada e si infila in una viuzza laterale dal viale, più o meno in direzione dei Navigli. Accelero il passo per non perderlo.

«Sii bravo e fammi un sunto.»

«Per telefono?»

«Se vuoi mandarmi un piccione viaggiatore…»

«Uff. Aspetta che mi metto comodo.»

Richiama dopo un minuto dall'apparecchio di casa. Sento fruscio di fogli. «Ah, come si sta bene svaccati. Dunque, mmmm. "I Nuovi Cavalieri" è un mensile edito dalla casa editrice Heimdall, che fa solo questo, mi pare. Heimdall non so cosa voglia dire.»

«Era il guardiano del ponte del Walhalla secondo la mitologia nordica.»

«Capperi che cultura.»

«Leggevo *Il mitico Thor*. Prosegui.»

«La casa editrice è stata fondata da un tal Piero Cavallo, fuoriuscito dal giornale "Umanità Libera". Il suddetto giornale» fruscio «è una specie di organo del Fronte Nazionale. Versione italiana, da non confondere con quello francese di Le Pen.»

«Mai sentito.»

«Contano poco, e ci sono stati un sacco di scazzi. Infatti Cavallo molla "Umanità Libera" e comincia a lavorare con gli Hammerskin.»

«Non saranno dei boy-scout, immagino.»

«Qui ti leggo che faccio prima. L'ho preso dal sito di Società Civile[9]. Uhm uhm. "Dobbiamo assicurare l'esistenza del nostro Popolo e un futuro per i nostri bambini bianchi, predica David Lane, il profeta dei piccoli assassini di Littleton (15 studenti assassinati, nel 1999, in una scuola americana). In Europa lo seguono schiere ristrette d'affezionati, una chiesa sotterranea di fedeli alle sue '14 parole' e agli '88 precetti'. 14 e 88 sono i numeri che compaiono spesso nella nuova iconografia nazi, cabala misterica per iniziati e insieme necessità di nascondersi per

[9] Piccole bombe crescono www.societàcivile.it, a cura di GB.

sfuggire a 'leggi liberticide': l'ottava lettera dell'alfabeto è la H, così 88 significa anche HH, ossia 'Hail Hitler'.

"La prima 'fazione' (gruppo) Hammerskin è nata una decina di anni fa a Dallas, Texas. Poi il contagio si è diffuso e la bandiera con i martelli in marcia è stata piantata, oltre che negli Stati Uniti e in Canada, in Olanda, Germania, Svizzera, Gran Bretagna, Irlanda, Repubblica Ceca, Slovacchia, Francia, Belgio. Se gli skin sono (come dice il documento organizzativo europeo degli Hammerskin stilato ad Amsterdam) 'l'élite giovanile proletaria', gli Hammerskin si prefiggono di essere 'l'élite dell'élite', i migliori tra gli skinhead, scelti tra quelli che più si distinguono per l'orgoglio di essere skin, la fedeltà ai valori, l'amore per le tradizioni. Nuovi cavalieri di un medioevo postmoderno." Nuovi cavalieri, ti suona?»

«Mi suona. Però ciccio, ti voglio bene, ma sembri Mariolina Cannuli. Fare un sunto non significa leggere tutto pedissequamente.»

«Oltre che mi sbatto per te... Va be', il resto non è molto importante. Qui spiega che gli Hammerskin sono divisi in fazioni, con tanto di rappresentanti ufficiali, tesorieri, portavoce ecc. Ma se tu volessi diventarlo, anche se sei pelato non potresti. Devi essere già uno skinhead riconosciuto ed essere presentato da un socio. Poi ti mettono sotto osservazione. Per diventare membro effettivo devi dare prova di coraggio e di essere una grandissima testa di minchia. E ti danno il simbolo ufficiale che ti puoi appiccicare sul giubbotto, d'oh!: quello dei Pink Floyd.»

«La mucca?»

«No, i martelli incrociati. *The Wall*.»

«In Italia come siamo messi? Ci sono questi simpaticoni oppure è tutta roba d'importazione?»

«Ci sono, eccome. Aspetta... scusa se leggo, ma non riesco a fare la sintesi della sintesi. Provo a fare la voce di Robert De Niro. Ehm, ehm... "In Italia, la rete Hammerskin si era estesa da Cuneo a Varese, da Verona a Vicenza, dal Lazio al Sud. La 'fazione madre' era a Milano, in contatto diretto con le 'fazioni madri' dell'intera 'Nazione Hammerskin' in Europa e nel mondo. E-mail, siti Internet, fax, telefoni cellulari sempre accesi erano i canali della comunicazione Hammerskin, che avviene anche attraverso periodici party e concerti, nazionali o europei, e attraverso gli 'Eom' (European Officers Meeting), cioè incontri degli 'ufficiali' inviati da tutto il continente."»

«Non assomigli a De Niro.»

«Aah, che rompiscatole! L'ultimo incontro ufficiale del club l'hanno fatto nel 1999. C'erano 35 capi hammer da tutto il mondo, tra cui due italiani. Non ci sono i nomi, ma potrebbero essere Cavallo e il nostro ricercato speciale, non ti pare? Non andava sempre in Inghilterra?»

«Sì, ma non lo vedo a fare il capo. Troppo idiota.» Intanto io e Kik ci siamo scambiati le posizioni. Adesso sono io in prima fila, e lui mi viene dietro. Se la cava, il niño. I due algerini si sono fermati in un bar, poi hanno infilato via Ludovico il Moro, una delle rive del Naviglio che escono dalla città verso i paesi dell'hinterland. Spero di non dover camminare fino a Pavia. «C'è ancora roba interessante?»

«Ufficialmente si sono sciolti. Un po' li hanno legati con l'operazione Thor, sai polizia contro neonazi uno a zero, ma alcuni dei capetti sono ancora in giro a fare danni. Dunque, sul sito Azione Antifascista ho trovato un bell'elenco: "Roberto Pianta – imputato a Roma nel processo contro gli skinhead, con l'accusa di aver fornito da Londra aiuti agli Hammerskin – ha fondato il suo nuovo partito, Forza Nera. Maurizio Linguacci – già leader di Sommovimento Politico, in cui molti skin militavano – è stato candidato sindaco a Frascati, nelle liste di Forza Nera. Duilio Gattu – ex responsabile della 'fazione madre' italiana degli Hammerskin, quella di Milano, e ufficiale di collegamento con le altre 'fazioni' della 'Nazione Hammerskin' – è oggi il dirigente milanese di Forza Nera. Alessandro Milanini – anch'egli ex Hammerskin, poi uno dei leader della protesta degli agricoltori contro le quote latte – ora è un dirigente di Forza Nera, impegnato nella campagna per l'affermazione del marchio Comprapadano. E finalmente il nostro: Piero Cavallo, ex imputato nell'inchiesta milanese sugli Hammerskin... ha dichiarato di essersi ritirato dalla politica e di proseguire la sua lotta sul piano culturale. Ora ha fondato la Casa Editrice Heimdall ed è autore del libretto: Attualità del concetto di razza..."»

«Aspetta.»

I nostri pedinati sembrano essere arrivati a destinazione. È la Richard Ginori, un'ex fabbrica grande quanto due isolati. Vuota da anni, dal lato del Naviglio dove ci troviamo, parte della facciata è stata restaurata e brillano insegne metalliche di studi di designer e architettura. I nostri amici costeggiano l'edificio e voltano in una via laterale raggiungendo il retro della fabbrica. Oltre il muro di cinta spuntano le cime di alberi cresciuti in modo selvaggio.

Protetto dall'angolo, vedo i due scostare un cespuglio e infilarsi dentro. Aspetto che Kik mi raggiunga, poi andiamo a vedere. C'è un varco nella recinzione.

«Elef, ti devo mollare. Dove sta la Heimdall?»

«Non lo so. C'è solo la casella postale.»

«Cioè, mi hai fatto tutta 'sta pappardella e non hai l'indirizzo?»

«No.»

«Non puoi risalire dal sito delle Poste Italiane?»

«Forse con il computer di Gesù Cristo.»

«Va bene, ciao.»

«Ciao, stai all'occhio.»

Kik guarda il buco poco convinto. «Entriamo?»

«Ne farei volentieri a meno.»

Passo per primo spostando i rami e le punte arrugginite, poi tengo aperto perché lui passi senza sbucciarsi le ditina. Ci ritroviamo in un cortile in cemento scheggiato, con pile di mattoni grigi e materassi bruciacchiati. Di fronte un magazzino senza porta, sulla sinistra un capannone grande quanto la Stazione Centrale, più oltre i tetti di altri edifici, tutti variamente sfondati e privi di copertura. Dal muro più vicino penzola il residuato di una gru per il carico merci che tintinna quando la brezza la colpisce. Nessuno in vista, suoni lontani di radio e forse l'eco di voci, odore di fumo. Sembra Sarajevo bombardata o il pezzo senza tempo di una città implosa.

La faccia di un Taddeo Fudd sorridente, dipinto a spray su un muretto, mi restituisce lo sguardo. *Wazzup Doc*?

Tolgo di tasca una moneta da cinquanta centesimi. «Testa il capannone, croce il magazzino.»

Viene croce, ci arrampichiamo sui gradini della ribalta. Il magazzino è grande come un campo da calcio, la luce penetra attraverso larghi squarci nella copertura del tetto. Il pavimento è ingombro di macerie, sacchi della spazzatura e sacchi di calce, odore di polvere e umido.

Kik indica in alto. C'è una balaustra a una decina di metri da terra appesa tra i piloni in cemento. Oltre la barriera di protezione s'intuisce il riflesso di uno specchio e qualcosa che si muove alla luce di una torcia elettrica. A mano a mano che gli occhi si adattano alla penombra vedo apparire tavoli, sedie, armadi, biancheria stesa. La balaustra è abitata.

Saliamo una cigolante rampa metallica che ci fa temere per la nostra vita. La balaustra, molto più profonda di quanto ci apparisse dal basso, prosegue nel capannone a fianco, snodandosi in un serpente di metallo e cemento lungo un centinaio di metri. Gli spazi tra le colonne sono divisi da teloni di plastica, paratie di compensato e coperte. Dove le scale si congiungono alla piattaforma, una donna sulla trentina, zigomi caucasici e pelle bianchissima, cucina su un vecchio fornello a gas collegato a una bombola. Non è sola. Appena superiamo l'ultimo gradino, altri connazionali arrivano da dietro i divisori. Sono tranquilli, silenziosi, di aspetto più curato di quanto ci si aspetterebbe da persone che vivono in una trappola sospesa tra le macerie di una fabbrica. Ne conto una trentina, quasi tutti uomini, che ci guardano senza aprire bocca.

Sorrido, a disagio. Una situazione così è difficile da gestire.

«Stiamo cercando un ragazzo algerino, si chiama Ragiul. Ci potete aiutare?»

La donna scuote la testa. «Non capire.» L'accento è quello dell'Europa orientale.

Un uomo sulla sessantina fa un passo avanti. Ha indosso gli avanzi di un vestito elegante, panciotto grigio e pantaloni dello stesso colore, ancora stirati con cura. «No qui, algerini no qui. No neri.»

Kik si inginocchia. Da dietro una coperta è spuntata una bambina piccolissima, in pantaloncini corti e a piedi nudi. Kik le accarezza la testa, la bambina ride. «Sandroide, mi sa che abbiamo sbagliato etnia» dice.

Già. Un po' in quel poco russo che so e un po' in italiano riusciamo a convincerli che non abbiamo cattive intenzioni. In cambio, ci spiegano che in quella parte della fabbrica non ci sono neri, solo ceceni, russi, e uzbechi. In fondo, in un altro edificio, ci sono filippini e coreani. Gli scuri di pelle stanno nel capannone alle nostre spalle, quello che sembra la Stazione Centrale. Ma non sanno dirci chi. Per loro i neri sono tutti uguali. Salutiamo, rifiutiamo l'invito a fermarci a mangiare qualcosa e torniamo sui nostri passi.

«Cavolo, sembra di essere in *Fuga da New York*» dico

Kik fa una smorfia. «Non mi viene molto da ridere.»

«Neanche a me.»

Al secondo tentativo ci prendiamo, e lo capiamo appena facciamo scorrere la porta di ferro che separa l'edificio-stazione dal cortile.

Tanto il primo edificio era silenzioso e vissuto in modo furtivo, tanto il secondo è rumoroso e ricco di fumi e profumi. Riconosco l'odore della tajin, lo spezzatino speziato marocchino, quello del peperone verde, quello della carne arrostita. Qui si sono piazzati direttamente al piano terra, forse perché il tetto non è squarciato. Lungo il perimetro del salone hanno sistemato divisori di legno e tende per dividere gli spazi, al centro bruciano le cucine comuni, falò di cassette di legna e griglie metalliche. In giro, un centinaio di persone, mediorientali e nordafricani. Tutti uomini.

Non ci accolgono bene. Chissà perché, l'arrivo di due bianchi che cercano per misteriosi motivi uno di loro produce reazioni di allarme e fastidio. Un egiziano in tuta sporca di vernice cerca di convincerci a ripassare in un altro momento, un arabo ubriaco mi urla in faccia che lavora in Italia da cinque anni, perché deve stare lì a vivere come un cane? Hai ragione, fratello, cerco di dire, ma né i miei tentativi, né quelli dell'ancor più dialettico Kik servono a niente. Grido il mio nome e quello di Ragiul, sperando di vederlo saltare fuori a calmare i suoi nuovi amici.

Invece ottengo l'effetto opposto. Gli occupanti del capannone ci sovrastano con le loro voci, ripetendoci in francese e arabo che è meglio se torniamo da quella brava donna di nostra madre.

Splatch, la faccia di Kik si riempie di rosso. Sta per venirmi un colpo, ma è solo un pomodoro. Ne arriva uno anche a me, per giustizia, un centimetro sopra gli occhiali: puzza di marcio.

L'egiziano alto cerca di calmare gli animi ma nessuno lo ascolta. Anzi, noi eroici esploratori siamo costretti a indietreggiare sotto la pressione di un fuoco di sbarramento fatto di frutta, pentolate d'acqua, scarpe vecchie, mondezza assortita. Un arabo corre dal fondo e mi sputa in faccia, un altro agita un bastone di legno.

Questo no, penso. E glielo strappo di mano lanciandolo lontano. Lui finge dolore e cade in terra tenendosi il braccio. Arrivano altri, gridando assassini, diventano una muraglia compatta che ci spinge fuori. Il portone scorre tagliandoci la vista dei nostri avversari festanti per la vittoria morale, il casino si placa.

Mi tolgo gli occhiali per pulirli dalle chiazze appiccicose – non voglio sapere cosa sono – controluce inquadro nelle lenti un ragazzo seduto su un cumulo di macerie. Quasi non lo riconosco tanto è aumentato di peso.

«Ragiul, potevi anche arrivare un attimo prima.»

Kik si rotola a terra dal ridere, Ragiul lo guarda con disgusto. «Che cosa volete?»

«Fare due chiacchiere.»

«Non ho niente da dirti.»

È Kik a sbloccare la situazione, forse perché continua a ridere e dopo un po' anche Ragiul non riesce a trattenersi. Fanno amicizia in pochi minuti, Kik gli racconta qualche stronzata in franco-spagnolo e si capiscono a meraviglia. Ragiul si lascia addirittura mettere un braccio sulle spalle senza gridare al maniaco.

Poi ci sediamo da buoni amici sul marciapiede esterno, un piccolo passo avanti, e gli proponiamo un gelato. Non vogliamo niente da lui, non lo legheremo e non lo metteremo in un sacco. Solo, per favore, ci faccia compagnia per un po'.

Accetta, lo portiamo nell'unico posto dove io e Kik possiamo entrare conciati come siamo. Oreste, ovviamente, che ci concede anche di usare il bagno per toglierci la basura dalla testa. È un vantaggio avere pochi capelli, si lavano in fretta. Casualmente, quando Ragiul infila il cucchiaino nel gelato spuntano Padre Molina e Silvia dalla porta.

«Li hai chiamati tu» dice Ragiul, arrabbiatissimo.

«È vero, dal gabinetto.» Preferisco non mentirgli, se lo ricorderebbe in futuro.

Non si mette a fare il matto. Padre Molina è talmente solare e Silvia talmente mamma che non ci prova neanche. Alla fine mangiamo tutti il gelatino. Il mio corretto whisky, ne avevo bisogno. Ragiul racconta il suo disagio a non avere amici nel centro, fingo la faccia stupita e dico: e noi chi siamo?

«Ma non siete del mio paese.»

«Be', ma siamo cittadini del mondo come te.»

Stranamente, sembra crederci.

«Perché i tuoi amici ci hanno trattato così male? Sembravamo pulè?»

Ragiul fa di no con il cucchiaino. «La polizia ha portato via due egiziani, stamattina. Dicono che vogliono sloggiare tutti.»

Padre Molina si fa nero. «E dove pensano di mandarli? Un'altra volta in strada?»

Mi spiega che la maggior parte della gente che sta lì, bianchi, neri e gialli, hanno un lavoro e in molti casi anche il permesso di soggiorno. Ma non hanno abbastanza soldi da pagarsi l'affitto, sempre che qualcuno sia disposto a dar loro una casa.

Si sono fatte le dieci, comincia il solito viavai di giovanotti assetati. Kik e io lasciamo la famigliola e lungo la strada chiamiamo Villa Maugeri. Risponde Alex: tutto tranquillo, il Piraña sta facendo amicizia con l'Elefante. Sembra apprezzare il suo stile di gioco a scacchi. Anche la moglie sembra trovarlo simpatico da quando le ha messo a posto il videoregistratore.

Alex sta per uscire con la signorinella. Cinema.

«Che andate a vedere?»

«Greenaway.»

«Uh, sai che palle.»

Raggiungiamo a piedi l'automobile, abbiamo fame e siamo stanchi. Ma anche con quel non so che di voglia residua. «Che si fa?»

Riflette. «C'è ancora la Bottega del Fantasma?»

«La libreria?, sì.»

«Ed è sempre uguale?»

«Come no. Libri di magia in vetrina e il *Mein Kampf* nel retrobottega. Ci mettono i celerini davanti quando passano i cortei.» Afferro la linea di pensiero. «Da qualche parte la rivista si venderà, giusto?»

«Giusto, quello mi sembra il posto ideale. Una volta chiudeva a mezzanotte.»

«Anche adesso.»

Ci sono due clienti dentro. Aspettiamo che escano poi penetriamo. Un commesso ci guarda orripilato da dietro il bancone, l'altro smette di infilare libri nello scaffale.

«Possiamo aiutarvi?»

«"I Nuovi Cavalieri"» dico. «Una copia.»

«È lì nella rastrelliera.»

Kik va a prenderla e me la porta. In copertina l'immagine stilizzata di una spada, e il titolo in lettere bianche su fondo nero: La Razza e il Sangue.

Esamino il colophon. Ancora niente indirizzo, solo la solita casella postale. Arrotolo la rivista a tubo e picchietto il commesso sulla testa. «Come arriva questa?»

Scosta la rivista, infastidito. È un lungagnone con gli occhi in fuori cui non converrebbe che vincessero i nazi: sarebbe il primo a fare il volo dalla rupe Tarpea. «Ce la portano.»

«Chi te la porta?»

«C'è qualche problema?» Il secondo commesso si avvicina. È quello addetto all'ordine pubblico, evidentemente. Bei muscoli da palestra.

«Scusa, sto parlando. Allora, chi te la porta?»

Il palestrato mi afferra il braccio, io cerco di eseguire la prima mossa che ho imparato facendo il buttafuori: cinque tempi in rapida successione. Uno, con la mano libera mi sfilo gli occhiali. Due, giro il braccio sotto presa per afferrare a mia volta e tirare verso di me. Tre, colpisco l'aggressore sul naso con la fronte. Quattro, gli spazzo le gambe con un piede mentre lo spingo con il braccio in presa. Cinque, mi rinfilo gli occhiali e lo guardo cadere.

Purtroppo, io e il muscolare dobbiamo aver avuto lo stesso maestro, perché china il capo in contemporanea a me. È uno scontro di cervelli, il mio è più duro e lui barcolla. Barcollo anch'io, ma riesco a eseguire la mossa quattro e cinque. Il muscolare finisce a terra con un oooh.

L'altro commesso grida «Chiamo la polizia».

«Ora che arriva ti ho già atomizzato» mento, massaggiandomi il bozzo sulla fronte.

Sono contento che la Bottega del Fantasma non sia più quella di una volta, quando una decina di simpatizzanti la presidiavano sempre. Adesso l'antifascismo militante deve aver perso lo smalto, oppure è la Bottega ad aver perso gli sponsor.

Kik si avventa a prendere a calci il commesso sul pavimento, io abbasso la saracinesca per non dare spettacolo. Torno dal commesso ancora dietro la scrivania con il telefono. Lo alza per farmi vedere che non ha chiamato. «Oh, guarda che io qui ci lavoro solo.»

«Il lavoro nobilita. Allora, che mi dici?»

Il commesso nerboruto ha afferrato Kik per la caviglia e adesso rotolano insieme, il commesso mingherlino abbassa il telefono. «La portano loro, una volta al mese. Non hanno un distributore di quelli veri, sono troppo piccoli.» Kik è riuscito a rialzarsi e tira una ginocchiata in faccia al nerboruto. Esso grugnisce.

«E non avete un numero per chiamarli se finiscono le copie o cose del genere?»

«Non finiscono mai…»

«Ci credo. Ma esistono cose come bolle di consegna, fatture… Per favore, non costringermi a frugare. Ho la mano pesante.»

Il commesso mi fissa. «Forse nel computer.»

«Controlla un po'…»

Spatapunf, è volato il contenitore delle cartoline artistiche. Il commesso lungagnone ticchetta sul computer, poi copia un numero su un pezzo di carta. «Ho solo questo.»

«Bravo.»

Kik sta usando una scopa per prendere a sberle il muscolare, che ondeggia sulle ginocchia fatto come una pera. Mi interpongo. «Basta giocare, bambini. Andiamo che si fa tardi.»

Rialzo la saracinesca e corriamo verso l'automobile, per sicurezza mi sono portato via il telefono e lo getto nella pattumiera. Kik sanguina dal naso.

«Ti è piaciuto?» gli chiedo.

«Era un secolo che non rissavo.»

«Bentornato a casa.»

Mentre metto in moto controllo il numero alla Telecom. È da un po' che non lo facevo, evidentemente, perché non c'è più la vocina registrata, ma uno sfigato che deve recitare una frase lunghissima di benvenuto. E non si lascia interrompere, maledizione, forse qualcuno registra le telefonate e tira delle scariche elettriche agli operatori non abbastanza umili.

Comunque il numero esiste, mi mandano anche un inutile SMS con tutti i dati. Corrisponde al Centro Studi Grafici Project, a Milano San Felice. È una cittadina artificiale nell'hinterland, talmente brutta che non hanno osato dare nomi alle vie. Solo numeri. Copio l'indirizzo sul blocchetto da cruscotto e lo passo a Kik.

«Toh.»

«Che ci faccio?»

«Ci vai. A quest'ora non ci sarà nessuno, ma non è detto. Stai lì e guarda chi entra e chi esce. Ti ricordi la faccia di Maugeri Junior, vero?»

«Che ci dovrebbe andare a fare, di notte?»

«Ah, saperlo…»

«E perché ci devo andare io?»

«Perché oggi non hai fatto un tubo. Tieni il cellulare acceso, non ti addormentare e prendi nota.»

Lo sbologno alla fermata del taxi. Con il naso che sanguina e le tracce di pomodoro addosso, sembra un barbone. Meglio, si confonderà con il terreno circostante. «Sicuro che serva?»

«Sicuro no, ma tanto ci vai tu.»

Mi manda a morire ammazzato.

5

Alex e Lidia stanno bevendo vino in camera mia, seduti sul lettone.

«Ti sei sbrodolato la camicia» dice Alex.

Lidia ride, passabilmente alticcia.

«Non ho voglia di fare commenti» rispondo.

Non c'è modo di stare in pace neanche sotto la doccia. Alex e Lidia bussano chiedendo di essere aggiornati sugli avvenimenti. Lo faccio, urlando per superare lo scroscio dell'acqua. Bagnoschiuma ai camandoli, chissà di che roba si tratta. Dolciastro, bleah.

Esco con solo l'asciugamano attorno ai lombi. Alex è andato a far compagnia all'Elefante in tavernetta. Speravo si fosse tirato dietro la cliente, invece è ancora seduta che mi aspetta. Su una sedia, però, forse ha pensato che il letto potesse essere frainteso. In effetti, avrei frainteso.

Cerco di introflettere la pancia e buttare fuori il petto.

«Hai le spalle piccole per il mestiere che fai» dice argutamente.

«Così fendo meglio l'aria quando inseguo i cattivi.»

«Poi hai i peli bianchi ai capezzoli.»

«Se mi fai anche un'osservazione carina non mi offendo.»

«Mi piacciono i tuoi occhiali.»

«Grazie.» Cerco una camicia pulita nel cassetto e le volto la schiena. Ovviamente continua a guardare.

«È lì dove ti hanno sparato?»

«Lì dove?»

«Lì sulla spalla.»

«No, quello era un punteruolo.» Il mio cervello bislacco sceglie quel momento per darmi una botta di ricordi e il cassettone svanisce.

Sono di nuovo sul marciapiede della periferia milanese, sento il dolore per la spalla che Faccia di Cane ha cercato di staccarmi dal resto del corpo con un punteruolo da falegname.

Mi dibatto per risalire il flusso, torno in camera con il puzzo del sangue e del sudore nel naso. La memoria eidetica aiuta a imparare le lingue, ma ha i suoi lati negativi. I ricordi che si fissano con le emozioni forti ti possono ribaltare anche a distanza di anni, soprattutto sotto stress.

Secondo un neurologo, consultato quando ancora cercavo la cura miracolosa, prima o poi ne avrò così tanti accumulati che il mio cervello andrà in overdrive. Non mi preoccupo troppo. Secondo altri medici, non dovrei neanche essere vivo.

«Punteruolo, e chi è stato?»

Sono tornato al presente. «Si chiamava Giacomo Mallo. Andava in giro a tirare acido in faccia alle ragazze. L'ultima era una mia cliente.» Mi torco e indico il buco sotto la scapola. «Invece il proiettile è passato da qui» mi giro «e da qui è uscito. Chi ti ha raccontato i cavoli miei? Alex?»

«No. Mio padre ha la raccolta in cd rom del Corriere della Sera, ho cercato il tuo nome. C'è un sacco di volte.»

«Sai che interessante.»

«Ho letto anche di Mallo. Era quello che chiamavano Faccia di Cane, vero? Per via della maschera.»

«Vero.»

«Che fine ha fatto?»

«È morto. Un inserviente del manicomio criminale ha lasciato in giro una bottiglia di acido per pulire i cessi. Lui l'ha presa e l'ha bevuta.» Aveva agonizzato sette ore e nessuno se n'era accorto. Teneva il lenzuolo tra i denti perché le sue urla non disturbassero, dal bravo ragazzo educato che era.

«Che brutta storia.»

«Infatti. Se ti giri mi infilo le mutande.»

«E se non mi giro?»

«Va be'.» Tolgo l'asciugamano cercando quella difficile alchimia, conosciuta da tutti i maschi, tra il non eccitarsi e il *non* non eccitarsi troppo, per non fare la figura del sottodotato. Non so se il risultato è all'altezza, perché finalmente lei distoglie lo sguardo.

Termino di infilarmi vestiti puliti. «Che vuoi dirmi?»

«Perché pensi che ti voglia dire qualcosa?»

«Dai.»

Sospira. «Che idea ti sei fatto di mio fratello?»

«Che è uno stronzo, un violento e una testa di cavolo. Il giorno che inventeranno la macchina del tempo spero che lo invitino a un viaggio premio a Mauthausen. Come prigioniero, però.»

«Pensi che sia stato lui ad appiccare l'incendio?»

«Probabile.»

«Io non credo che sia stato lui.»

«Meglio. Ma non farti troppe illusioni.»

Mi prende la mano. Il tentativo di intenerirmi è talmente goffo che mi mette a disagio. «Dimmi la verità, se saltasse fuori che il colpevole è un altro, continueresti a cercarlo?»

«Non sono io a decidere. È tuo padre che paga.»

«E tu fai solo quello per cui sei pagato?»

Mi piego per infilarmi le scarpe. «Deve essere il tema del giorno, questo. Sì, faccio solo quello per cui sono pagato, e possibilmente mi sbatto poco. Altre domande?»

Scuote la testa. «No. Spero almeno che tu sia ricco.»

«Vuoi vedere il mio sfollagente placcato oro?»

«I tuoi colleghi ti aspettano di sotto per avere il cambio. Non hai ancora finito la tua giornata pesante, Gorilla.» Si alza e infila la porta.

Adesso che sono solo posso farmi dare il cambio io. Batto sul computer quello che ho da dire al mio Socio e mi addormento con i piedi sulla scrivania. Spero di fare un bel sogno. Mica tanto, torno a farmi un giro nella Casetta inseguito da lingue di fiamma a forma di svastica.

Intanto, il mio Socio va a raggiungere Alex, che lo riconosce, e l'Elefante, che non ne ha la minima idea. Si accordano per il cambio a Kik: ha chiamato dicendo che ha fame e sonno. Fino alle sei, però, si dovrà arrangiare, bembe o non bembe. I due compadri parlano di vacanze, l'Elefante in campeggio in Croazia, Alex come tutti gli anni in un agriturismo campano, poi vanno a letto.

Il mio Socio rimane e fissare i monitor come fossero un film di fantascienza. Mi piace la sua capacità di non rompersi mai le palle, vorrei avercela io.

Alle cinque Alex parte per dare il cambio a Kik. È pallido per il poco sonno e le efelidi risaltano. «Per quanto portiamo avanti questa storia?»

Il mio Socio spiega che è un'idea mia. Un eccesso di prudenza.

«Ma siete mai d'accordo su qualcosa?»

Il mio Socio fa no con il dito indice senza staccare gli occhi dal video.

«La solita zuppa. Va be', vado.»

Alle otto del mattino, quando Maugeri si alza per andare in bagno, il mio Socio si stira, s'infila un paio di pantaloncini corti e le scarpe da ginnastica e corre nelle vie di Ranco. Non c'è nessuno in giro, neppure maniaci del fitness, respira l'aria di lago e impara quello che può dei dintorni. Fa il vuoto in testa come se girasse un interruttore. Corre e basta, ascoltando i muscoli e il cuore. Correndo, incrocia il panettiere che alza la cler, l'edicolante che dispone i quotidiani, i primi vacanzieri in cerca di fresco che pianteranno l'ombrellone da qualche parte sulla riva, sempre che al lago si pianti l'ombrellone. Un vecchio in bicicletta lo saluta, lui agita un braccio continuando a pompare.

Tiene i battiti a centoquaranta, controlla il fiato, pompa. Raggiunto il necessario stato di astrazione, lascia che i pensieri più urgenti riaffiorino in quel luogo ordinato che è la sua parte di mente. Uno alla volta, esamina ogni aspetto conosciuto del lavoro che stiamo facendo, lo sistema in caselle precise. Quando ha terminato di comporre il puzzle, decide che non gli piace per nulla.

È arrivato al limite del paese, fa una larga curva per voltarsi senza perdere il ritmo, ripassa davanti all'edicola, al panettiere, al vecchietto in bicicletta che si è fermato ad asciugare il sudore, anche se fa tutt'altro che caldo. Il cielo si è coperto di nubi, che da queste parti hanno la singolare caratteristica di apparire repentine, scaricare e scomparire come sono venute, anche più volte al giorno.

L'elemento che rende il puzzle sgradevole al mio Socio è la presenza dei neonazi. Non quelli da operetta tipo i centauri, ma quelli veri, che visualizza come un blob dagli incerti contorni. Non importa in che modo si fanno chiamare, Forza Nera, Hammerskin o Gioventù Hitleriana, sono comunque sempre amici di chi mette le bombe, camerati di chi fa saltare gli ostelli degli Asilanten in Germania, ammiratori di chi si arruola come mercenario in Africa, colleghi o mandanti di chi ti aspetta sotto casa per aprirti la testa perché sei un sovversivo.

Che ti entra dentro casa, anche, se appena ha la garanzia di impunità. Un singolo o un gruppo li puoi mettere fuori gioco, un movimento mai. Se gli rompi le scatole devi essere disposto a rischiare. Il mio Socio non è tipo da sacrifici, ci siamo accordati per non accettare mai lavori che puzzassero di mafia o criminalità organizzata per lo stesso motivo. Adesso, però, il crinale è ancora più scivoloso. Nel pallottoliere del suo ragionamento ginnico manca solo la casella con scritto uscita. Nel momento in cui apparirà, sarà lesto a infilarcisi, che io sia d'accordo o meno.

Pensa a questo mentre corre verso Villa Maugeri, e pensa anche che mi riferirà di queste sue riflessioni, perché nella nostra sopravvivenza è scritto che non possiamo avere segreti l'uno per l'altro. Almeno starò sul chi vive.

Davanti a Villa Maugeri Lidia sta facendo stretching ai muscoli delle gambe e si affianca al mio Socio mentre comincia il suo secondo giro. Non parlano, il mio Socio la studia di sbieco. Si chiede a che punto Lidia si spingerà per avvicinarsi a me e perché, soprattutto. Si chiede se agevolare la cosa con un sorriso, poi decide che gli mancano troppi elementi. Accelera il passo lasciandola indietro.

Credo che il giorno dopo Lidia sia ancora offesa, perché a colazione non mi saluta. Anch'io la degno zero, occupato come sono a farmi passare il mal di stomaco. Due matrimoni in pochi giorni sono troppi per il mio sistema nervoso.

Mi porto in camera una tazza di cereali biologici e studio le ultime mosse del mio Socio. Si è dato da fare, bravo guaglione, anche se ha mandato subito in soffitta la mia lenta e meticolosa opera di avvicinamento alla Project. Ha ascoltato le lamentazioni di Kik su una notte passata *Senza vedere un cazzo di nessuno. E mi hanno punto le zanzare, e mi sono seduto su una cacca di cane, e...*, poi il rapporto telefonico di Alex , che in sette ore ha visto solo tre persone entrare e uscire, normalissimi travet in giacca e cravatta. A quel punto ha deciso di prendere la faccenda nella sue capaci mani. Chi ha tempo non aspetti tempo, è uno dei suoi motti preferiti, insieme a: i soldi non puzzano. È andato a fare una visita alla Project.

Non è un covo, ma un piccolo studio grafico con due addetti giovani e un capoufficio sui cinquanta, al secondo piano di un mesto palazzo che confina con una collinetta. Sotto, ci sono i portici in cemento dipinto di un bar squallido, si accede al secondo piano con una scaletta esterna.

Il capoufficio è diventato pallido. Lo avevano avvisato che due buzzurri avevano fatto irruzione in una libreria chiedendo il suo numero. Non era il mio Socio, per caso, uno dei due? Ci mancherebbe, siamo tra persone ragionevoli, intanto Alex, sulla soglia, fingeva di avere in tasca qualcosa di pericoloso.

Il capoufficio ha dovuto ammettere che tra i tanti clienti del suo studio esiste la Heimdall, ma la Heimdall è una casa editrice virtuale. Non esiste se non sotto forma di files che loro trasformano in libri e giornali. «A noi non interessa la politica, abbiamo clienti di tutti i tipi.»

Mah, sarebbe interessante vedere gli altri. La Project è anche la sede legale della Heimdall, ma solo perché deve averne una. Il signor Cavallo, il fondatore, vive più a Londra che a Milano. Allo studio lo vedono poco. Vedono invece i fattorini che lui manda con fotografie da scannerizzare o con dischetti, qualche volta a ritirare pacchi di riviste per la distribuzione diretta, qualche volta a pagare i servizi resi con assegni rigorosamente circolari.

Uno di questi fattorini era Leo. Lui l'ha incontrato, certo, ma da quel che ne sa è almeno un anno che non lavora più per Cavallo. E dov'è andato? Su questo, l'ometto aveva solo delle ipotesi. Sarebbe stato lieto di comunicarle se questo significava non avere più problemi...

Il mio Socio ha di nuovo negato ogni addebito, sempre con il tono ambiguo che ha copiato dai film di gangster. L'ometto ha accompagnato il mio Socio alla porta dello studio «Credo che faccia il buttafuori, adesso. In un locale» ha detto poi, a voce bassa. «Una delle ultime volte che Leo è venuto a ritirare le ciano ha dato dei biglietti omaggio a una delle nostre grafiche.»

La grafica non lavora più con loro, l'ometto non si ricorda il nome del posto. «Le può bastare come informazione?»

Il mio Socio è ripartito eccitato. Hai detto buttafuori? Per la miseria, li conosco tutti. Non è proprio così, ma i buttafuori milanesi formano un network ben articolato. Ci sono le agenzie che funzionano da collocamento, le abbiamo usate nei momenti di magra, ci sono gli stagionali che cambiano posto tutte le estati.

Il mio Socio si è attaccato al telefono e i risultati sono arrivati con lo spuntare della luna. Un amico degli amici aveva lavorato con uno che aveva lavorato con Leo. Pista calda, caliente. Insomma, tiepida, perché l'amico degli amici non lavorava più lì da un pezzo.

161

Il luogo, guarda caso, è il Pazza Folla. Due capannoni industriali in via Valdossola, assolutamente alla moda. E chiacchierato. Il padrone, tal Gianrico Pestelli, è noto per lo stile double face. Negli anni Settanta diceva di essere anarchico, ma in tempi più recenti è saltato fuori che era un infiltrato della polizia. Non è stato mica l'unico, per carità. Le varie polizie da sempre mandano i loro uomini a nasare che cosa fanno le varie frange extraparlamentari. Pestelli, però, è uno dei pochi che non fosse un carabiniere in borghese o un killer di estrema destra. Era davvero un promoter musicale, e scambiava informazioni con favori; mentre un sacco di amici suoi finivano in galera, sospettati di questo o di quello, lui faceva carriera. I suoi colleghi non riuscivano ad affittare stadi e altri luoghi illustri, Pestelli, se voleva, riusciva a ottenere il Duomo di Milano per farci cantare Cicciolina.

Anche il Pazza Folla è in qualche modo double face. Vi suona il meglio degli artisti internazionali, compresi quelli underground che devolvono tutti gli incassi al Subcomandante Marcos, ma quando Forza Nera ha avuto bisogno di un posto per fare un convegno a Milano, due anni fa, il Pazza Folla si è generosamente prestato a ospitarli.

Non è stato un convegno pacifico. Mentre i forzaneristi rispolveravano il complotto giudaico, fuori i centri sociali di tutta la Lombardia si prendevano a cazzotti con i celerini per entrare e appenderli a piedi in alto.

La fama double face del Pazza Folla, però, non influisce sulla sua frequentazione. È sempre pieno, senza distinzione di sesso, credo politico e religione, ed era pieno quando la squadra d'assalto composta dall'Elefante, Alex e il mio Socio è andata a fare una visitina ieri.

Non c'era un concerto in corso, ma una festa per lanciare un nuovo tipo di telefonino che calcola il bioritmo del chiamante, con dj d'assalto e ragazze cubo vestite di pochi veli fosforescenti. Uno spettacolo da rimescolio di ormoni, ma di Leo nessuna traccia: i quattro buttafuori in completo nero e auricolare non gli assomigliavano nemmeno nel taglio di capelli. La squadra ha chiesto in giro.

Qui, secondo le regole del mio porco mestiere, qualcuno avrebbe dovuto incavolarsi e saltar loro addosso: *che cosa fate qui, maledetti ficcanaso*. Da questo primo approccio ne doveva scaturire una rissa in pieno stile, con bottiglie che volano contro gli specchi, pistole che cadono di mano, barilotti di birra che vengono forati da proiettili vaganti e innaffiano il più stupido degli assalitori, finito steso sotto il bancone. Ah, dimenticavo, anche sedie che si frantumano sul groppone. Invece, hanno trovato un buttafuori in vena di chiacchiere. Rocca, due metri di cattiveria, un osso frontale che farebbe gola a un archeologo. Lui e il mio Socio si sono scambiati figurine e tecniche di strangolamento, poi Rocca ha raccontato tutto ciò di cui era a conoscenza. Pochino, ahinoi. Leo non sapeva comportarsi, attaccava briga invece di calmare gli animi e pensava, sbagliando, che un buttafuori dovesse usare la forza.

«Invece» ha concluso l'arguto Rocca, con un leggero filo di bava che gli colava sul mento prognato, «deve usare il carisma. Uno non deve nemmeno pensarci a fare casino, perché gli basta uno sguardo. Capisci?»

Leo aveva smesso di lavorare al Pazza Folla a giugno dell'anno prima. Se n'era andato sua sponte. Prendo una pausa, aveva detto, tanto non sono mica assunto in questo posto di merda. Gentile come sempre.

Rocca non ha saputo dire dove sia Leo adesso, ma per un collega come il mio Socio ha promesso di sbattersi. Parlerà con i baristi e tutti quelli del Pazza Folla che avevano maggior confidenza con il ragazzaccio.

Finisco cereali e appunti, mi accingo al bis del matrimonio. Casa Maugeri è in fibrillazione. Il Piraña sceglie da un'ora l'abito che si intoni all'abbronzatura, Ada mescola un tir di caviale con una betoniera di maionese, Lidia prova un pezzo al pianoforte a coda, convinta che farà schifissimo, la mogliera salta in giro come un grillo.

La squadra, in compenso, se ne sbatte. L'Elefante ronfa, Kik è in piscina a combattere i brividi del bembe, Alex legge il quotidiano sul letto. Gli tiro una penna.

«E fare qualcosa di costruttivo?»

«Mi informo. Da quant'è che non leggi un giornale?»

«Da quando hanno tolto i fumetti di *Ciccio, maialino coraggioso*.»

«Ti farebbe bene. Almeno non saresti così ignorante.»

«Cosa c'è di nuovo?»

«Vediamo. Stiamo per fare un'altra missione di pace.»

«A chi diamo la pace eterna, stavolta?»

«Per ora all'Irak, quello che ne rimane, per il prossimo giro c'è solo l'imbarazzo della scelta. Poi, vediamo... ah, in Italia è diventato reato aiutare chi annega. Hanno messo sotto inchiesta dei pescatori che hanno rimorchiato una carretta albanese che stava affondando. Concorso in immigrazione clandestina.»

«Siamo un popolo di galantuomini.»

«Poi... Bush ha proposto un sistema per ridurre gli incendi nelle foreste: sfoltire gli alberi, soprattutto quelli centenari che occupano spazio.»

«Un genio. E per ridurre l'inquinamento dei mari, prosciugarli un po'?»

«Quello lo dice Berluska. Alé, ci rimbocchiamo le maniche e via con un bello spugnone.»

«Qualcosa di allegro, così, tanto per cambiare?»

«Niente, spiacente.»

«Allora infilati le scarpe e cerca di sembrare efficiente. Tocca a te frugare nei bidoni dell'immondizia, oggi.»

«Non è che devo mettermi la cravatta per il matrimonio?»

«Ce l'hai?»

«No.»

«Se vuoi te la disegno sulla camicia.»

«Non ho manco quella. Solo magliette a V.»

«Farai un figurone.»

Suono le trombe e richiamo tutti all'opera, cosa ci tocca fare per campare. Ho anche una fastidiosa sensazione di déjà vu.

Come stiamo a estintori? Ottimo. Ci distribuiamo i "mattoni",
walkie talkie nuovi di zecca comprati con i soldi del Piraña.
Spiego a Kik come deve tenerlo e gli regolo il microfono. «Mi
sembra che funzioni» urla frantumandomi il martelletto.

Gli altri compari protestano sulla portante, poi giochiamo
agli agenti speciali rincorrendoci nel giardino, *mi senti, mi senti*?

La signora Piraña mi prende sottobraccio. Da vicino sembra
quasi umana, a parte il collagene nelle labbra. «Lei pensa che
andrà tutto bene?»

«Andrà tutto bene, cosa vuole che succeda?» L'ultima volta
che ho fatto la sorveglianza a una villa hanno ammazzato la figlia del padrone di casa, ma questo non glielo dico. «Per quanto riguarda Leo sospendo il giudizio.»

«Dicono che sia sempre colpa delle madri.»

Sorrido. «Non è vero. Mia madre è una persona a posto e
guardi che disgraziato è venuto fuori.»

Chiacchieriamo fino a che vedo arrivare il primo ospite. Ha
la divisa addosso, il maresciallo Bernardi. Ci stringiamo la mano e mi fa vedere dove ha parcheggiato la macchina dei suoi
scherani, nella via a fianco a portata d'occhio e orecchio. «È una
precauzione in più.»

«Maresciallo, scusi se glielo domando. Ma avete fatto ipotesi
alternative sull'incendio? Tipo che qualcuno volesse danneggiare Mandi, o la sua famiglia?»

«Un amante deluso come nei film, Dazieri?»

«Anche più d'uno. Sa come sono promiscui i giovani d'oggi.»

«Qualche domanda ce la siamo posta. Ma perché avrebbero
dovuto usare un sistema così complicato? Bastava aspettare la
signorina all'uscita della sua abitazione e travolgerla con la vet-
tura.»

«È lei l'esperto.»

«Non mi prenda in giro, Dazieri.»

«Qualcuno degli altri ospiti?»

Si slaccia un bottone della divisa. Fa caldo, oggi, non tira un
filo di vento. «Dazieri, nessuno dei signori presenti alla cerimo-

nia aveva motivi per temere aggressioni, nessuno di loro ha scorte personali o viaggia con macchine blindate. Nessuno di loro è cintura nera di karate. Se davvero ignoti avessero voluto far loro del male, avevano mille modi più semplici e diretti. Un attentato incendiario è molto più complesso da organizzare e non garantisce i medesimi risultati.»

«Rimane solo Tattù, quindi, per lei.»

«Non per me, Dazieri, per il giudice. Poi magari un giorno risulterà che invece è stato un pazzo di passaggio, ma fino ad allora…»

Sono stato abilissimo a non cambiare espressione. Ma una gocciolina di sudore gelido mi scende lungo la colonna vertebrale. «Capisco.»

«Se però lei ha formulato qualche ipotesi alternativa sarò lieto di ascoltarla, in qualunque momento. È agli atti che se ne intende.» Con l'unghia gialla di nicotina stuzzica il cavo del mio auricolare. «Avvicinandoci all'argomento, noto che lei non è qui solamente in veste d'amico.»

«Dopo quello che è successo, una precauzione in più…»

Non mi crederebbe neanche se gli dicessi l'ora. «Già.»

«Guardi, sta arrivando l'assessore.»

Miglierini ha parcheggiato davanti al cancello. Kik corre per fargli spostare la bicicletta. È lui l'addetto al portone.

Un po' alla volta arrivano anche gli altri cerimonianti, che in questi giorni ho finito per conoscere. Mandi, vero nome Alessandrina Colombi, con genitori. I suoi zii arrivano subito dopo alla spicciolata, cinque in tutto da parte di padre e uno da parte di madre, il signor Filacchione, che è anche il testimone della sposa, tutti con relative consorti.

Con loro arrivano anche una smazzata di ragazzini, fortunatamente assenti alla prima cerimonia. Secondo Mandi avrebbero disturbato la coreografia. Il signor Filacchione ha il braccio al collo e la mano fasciata. Lo riconosco come l'ex cacciatore che aveva cercato di aprire la porta, rischiando di essere arrostito, il Piraña scherza con lui nel tentativo di risollevare l'atmosfera.

Tutti i convitati sono un po' tesi, vedo penzolare ferri di cavallo e cornetti rossi.

Filacchione non è l'unico a essere ferito. Mandi ha la pelle del viso screpolata tipo scottatura solare, suo padre zoppica e sua madre ha i guanti bianchi a coprire le ustioni. Le mie, a proposito, sono guarite del tutto. Tra un capello e l'altro ho solo qualche traccia color suino.

Il Principe Azzurro, alias Stefano Crivella, giunge a noi su una Mercedes bianca con padre, madre e nonno materno, Renato Fossati, ex generale di corpo d'armata. Poi i cugini di Mandi, i De Padova, lui con una gamba rotta, lei con i capelli tagliati cortissimi e che puzzano ancora di strinato. Era quella che cercava di raccogliere le perle della collana mentre stavamo arrostendo. Per ultimi, quando tutti cominciano a mormorare, arrivano i testimoni dello sposo. Marito e moglie, i signori Feraci. Lui è un simpatico distrattone, che cammina ciondolando. Di mestiere fa il disegnatore di fumetti. Devo dirlo all'Elefante, faranno subito amicizia. La moglie, come accade in questi casi, sembra essere quella con i piedi per terra e trascina per mano due figli sotto i cinque anni.

Voilà, ci siamo con la cerimonia nel salone, tra la fusione in bronzo di Pomodoro e l'affresco pompeiano giunto per misteriose vie.

Abituato come sono a vedere i matrimoni nei film hollywoodiani, mi aspettavo almeno un discorso aulico dall'assessore, che invece legge un foglietto con gli articoli del codice civile. Aggiunge qualcosa di arruffato, un accenno alla disgrazia, ma a metà si accorge che è poco benaugurante e ci dà un taglio. I due "vogliono", si baciano, Lidia suona al piano un'aria dell'*Otello*.

Rinfresco e torta nuziale, una cosina portata dentro con una carriola da muratore. Mangio quello che posso, qualche ospite comincia ad accomiatarsi, quando sono satollo infilo una bottiglia sotto la giacca e vado a dare il cambio a Kik. Si fuma una sigaretta sul portone, gli faccio notare che la spranga non deve spuntare dai pantaloni per non intristire gli ospiti.

Gli allungo la bottiglia, controllando che non ci veda nessuno. Beve, ripassa, lo mando dentro a farsi un giro.

Nelle due ore seguenti faccio da jolly. Quando qualcuno di noi "guardioni" vuole mangiare o andare al gabinetto prendo il suo posto. Non accade niente di significativo, se non menzioniamo il generale Fossati che rischia di strozzarsi con un'oliva ascolana. Lo salva il Principe Azzurro con la manovra di Valsalva.

È un medico, il neo signor Mandi, sta finendo il tirocinio nell'ospedale dove mi hanno portato.

Degli ospiti, quasi nessuno mi rivolge la parola, a parte il disegnatore di fumetti che vorrebbe usarmi come consulente per le armi da fuoco. Gli racconto un sacco di palle, i prossimi numeri di Diabolik riserveranno sorprese ai lettori.

Alle cinque sono andati via tutti.

L'Elefante quasi sfonda il divano. «Eh già, dopo le feste le case vuote sembrano ancora più vuote, mancano le allegre risate dei bambini in corridoio, i profumi delle dame…»

Gli tiro una tartina al pâté di animale in via d'estinzione. Mentre sto facendo il lancio ho una visione d'insieme del chilometro di vetrate del salone, e la luce azzurrina che le attraversa mi illanguidisce. Mi piacerebbe sbattermi su un'amaca e godermi il pomeriggio assolato, oppure noleggiare un pattino e rimanere a riva a farmi dondolare dalle onde del lago. È una cosa fulminea, il pasto nudo, di colpo mi sono sintonizzato sull'ambiente esterno. M'immagino una vita tranquilla in un paesino dove non cambia mai niente, e le uniche facce nuove sono quelle dei turisti che arrivano, consumano e se ne vanno. Potrei aprire un banchetto di pesce fritto o fare il bagnino, con la ciambella perché nuoto da schifo.

Il momento d'amore dura poco, perché mi chiamano al cellulare: Rocca con la buona novella. «Ascolta, collega, ti va bene anche l'indirizzo della testa di cazzo fidanzata con la testa di cazzo?»

«La notizia buona della giornata. Quanto recente?»

«Non so. Stavano insieme quando la testa di cazzo lavorava qui.»

«La testa di cazzo intendi Leo.»

«No, la sua fidanzata. Claudia faceva la barista, ma era più quello che si beveva che quello che serviva ai clienti. Non è durata.»

Mi sdilinquisco in complimenti, lui gongola.

«Dove la trovo?»

«A casa.» Caccia l'indirizzo. «Ma ti conviene darti una mossa. Non so come ha fatto, ma ha trovato lavoro in un Tex Mex, attacca alle nove e alle dieci è già sbronza di tequila.»

«Grazie Rocca. Ti devo un favore.»

«A tua disposizione, campione.»

Campione? Se l'ego del mio Socio fosse merda ci si potrebbero concimare le Grandi Praterie. Interrompo il circolo di lettura.

«A chi tocca la paglia corta?»

Occhi al cielo e gemiti. «È solo un viaggetto a Milano.» Mani al cielo e barriti. «Va be', Alex.»

«La solita zuppa.»

6

In auto abbiamo scommesso sui risultati dell'operazione fidanzata. Vince Alex. Leo non abita più con la tipa, a meno che non abbia messo in piedi un ménage tipo Jules e Jim. Non ci apre lui, infatti, e nemmeno una leggiadra fanciulla, ma un buzzurro in mutande. Per qualche istante, lo confondo con Leo. Stessa crapa pelata, stessa stazza, stessi anfibi, stessa svastica tatuata sul cuore. Anche Alex ha la medesima impressione, perché sento lo sfrigolio dei suoi nervi. Ma non è Leo.

«Sì?» rutta.

«Stiamo cercando Leo» dico io, sorriso smagliante.

«Mi prendi per il culo.»

«Non oserei mai.»

«Non sta qui.»

«Torna?»

«Ma va' a cagare.»

La porta sbatte.

«Fai provare me» dice Alex.

Drin Drin. «Adesso m'incazzo.» Il buzzurro apre con in mano una chiave a pappagallo. Alex però ha già in mano il tondino. *Peng*. Il tondino finisce sulla crapa del buzzurro. «AAAAH!» grida.

«Così ero capace anch'io» dico, mentre gli infilo in bocca un calzino. Il buzzurro fa: MRRF!

Alex s'infila i guanti di gomma, poi gli lega i polsi con un laccio stringicavi. «È ora di cena, ho fame.»

«Capisco perché vai d'accordo con il mio Socio.» M'infilo anch'io i guanti.

Finiamo di legargli anche i piedoni. Spero che chi ha inventato gli stringicavi non sia un elettricista pacifista, perché in pochi anni sono diventate le manette più usate nel mondo. Nastri di plastica dura, con dentelli in una sola direzione, quando li hai chiusi puoi solo tagliarli, se cambi idea.

Lo tiriamo nell'atrio, chiudiamo la porta. Il buzzurro continua a grufolare dimenandosi sul pavimento. Sulla schiena ha tatuato il suo nome in lettere celtiche: ROBERTOX.

«Bello il tox finale» gli dico, chinandomi su di lui. «Non ci crederai, ma non abbiamo cattive intenzioni. Volevamo solo parlare con Claudia. C'è?»

«C'è» risponde Alex.

Alzo gli occhi. Sulla porta della camera da letto è apparsa una donna magra come un chiodo. I capelli biondi le ricadono sulla camicia da notte bianca. Sembra troppo stravolta per essere spaventata, forse dormiva della grossa. «Siete poliziotti?» dice con la voce in cantina

«Non proprio.» Bella ambiguità. «Sei Claudia?»

«Sì. Che cosa state facendo a Roby?»

«Niente, gli impediamo solo di saltarci addosso.»

Sposta i capelli dalla fronte. L'avevo giudicata sulla quarantina, e adesso capisco di essermi sbagliato. Deve averne dieci di meno, ma tra borse, rughe e pieghe da sonno è facile sbagliarsi. Le consiglierei una settimana in beauty farm, o il resto della vita agli alcolisti anonimi. Sulla mia sinistra c'è la porta della cucina, il tavolo è ingombro di bottiglie di vino e birra, tutte vuote.

«E volete legare anche me?»

Alex ghigna, lei fa un passo indietro. Alex non ci riesce proprio a fare il bravo ragazzo.

«No, Claudia, vogliamo solo parlare» dico.

Altro passo indietro, un braccio scompare dietro lo stipite.

Ma che accidenti, mi friggono le orecchie. Corro verso di lei proprio mentre sta estraendo la mano dal cassetto del comò. Bella 38 Special a canna corta. Infilo il dito sotto il grilletto e torco. Lei preme il grilletto, ma il mio dito, che vede le stelle, impedisce al cane di alzarsi. Niente rumore, please.

Strappo la pistola e spingo la fanciulla in fiore sul letto. Brutto gesto, da maschio violento. Va a gambe all'aria, si rannicchia sul cuscino e adesso mi guarda molto preoccupata. «Non volevo spararti.»

Tengo la pistola per la canna e rimetto la sicura. Poi faccio un fischio ad Alex e gliela tiro. «Ci credo. Hai il porto d'armi?»

«Ce l'ha Roby.»

«Fammelo vedere.»

«Non so dove lo tiene.»

Sorrido. «Tanto quella pistola fa una brutta fine.» Le spiego che sono lì solo per parlare mentre frugo nel cassetto da dove è uscita la 38. C'è anche una bomboletta svizzera antiaggressione, che intasco, e un cartoccino di carta bianca.

«Se volevi parlarmi non c'era bisogno di picchiare Roby.»

Apro il cartoccio, contenuto bianco e farinoso. «Legittima difesa. Questa è cocaina?»

«Zafferano.»

Richiudo e gliela lancio. «Non metterla nel risotto, che viene amaro. Cosa mi dici di Leo?»

Prende la busta e stringe il pugno. «Leo. Sei qui per chiedermi di quello stronzo?» Ride, senza allegria. «Questa è forte.»

«Non state più insieme, mi pare di capire.»

«Ma come sei intelligente, sbirro.»

«Non sono uno sbirro.»

«Li conosco quelli come te.» Fruga con la mano sotto il letto. Faccio un passo avanti e le prendo il polso. «Buona.»

«È solo la birra.»

«Prendila piano.»

Tira fuori una bottiglia grande di Von Wüster, mezza vuota. Le lascio il polso. Lei beve. «Che vuoi sapere di Leo?»

«Dov'è, prima di tutto.»

«Ah, io sono l'ultima che può saperlo. E mi stai facendo far tardi al lavoro.»

«Ti scrivo la giustificazione. Da quanto non lo vedi?»

«Un sacco» rutta. «Vuoi?»

Finge di passarmi la bottiglia, la lancia verso la mia testa. Me l'aspettavo, mi chino e la bottiglia si rompe contro la parete. Sento gli schizzi sulla nuca.

Alex arriva di corsa. «Hai preso la solita botta in testa?»

«Ti pare? Torna pure in corridoio.»

Mi siedo sul letto, davanti alla gambe bianche di Claudia che spuntano dalla camicia da notte. Ha le unghie dei piedi dipinte di nero e d'argento, alternate «Non ce la fai a mandarmi via, quindi dimmi quello che sai. Almeno la facciamo breve.»

«Ma che cazzo ne so!» urla. «Stavamo insieme e adesso non stiamo più insieme. È stato qui, si è fatto i cazzi suoi per due mesi, e adesso se n'è andato.»

«Come l'hai conosciuto?»

«Al Pazza Folla. Ci lavoravo, prima che…»

«Lo so. E Leo è venuto a vivere con te?»

«Hai una sigaretta?»

«Non voglio che me la spegni in una cornea.»

«Sarò buona buonina.»

Richiamo Alex, sempre con un fischio per evitare di pronunciare il suo nome, lui gliene tira una delle sue. Lei lecca il filtro, lo intinge nel cartoccio della coca e accende. Sembra più calma, si spande nell'aria l'odore tipico di plastica bruciata. «Sì. Non sapeva dove andare. I suoi l'avevano buttato fuori di casa, non so perché, anche se lo immagino. Leo sa essere una vera testa di cazzo.» Spalanca gli occhi. «Scommetto che sono loro che ti hanno mandato. Magari quella mezzafiga della sua sorellina.»

«Sei fuori strada. Quanto ha vissuto qui?»

«Due o tre mesi. Ma non veniva sempre a dormire. Si faceva i cazzi suoi, lo stronzo.»

«Chi frequentava quando stava con te?»

173

«Ah, che ne so? Altri bonehead, altri pelati.» Ridacchia. «Come Roby. Ma loro non sono amici. Si sono conosciuti, ma non si piacciono.»

«Venivano qui gli amici di Leo?»

«Qualche volta. Parlavano di politica. Una volta hanno litigato e i vicini hanno chiamato la pula perché facevano casino.»

«C'eri anche tu a queste riunioni?»

«Mi rompevo subito le scatole. E i rossi di qui, e i rossi di là. E la mondializzazione. Ma sai che mi frega.»

«Poi?»

«Poi cosa?»

«Poi perché è andato via? E quando?»

«L'estate scorsa. È andato a prendere le sigarette.»

«E non l'hai più visto?»

«Io no. Roby. Lo stronzo è venuto qui a prendere la sua roba e hanno litigato.»

«Quando è successo?»

«Saranno due mesi. Aveva ancora le chiavi ed è venuto a prendersi tutto. Roby ha cercato di buttarlo fuori, ma Leo l'ha menato. Poverino. Se glielo nomini, va ancora fuori di testa.»

Due mesi, quando anche Lidia l'ha incontrato. Quadra.

«Parlava mai della famiglia?»

Spegne il mozzicone in una tazzina sporca. «Eccome se ne parlava. Soprattutto della biondina. Diceva che era una troietta. E che suo padre era un capitalista schifoso. Mai che allungasse un po' di soldi. Però parlava soprattutto di politica. Diceva che non avevo le palle. Io gli dicevo sei contento che non ho le palle quando mi scopi, però, eh cazzone? E lui s'incazzava, eccome s'incazzava. Litigava sempre con tutti. Erano tutti troppo molli, per lui. Poi si è visto…» Si azzittisce.

«Si è visto cosa?»

«Niente.

«Claudia, devo trovarlo. Lui ha vissuto qui e tu sei l'unica persona che mi può mandare avanti di una casella. Possiamo farlo in due modi, con le buone o con le cattive.»

174

«Vuoi picchiarmi?»

«No. Ma ti smonto la casa. Ti apro tutti i cassetti, ti ribalto tutto, rompo tutto quello che può contenere anche un pelo. Non ti rimarrà un vestito intero, un paio di scarpe. Forse non troverò niente, ma tu dovrai andare a dormire in strada avvolta in un sacco. Le buone: tu mi dici quello che sai, io non torno più. E se vedo Leo, non gli racconto di questa chiacchierata. Roby è di la e non sente quello che ci stiamo dicendo. Puoi raccontare le palle che vuoi, che siamo sbirri dell'antidroga. Oppure la verità, non mi interessa.»

«Roby ha un sacco di amici, saranno cazzi tuoi.»

«Ne ho un sacco anch'io. Allora?»

«Sei disposto a pagare?»

«No, questo è l'unico accordo che mi sento di fare. Prendere o lasciare. Come bonus, ci metto anche la pistola. Non ti denuncio agli sbirri.» Non lo farei comunque, la violazione di domicilio è un reato.

Lei sembra pensarci e fa ancora la sua risatina. «Ma sì, tanto morivo dalla voglia di raccontarlo a qualcuno. Non ho potuto neanche dirlo a Roby, per via che s'incazza. Il mio Leo, sempre così duro, che aveva la verità in tasca. Vuoi sapere come è finito?»

Non rispondo, mi sto eccitando.

«Guarda lì sotto il televisore.»

Ri-richiamo Alex, non mi va di voltarle la schiena.

«C'è una cassetta registrata» dice Claudia, dopo che si è fatta dare un'altra sigaretta.

Alex fruga. Saltano fuori la Storia a puntate delle armi da fuoco, *Platoon*, *Blade Runner*, *In cerca di Selen*.

«È una con scritto niente.»

La troviamo. Claudia prende il telecomando e riavvolge. Mi aspetto un convegno del ku klux klan, un concerto di Razza Ariana Foundation. Quando partono le prime immagini ho uno shock. È Genova, luglio 2001, un collage di immagini dei notiziari. Claudia manda avanti veloce. Vedo un vecchio che piange con la faccia insanguinata, un gruppo di carabinieri che spalma sul-

175

l'asfalto un manifestante, un gruppo di black block che spacca le vetrine di una banca, i ragazzi della scuola Diaz portati fuori in barella dopo la "perquisizione" della celere. «Le ho viste un sacco di volte prima di accorgermene» dice Claudia. «Io e Roby le guardavamo e ci facevamo un sacco di risate sui *cinesi* che prendevano le mazzate. Poi una volta… zac. Ecco, ci siamo, ta taan.»

Le immagini rallentano e torna il sonoro. Piazza Alimonda, venerdì pomeriggio. Kik è lì, in fuga dallo spezzone di corteo che era stato frantumato dalle cariche lungo corso Gastaldi. Un brutto posto dove prendere le mazzate, da una parte c'è il muraglione della ferrovia, dall'altro una fila di palazzi. Il classico collo di bottiglia. I carabinieri erano arrivati da una delle vie laterali scortati da due gipponi Defender.

I manifestanti, Kik in testa, avevano tirato sassi per liberarsi una via d'uscita e i caramba erano arretrati fino in piazza Alimonda. Uno dei due Defender era finito contro un cassonetto della spazzatura rimanendo bloccato e i no global lo avevano attaccato con sassi e pezzi di legno.

Kik, piegato per aver respirato troppi lacrimogeni, aveva visto un manifestante in canottiera bianca correre verso il Defender e afferrare un estintore che gli era caduto tra i piedi. Lo aveva notato, in mezzo a quel bordello, perché il ragazzo aveva un rotolo di nastro adesivo infilato nel braccio, un sistema che anche Kik ha utilizzato un sacco di volte per attaccare al muro i volantini tenendo le mani libere.

L'aveva seguito con lo sguardo, pensando che quello doveva essere un militante, non uno dei tanti no global dell'ultima ora. L'aveva visto alzare l'estintore, poi lasciarlo cadere e cadere a sua volta, mentre da sotto il passamontagna spillava un fiotto di sangue arterioso. Era stato colpito, gli avevano sparato.

Adesso, dal video al rallentatore, posso vedere la canna della pistola che esce dal lunotto posteriore del Defender e i colpi che lasciano una nuvola di fumo, la gente che scappa. Incredula e spaventata.

Claudia stoppa. Il corpo di Carlo Giuliani rimane al centro

dell'immagine, raggomitolato, frantumato dalle ruote del gippone che gli sono passate sopra. «Hai visto?» chiede.

«Ho visto. Ma non è una prima visione.»

«No, non hai visto un cazzo, lo sapevo che non ci riuscivi. Tutti si distraggono perché il telegiornale mette il cerchiolino rosso attorno alla testa della zecca morta. Guarda adesso e non ti distrarre.»

Riavvolge piano la cassetta. Il gruppetto di manifestanti scappa all'indietro, il fumo dello sparo rientra nel gippone, Giuliani deposita a terra l'estintore e si allontana dallo schermo, facce in primo piano. Stop.

Boccheggio.

Claudia è trionfante. «Adesso hai visto.»

Rientriamo un'ora dopo. Una perquisizione l'abbiamo poi fatta, nell'appartamento, ma senza scassare nulla. Niente di interessante, solo un po' di biancheria appartenuta all'uccel di bosco. A un certo punto, Robertox ha perso la pazienza e ha cercato di inseguirci per la casa saltellando con i piedi legati. Alex l'ha spinto per terra.

Alex cerca di smontare le mie supposizioni. La sua ipotesi principale è che Claudia si sia sbagliata.

«Ha riconosciuto anche lo zainetto di Leo.»

«Sai quanti ce ne sono di identici?»

«E lui è davvero molto somigliante.»

«In un video amatoriale non distingueresti il tuo culo.»

Visto che è Alex a guidare, mi riproietto il mio video personale in testa. Fermo immagine sul tipo che entra da destra nel campo della telecamera. È inquadrato a mezzobusto. Si vedono la giacca di tela e lo zaino. È voltato di tre quarti verso il gippone. Assomiglia a Leo Maugeri. Un sacco. Con i capelli un po' più lunghi del solito, un paio di centimetri.

«Sai cosa mi convince? Claudia ha detto che Leo si era lasciato crescere i capelli nell'ultimo periodo. E questo ha i capelli a spazzola.»

177

«Può essere un particolare che lei ha aggiunto dopo. Hai pre
sente il delirium tremens? Lei sta per arrivarci.»

«Poi ha la camicia a maniche lunghe, quanta gente hai visto
con le maniche lunghe, in quel casino? A parte gli sbirri.»

«E quindi?»

«Leo ha il simbolo delle esse esse sugli avambracci.»

Anche l'espressione del tizio sul video è particolare. È l'unico
che non grida, come fosse davvero uno spettatore. «Ci sono un
sacco di particolari che coincidono» dico. «Leo è sparito prima
del corteo del venti luglio. Fino al G8 la sua solita vita da imbecille, litigate, lavori saltuari. Poi saluta tutti e se ne va a fare una
vacanzina.»

«E sparisce.»

«Sparisce fino a qualche mese fa, quando sua sorella lo becca
e quel buzzurro di Robertox le prende. Che ha fatto nel frat-
tempo?»

«Se davvero ha finto di essere un no global per andare a menare le mani, forse si è convertito davvero. Ci pensi?, di fronte
alla violenza dello stato, è diventato un militante dei centri sociali.»

«Non è da escludere.»

«Allora vuoi credere a tutto. Magari l'hanno rapito gli ufo.»

Gli picchietto sulla spalla. «Ascolta. Lui lavora per "I Nuovi
Cavalieri", no? Il suo capo gli dice: vai a fare un bel reportage
sulle tute bianche. Fatti amico qualcuno. Lui esegue e si fa un
bel giro con i Disobbedienti.»

«E nasconde di essere nazista? Prima o poi avrebbe incontrato qualcuno che lo riconosceva.»

«E perché?, basta che non stia a Milano.»

«Potrebbe anche essere credibile, ma dimentichi una cosa. E
lo so che ti dispiace ricordarlo.»

«Cioè?»

«Fa parte del tuo club. È pazzo.»

«Io sono schizofrenico con sindrome da personalità multipla,
altra categoria, prego.»

178

«Va bene. Lui invece è un maniaco sessuale che ha cercato di farsi la sorella e le manda lettere porno.»

«Sempre che sia lui.»

«La scrittura è la sua.»

«Possono averla imitata.»

«Quindi tu dici che lui è sano e sta andando in giro a infiltrarsi nel movimento no global. Invece qualcun altro finge che lui sia pazzo, proprio quando lui ricomincia a farsi vedere in giro.»

«Perché no?»

«E dà fuoco al capannone.»

«Magari questo è un altro ancora. Il famoso amante deluso.»

«Meglio mi sento. Sai cos'è il rasoio di Occam?»

«Quello del tuo barbiere?»

«Allora, secondo Occam…»

«Lo so, scherzavo. Leggo anch'io "Topolino".»

«… la soluzione più semplice è probabilmente quella giusta. Quindi, Maugeri junior ha dato fuori di testa, si è fatto qualche viaggio con i suoi amici skin, è rimasto senza soldi, è tornato e vive in una comune di nazisti primitivi. Lo troveranno tra un po', che vaga nudo per Corso Buenos Aires dicendo che Odino gli ha parlato.»

«E la Casetta in fiamme?»

«Quella è stato Tattù.»

«Quindi noi stiamo perdendo tempo.»

«Probabile.»

«Non ci credo.»

«Perché Tattù ti sta simpatico, nonostante tutto. E quando qualcuno ti sta simpatico fai fatica a credere che possa comportarsi da animale. Sei un sentimentalone del cazzo.»

«Mai sentito il termine critica costruttiva?»

Mi fa una pernacchia.

Parcheggiamo dentro la villa aprendo il cancello con il telecomando. Piove, gocce sottili e gelide. Non ci vengano a dire che non sta cambiando l'ecosistema, che cavolo di luglio. Kik e l'Elefante sono in tavernetta a guardare i monitor.

«Indovinate le novità» dico.

Non si voltano. «Indovina chi c'è in trasmissione» dice l'Elefante.

Ci avviciniamo. Su uno degli schermi si vede il pezzo di un'automobile scura e un tipo con i capelli radi, che fuma tenendo abbassato il finestrino. L'immagine non è un gran che, per via della pioggia e della poca luce.

«Che telecamera è?» chiedo.

«Quella che ho genialmente piazzato sul camino. Ha il teleobiettivo e la faccio ruotare per vedere le vie laterali. Quella è la stradina che va verso i campi.»

«Mentre lui chi dovrebbe essere?»

Alex si avvicina allo schermo e regola il contrasto. L'immagine non cambia molto ma lui annuisce. «È il tipo che tampinava me e Kik quando siamo andati in città a fare domande.»

«L'altro giorno?»

«Sì. Anche l'automobile mi sembra la stessa, una Opel Corsa blu. Si è visto l'altro?»

L'Elefante annuisce. «Prima. Baffi, nero di capelli. Non so dirti di più. Sono arrivati un minuto dopo che voi siete entrati dal cancello. Vi hanno seguiti anche stasera.»

«Un cazzo, ci sono stato attento» dice Alex.

«Allora è una strana coincidenza.»

«Forse eravamo distratti.» Faccio croc con le nocche. «Andiamo a parlarci.»

«Wow, un approccio diretto.» L'Elefante si gratta la testa. «Ma non c'è modo di arrivarci senza farsi vedere. Sia che si esca da davanti o da dietro, bisogna fare lo stesso pezzo di strada allo scoperto. Quelli mettono in moto e scappano.»

«Se corriamo, magari li prendiamo di sorpresa. Mi cominciano a innervosire, sempre attaccati alle nostre terga. Dove sono i mattoni?»

L'elefante apre il cassetto del tavolo inizio Novecento che sta sfondando con i monitor. «Ecco.»

Ne infilo una nella tasca dei pantaloni e fisso l'auricolare.

L'altra la passo all'Elefante. «Tieni d'occhio i monitor e dimmi che fanno.»

L'accende e se la regola sull'orecchio. «Va bene.» *Va bene*, sento anche nell'auricolare.

«Ci sei, Kik?»

Si tira in piedi. «Che si fa quando li abbiamo raggiunti?»

«M'inventerò qualcosa e andrà tutto bene.»

«*Bum*» mormora l'Elefante a mio beneficio.

I signori Maugeri, in soggiorno a divertirsi con Telepadania sullo schermo al plasma, ci guardano uscire. Forse il Piraña intuisce qualcosa, perché cambia espressione. Fuori la pioggia è aumentata, sempre gelida ma con goccioloni grandi così.

Raggiungiamo il cancello a passo di marcia.

«Cosa stanno facendo, Elef?»

«*Sono ancora lì. Di corsa ci metterete una trentina di secondi per raggiungerli.*»

«Speriamo che imballino il motore. Ok, fratelli: tre, due uno... VIA!»

Corriamo curvi in avanti per non farci accecare dalla pioggia. Appena voltiamo l'angolo, due abbaglianti si accendono in fondo alla via, per spegnersi immediatamente dopo.

«*Mi sa che vi hanno visti... ah, cazzo.*»

Accelero, attaccato alla schiena di Alex. Kik è un metro indietro, alla destra. L'auto sta facendo salire i giri del motore. «Che c'è?»

«*Stanno scattando gli allarmi a pressione nel retro. Qualcuno si muove tra gli alberi. E non sono i due tipi. Adesso sono in macchina tutti e due e stanno muovendosi. Mi sa che non ce la fate.*»

«Adesso, puff, vediamo.»

Siamo a una ventina metri, l'auto è in movimento, porca miseria. Sta facendo manovra per uscire dagli alberi. Se viene verso di noi, penso, gli spacco il parabrezza con un sasso. Lo tengo stretto nel pugno da quando ho cominciato a correre.

«Merda» grida Alex e scivola su una chiazza di fango.

Sono primo adesso, ma non mi servirà a niente. L'automobile

sgomma, e comincia ad arretrare. Dietro il parabrezza vedo due sagome scure. Hanno spento i fari. Lancio il sasso, rimbalza inutile sul cofano dell'automobile.

Kik ha uno scatto leonino. Mi supera e comincia a saltare. «Bastardi, venite qui, venite!»

Un sasso arriva a parabola da dietro. È Alex, che si è ripigliato. Cilecca.

La macchina continua a muoversi sempre più velocemente, un lampo la illumina, l'unico colpo di fortuna. M'imprimo tutto in mente, le due facce dietro il finestrino, la targa. Poi dove la via si allarga l'auto fa un testa coda spettacolare e si volta nella direzione di marcia. La sagoma scura contro il cielo luminoso diventa sempre più piccola.

Mi appoggio a un albero, ansimando. Alex e Kik sono sparsi lungo la stradina. «Elef, riesci a seguirli con la telecamera, adesso? Elef?»

Il suono della sua voce è cambiato e ci sono rumori di sottofondo. «*Non posso.*»

«Perché?»

«*Sto andando a dare una guardata a cosa ha fatto scattare l'allarme a pressione.*»

«Saranno i Maugeri.»

«*Naa. Sono in soggiorno.*»

Mi rimetto in piedi. «Aspetta che vengo, Elef.»

«*Ci metteresti troppo.*»

«Elef, non fare cazzate da solo, non sappiamo chi è.» Mi rimetto a correre verso la casa, facendo segno agli altri. «C'è qualcuno, andiamo!»

Sussurra, adesso. «*Deve essere entrato dalla porticina del giardino. Non ho ancora messo l'antifurto…*»

Corro, bestemmiando contro il fango che mi rende le scarpe pesanti.

«*Non si vede niente… il tipo si muove senza pila, ma so che c'è qualcuno. Ha fatto rumore. Certo, con questa pioggia…*»

Corro. Ormai il cancello è in vista. Vedo le sfere luminose che lo sovrastano farsi più grandi. Le punto, mi ci faccio riempire la testa per non sentire la fatica. Diventano grandi come la Luna, come il Sole, sto per toccarle… «*Cazzo!*»

Ho un brivido di paura. «Elefante? Marco?»

«*Cazzo mi ha fregato…*»

Il suono degli spari riempie l'auricolare. Un secondo dopo, lo sento rotolare nell'aria come un tuono lontano.

Parte terza

IL BLUES DEL GORILLA

1

La mia ultima azione cosciente era stata quella di inginocchiarmi sull'Elefante e tamponargli le ferite con la camicia. Poi, la parte di me che pensa era andata a farsi un giro in un posto tranquillo, dove gli amici non sanguinano in mezzo all'erba e nessuno soffre. Solo il mio corpo era rimasto lì a far compagnia a quello dell'Elefante.

Gli infermieri dell'ambulanza mi avevano spostato di forza, i carabinieri mi avevano sollevato da terra e fatto sedere su una panchina del giardino, Alex mi aveva caricato in macchina e poi sbarcato all'ospedale. Rimanevo dove mi mettevano, senza riuscire a decifrare quello che mi accadeva intorno. Il tempo correva troppo veloce. Se qualcuno mi parlava, prima che alzassi gli occhi verso di lui era già dall'altra parte del corridoio. Tutti saltellavano su e giù per la stanza, apparivano e sparivano, le lancette dell'orologio a muro giravano velocissime. Sembrava un vecchio film pieno di tagli e giunte.

Poi torno a sincro.

Alex è il primo ad accorgersene. Mi picchietta sulla spalla. «Ci sei?»

«Sì. Quanto sono stato via?»

«Tre ore. Sei lontano dal tuo record.» Mi fa bere da una bottiglietta d'acqua e intanto mi aggiorna dal mondo reale, bisbigliando per non farsi accorgere dai guardiani. L'Elefante è ancora sotto i ferri, e nessun medico si azzarda a fare una prognosi. Si è preso tre proiettili calibro .22, uno in un fianco e due nell'addome, e ancora non si riesce a capire se dentro il suo corpo sia rimasto qualcosa di sano.

Noi superstiti siamo guardati a vista, nell'attesa che Bernardi finisca di interrogarci. Non è dell'umore migliore, e solo la testimonianza del Piraña, difficile da ignorare, ha impedito la nostra traduzione in carcere. Sono il terzo a farmi torchiare e mento quasi su tutto per una buona mezz'ora. Alla fine Bernardi mi fa firmare il solito foglio, con una nube nera che gli volteggia sopra il berretto della divisa. «Non la passa liscia, questa volta, signor Dazieri.»

Sai che novità. Bernardi toglie la sorveglianza alla saletta, siamo liberi di muoverci e di raccontarci quanto siamo stati imbecilli. Io ne approfitto per andare a darmi una sistemata. C'è un ambulatorio vuoto sul piano, ginecologia, uno di quei posti dove difficilmente metterò ancora piede. Mi lavo nel lavandino dietro il paravento cercando di non scappare inorridito alla mia stessa vista.

Sono a torso nudo, con strisce di sangue secco e macchie di fango che mi mimetizzano dalla testa ai piedi. Mi spoglio completamente e mi sfrego con una palla di carta asciugamani. Do anche una passata ai pantaloni, poi sottraggo un camice bianco corto e lo indosso, infilando bene l'orlo nei pantaloni. L'effetto finale è un po' dottor Kildare in vacanza, ma meglio che sembrare l'uomo selvaggio del Borneo, come prima.

All'una del mattino arriva Stefania, la fidanzata dell'Elefante, faccia distrutta e sguardo di odio riservato a me. Sono pronto a farmi prendere a sberle, e mi farebbe anche bene, invece vengo solo fustigato a parole. Perché continuo a coinvolgere Marco in un lavoro che non è più il suo? Perché faccio rischiare i miei amici per giocare alla guerra? Poi Stefania si rivolge ad Alex e Kik che fissano il pavimento solo perché non possono attraversarlo e sparire.

«Ma pensate di essere ancora dei ragazzi? Credete di essere immortali? Volete tutti diventare come *lui*?»

Lui sono io e non ho bisogno di chiederle che cosa intenda. Mi sposto nell'angolo più lontano e smetto di disturbare.

Ce lo fanno vedere alle tre del mattino dalla porta della terapia intensiva. Vedere per modo di dire, perché è talmente ricoperto di tubi e cavi che dell'Elefante si riconosce solo un ciuffo di capelli e la forma di un piede sotto il lenzuolo. C'è quasi tutto. Gli hanno tolto la milza e qualche centimetro di intestino tenue. Gli manca anche un pezzetto di rene, ma i chirurghi sono riusciti a chiudere il buco durante la parte più lunga e difficile dell'operazione. Ed è vivo, meravigliosamente e miracolosamente vivo, anche se non ha ancora ripreso conoscenza.

C'è una macchina metallica che fa *ping* e traccia il grafico delle sue pulsazioni, filiformi ma regolari. Stefania è l'unica a poter entrare, con camice e mascherina, e quando esce nessuno di noi ha il cuore di chiederle nulla. Ci basta guardarla in faccia.

Siamo tutti abbastanza stravolti, ma non ce la sentiamo di lasciare l'Elefante da solo in mezzo agli estranei. Mi offro per il primo turno in ospedale, Stefania accetta lasciandosi abbracciare da me per la prima volta da quando è arrivata.

Le voglio bene, anche se il mio modo di dimostrarglielo è sempre stato quello di farle subire i miei guai. Poi guardo il gruppo allontanarsi sentendomi colpevole come non mai.

Mi siedo nella nicchia di un termosifone in faccia al carabiniere di guardia al mio amico, ripensando a tutte le volte che sono andato in ospedale a trovare qualcuno, di solito ferito da omaccioni grossi e cattivi, e a quelle in cui ero io il degente da consolare. Il mio primo ricovero professionale risale all'89, una rissa del cavolo in una discoteca del piffero, quando ancora dovevo imparare a usare il mio *carisma*. Qualche pugno, qualche calcio nelle costole e una presa cattiva alla testa, usata per sbattermi la faccia contro il cofano di un'automobile.

Ne ero uscito malconcio soprattutto nello spirito, perché per la prima volta avevo annusato l'odore della morte possibile. Bastava un calcio alla tempia dato bene e sarei stato uno dei tanti cadaveri nelle pagine locali dei quotidiani. *Ucciso buttafuori.* Sono uscito con la forma del naso cambiata, una mano che faticava a chiudersi e un modo diverso di vedere il mondo.

Adesso, seduto in attesa di non so cosa nel corridoio dell'ospedale, capisco che nella vita le linee d'ombra da passare sono più d'una.

2

Alle cinque del mattino mi scuote dal torpore un suono di passi che non è il solito dell'infermiere notturno o quello del vecchietto svanito che riappare a intervalli regolari. Sorpresa: è Gipi, che appare in fondo al corridoio in maglietta e jeans, oltre al marsupio pieno di ferraglia appeso sulla pancia. Una sorpresa, ma non totale. Erano due giorni che non si faceva sentire, c'era qualcosa che covava. Il carabiniere di guardia annusa sospettoso alla vista di questo pezzo di marcantonio, lo precedo e vado incontro a Gipi salutandolo con la mano. Lui non sorride, ha un'espressione stanca, professionale e dura.

«Amunì» dice, indicando l'uscita con il capo.

Controllo oltre la porta della terapia intensiva. L'Elefante non si muove da quando ha spostato una gamba mezz'ora fa. Però prosegue regolare il suono dell'ossigeno che passa dai tubi ai suoi polmoni, ho imparato a distinguerlo da quello più strozzato che emette l'altro occupante della stanza, un ragazzo che si è impastato con il motorino. In confronto, l'Elefante è messo bene.

Precedo Gipi verso l'uscita e ci fermiamo a lato dell'ingresso principale, vicino alla rampa che porta al garage delle ambulanze. Mi siedo sul muretto in cemento, Gipi si appoggia al palo di un lampione che emette una luce acida, attirando nubi di moscerini e zanzare.

«Che è 'sta camurria?»

Gipi stringe gli occhi, sono iniettati di sangue. «Non sfottermi. Non dormo una minchia da tre giorni.»

«Allora vai a letto. Buonanotte.»

«Ti ho già detto di non sfottermi. Il nome Giuseppe Strazzi ti dice niente?»

Oh, oh, ci siamo. «Mi dice quello che dice a te. Si diverte a tirare i sassi agli zingari.»

«E poi?»

«E poi cosa?»

Ha uno scatto d'ira contro se stesso, si afferra le guance con rabbia. «Mi prenderei a sberle per averti chiesto di aiutarmi. Sono un imbecille.» Infila le mani in tasca, poi le estrae e le infila di nuovo. «È stato ricoverato in ospedale, qualcuno l'ha caricato di mazzate.»

«Non sono stato io.»

«Lo so. Ci ho parlato.»

«E perché?»

«Perché, mi chiedi. Ti ho dato io il suo nome, se avevi combinato qualche minchiata dovevo saperlo, magari prima del giudice.» Sbuffa. «Sono stati i suoi amici a mandarlo all'ospedale, quelli con cui va in giro di solito. Lo hanno pestato perché lui aveva fatto i loro nomi con un grandissimo cornuto. Vuoi sapere chi è il grandissimo cornuto?»

«No, e neanche tu dovresti volerlo.»

«Davvero?» Apre i pugni mostrandomi i palmi callosi. «Sandrone, io sono un agente di polizia, non un giustiziere della notte. Se qualcuno viene massacrato di botte non posso far finta di niente. Però, se fosse solo questo il problema, a te che te ne fotterebbe? Niente, tutto tra di loro si sono fatti.»

«Mi hai rubato le parole di bocca.»

«E potrei anche chiudere un occhio su come ti procuri gli informatori, anche se questi informatori poi si rompono le ossa a vicenda. Potrei, se non si trattasse di omicidio, mondo infame!» La sua voce è esplosa in un tuono. Sullo sfondo, l'antifurto di un'auto si spaventa e mette in azione il clacson. Un infermiere corre fuori a spegnerlo con il telecomando.

Gipi mi fissa con gli occhi da basilisco aspettando che io replichi.

Mi gratto il naso. «Non capisco di cosa stai parlando.» I bicipiti di Gipi fremono per un secondo, mi preparo a tuffarmi nella botola della cantina. Ma è un falso allarme. Prende un chewinggum dalla tasca e lo mastica rumorosamente. Mi arriva una zaffata di menta piperita. «Hai la faccia come il culo» dice.

«Me l'hanno data con il tesserino di investigatore privato.»

«Tu non ce l'hai il tesserino di investigatore privato.»

«Non sottilizziamo.»

Gipi scuote la testa. «Sandrone, parliamoci chiaro. Io so che stai cercando Leandro Maugeri. E so che lo stai cercando perché sei convinto che sia stato lui a dar fuoco a quella minchia di capannone.»

E bravo Strazzi. Più furbo del previsto, e anche più chiacchierone del necessario. «Te lo concedo, sto cercando Maugeri, ma è una questione di famiglia. Suo padre vuole fare la pace. Se Strazzi si è fatto strane idee, non è un buon motivo perché tu ci creda.»

«Mi hai preso per un coglione? Non rispondermi.» Sputa la gomma e ne mette in bocca un'altra. «Sandrone, me le sono lette le informative su Leandro Maugeri detto Leo. Lo so che a quello piaceva giocare con il fuoco, che tirava le molotov fuori dagli stadi. Che picchiava i neri e andava in giro con le svastiche. È uno che deve baciare i piedi a suo padre se adesso non è in qualche prigione a farselo spingere in culo da tutti i marocchini di questa terra.»

«Non è un gran simpaticone, ma questo non fa di lui un assassino.»

«No, ma lo rende molto, molto sospetto, e dopo quello che è successo al tuo amico, ancora di più. Tu cercavi Maugeri per l'incendio, lui si è incazzato ed è venuto a trovarti con una pistola. Il tuo amico ci è andato di mezzo.»

«Hai intenzione di raccontare questa favola ai carabinieri?»

«A chi, ai carabinieri di qui?» Scuote il capo. «Ho visto come lavorano. Troppa paura hanno che Maugeri padre pianti un casino. Qualunque poliziotto con un po' di testa avrebbe indagato sulla famiglia, invece qui tutti se ne stanno tranquilli, ad aspettare che salti fuori un rapinatore di ville, albanese magari.» Rapido cambio di gomma, *sput gnam*. «Sandrone, ma che minchia ti è saltato in mente, me lo vuoi dire?»

«Avevo voglia di giocare alla guerra.» Stiro le gambe, comincia a farmi male la schiena. Non sono immortale, sto invecchiando. «Bene, mi hai spiegato cosa sai o credi di sapere. Adesso dimmi cosa vuoi.»

«Cosa voglio? Porca troia, ti dico quello che devi fare. Vieni da me in questura e fai una deposizione. Io prendo in mano la faccenda, e i carabinieri lo prendono in quel posto.»

«E poi?»

«E poi noi, intendo la polizia, indaghiamo. Cominciamo a fare una bella ricerca sul territorio di quello stronzo pelato, e interroghiamo davvero quelli della famiglia. Soprattutto la sorella.»

«Perché la sorella?»

«Sandrone, quella lo seguiva dappertutto. Anche allo stadio. Se c'è una che sa dove si trova è lei. Fidati.»

«C'è scritto anche questo nelle tue informative?»

«C'è questo e c'è quello che ho saputo andando in giro. Sono due giorni che vengo qua quando stacco dal servizio.»

«Senza dirmi niente.»

«Perché, tu mi raccontavi cosa stavi combinando?»

Apro le mani «Va bene. Hai prove per quello che dici, a parte ciò che tu pensi che io pensi?»

«Le prove si trovano.»

«Muovendoti come un toro sulle uova? Maugeri padre ti farà seppellire dagli avvocati.»

Gipi si accuccia per guardarmi in faccia e abbassa la voce. «Sandrone, mio cugino è in galera per una cosa che non ha fatto. Ha combinato un mare di cazzate in vita sua, ma questa no. Io mi sono rotto di tutta questa omertà sulla famiglia Maugeri. È peggio che a Palermo, dove c'è la mafia, quella vera, e ti sparano sul serio se apri bocca.»

Gli poso una mano sul braccio, trema per il nervoso. «Ragiona, Gipi. Appena la polizia si muoverà, Maugeri figlio sparirà in Inghilterra o in qualche posto dove quelli come lui non li estradano più. E sai chi lo avviserà?, qualche tuo collega con simpatie di destra, qualcuno di quelli che vanno in giro con Dux inciso sul manganello, e menano i prigionieri finché non cantano *Faccetta Nera*. Lo sai che questo succede, Gipi, non hai le fette di salame sugli occhi. Sei sicuro di poterti fidare dei tuoi colleghi? Di quelli che ti chiamano "lu communistu"?»

«Io sono un uomo delle istituzioni, Sandrone, ma non lo sono diventato perché credo che siano perfette. So solo che sono meglio del Far West, dove la gente si fa giustizia da sola. Gente come te.» Sembra davvero triste, adesso. «Stavolta non puoi continuare a fare di testa tua, ti devi fidare di me.»

«Di te mi fido. Degli sbirri mai.»

«È meglio se accetti questa cosa, Sandrone, perché altrimenti sei il primo ad andarci di mezzo.» Si rialza, gli è tornata la faccia da duro. «Vado da Strazzi e gli faccio firmare una dichiarazione con tutta la storia dei vostri incontri: ricatti, botte, tutto. Poi salgo dal mio responsabile e gliela sbatto in faccia. La prima cosa che farà sarà ordinarmi di venire ad arrestarti. Non ci sono più santi. L'unico modo che hai per sistemare le cose è tornare con me a Milano. Adesso. Per questo sono venuto.»

Ascolto un'ambulanza partire e accendere la sirena in fondo alla via. Cerco di individuare la direzione, mi calmo quando capisco che non sta andando verso la villa del Piraña.

«Dammi del tempo per pensarci. Sono troppo stanco per decidere su due piedi.»

Guarda l'orologio. «Non posso. Vieni con me adesso.»

«Ti raggiungo a Milano.»

«Preferisco accompagnarti.»

È il mio turno di guardarlo duro. Viene meglio a lui. «Mi stai arrestando, Gipi?»

«No. Ti sto solo impedendo di fare qualche nuova minchiata.»

«Capisco.» Chiudo gli occhi e mi appoggio al muro. Che casino, per la miseria. Riapro e sorrido. «Ti stai proprio preoccupando per me, vero? Questa visita te la potevi evitare.»

«Sì. E non è per i vecchi tempi, quelli sono passati e non contano più. Però ti dovevo qualcosa. Se sei qui è per colpa mia.»

«È il karma.»

«Il karma ce lo facciamo noi.»

Sorrido. «Sei una brava persona, Gipi. E un amico.» Mi alzo. «Abbracciami va', compare.»

«Dai, che dici…»

Mi avvicino e l'abbraccio, battendogli pacche sulla schiena. Duro come una roccia. «E sei un pezzo d'uomo.» Gli schiaffeggio il sedere. «Ammazza, se ti licenziano puoi fare lo spogliarellista.»

«Sandrone, pure arruso mi diventi. Piantala.»

Dio come s'imbarazza. «Va bene, andiamo. Sei qui in macchina?»

Indica un catorcio parcheggiato davanti all'ingresso principale. «Come no, con il mio bolide.»

Faccio per seguirlo, poi mi blocco. «Non posso non salutare Marco.»

«Sandrone, che vuoi che gli succeda ancora? È circondato da dottori.»

«Non è per lui, è per me. Lo guardo solo.»

Gipi mi segue fino al corridoi, poi vede la mia espressione e mi lascia fare gli ultimi metri da solo. L'Elefante ha mosso ancora il piede, certamente un ottimo segno. Storco la bocca e lancio un *psst* in direzione del piantone. Alza gli occhi bovini. «Faccia finta di niente» dico a bassa voce.

«Come?»

«Faccia finta di niente, ma ha presente quella persona che c'è dietro di me? Quello grosso?»

S'irrigidisce. «Il suo amico?»

«Non è un mio amico. Mai visto prima. È uno strano, non so. Mi ha fatto dei discorsi… guardi, non voglio allarmarla.»

«Vuole che ci vada a parlare?»

Fingo di esitare. «Non so. Senta devo dirle la verità» altra pausa, «credo che sia armato.»

Il carabiniere fa scivolare la mano sulla fondina, mentre diventa rosso sulle guance. «Ne è sicuro?»

«Sì, lo faccio venire qua con una scusa, magari, non so, lei gli controlla i documenti.»

«È meglio se vado io.»

«No, ho paura che scappi. Aspetti.»

Prima che reagisca torno all'ingresso. Gipi sta appallottolando il pacchetto vuoto delle gomme con l'espressione del fumatore in crisi d'astinenza. «Il piantone non vuole farmi andar via finché non arriva il cambio» gli dico. «Non so perché. Puoi far valere la tua autorità?»

«Ma sei in stato di fermo?»

«Macché, è solo lui che è un paranoico.»

«Ma che minchia vuole quella spina…»

Ci incamminiamo insieme verso il carabiniere, che si alza in piedi nervoso. La fondina è slacciata.

«Buongiorno collega» dice Gipi.

L'altro si passa la lingua sulle labbra. «Buongiorno, favorisca i documenti.»

Io arretro un paio di passi. Gipi sorride.

«Ehi, collega, che problemi ti stai facendo?» Porta la mano alla tasca dei pantaloni. «Sono…»

Il carabiniere estrae la pistola. «Per favore tenga le mani in vista.»

Arretro ancora due passi, sono ormai allo svincolo del corridoio.

«Mii, collega, come siamo nervosi. Aspetta, che ti faccio vedere i documenti. Sono l'agente scelt…»

«Si slacci il marsupio, per favore.»

«Ma porca…»

Ho girato l'angolo, corro.

Alex mi aspetta alla porta posteriore della casa. Dormiva sul divano, l'ho svegliato mentre correvo. «Cos'hai combinato?»

Estraggo il portadocumenti di Gipi, lo scudo di metallo della polizia luccica sotto il faretto. «Agente speciale Dazieri a rapporto.»

«Il re dei borsaioli. Mi sa che hai fatto una cazzata.»

«Una grossa. Che più grossa di così non potevo.» Glielo regalo. «Faglielo ritrovare. La cassetta?»

Mi passa lo special televisivo di Leo. «Lidia sta arrivando, ho dovuto tirarle l'acqua in faccia. Che succede adesso?»

«Navighiamo a vista.» Apro il cellulare e tolgo la scheda. «Tieni.»

Alex la rigira tra le mani. «Quale usi?»

«La sim di Zio Adolf.» Infilo la scheda nuova. È una di quelle ricaricabili, intestata a un cittadino svizzero che aveva perso i documenti in stazione. L'evoluzione della telefonia offre ogni giorno nuove possibilità a noi perfidi. «Chiamami stasera che ti aggiorno.»

«Se sono ancora a piede libero.»

«Confida in Mirko. Strazzi il tuo nome non l'ha fatto, non credo che organizzeranno un confronto all'americana. Almeno, non subito. Gipi è me che vuole.»

«Pensi che sia una buona idea tirarti dietro la fanciulla?»

«Finché non so cosa succede, sì.» Mi azzittisco perché Lidia arriva, barcollando per il sonno. «Eccoti qui.» Poi ad Alex. «Dove hai parcheggiato?» La mia auto è nel cortile della villa, non posso uscire senza passare di fronte al filtro dei carabinieri.

«Verso lo svincolo, le chiavi sono al solito posto.»

«Ruota anteriore sinistra?»

«Yes.»

Lidia non sta capendoci molto. «Dove andiamo?»

«Da una vecchia bastarda. Vedrai, farete amicizia.»

3

Ho evitato la macchina di guardia e mi sono infilato sulla provinciale.

Lidia muove la guancia contro il finestrino e apre gli occhi. «Che ore sono?»

Cerco l'orologio nel cruscotto e mi stupisco di non trovarlo al solito posto. Poi ricordo che non sto guidando la mia auto. «Le sei e un quarto.»

Il cielo è già chiaro, una striscia azzurra e rosa che attraversa il parabrezza. Metto la freccia e supero un camion che trasporta gabbie vuote per animali. Va a fare il carico per il macello.

Lidia borbotta qualcosa.

«Che hai detto?»

«Mi scappa la pipì, ti fermi al primo autogrill?»

«Non siamo in autostrada. Se vuoi accosto e la fai dietro un cespuglio.»

«Che schifo, me la tengo.» Guarda meglio il panorama. «Perché hai preso il giro lungo?»

«Non voglio che la polizia stradale mi fermi al casello. A quest'ora sono lì che si grattano, potrebbero farsi venire strane idee.»

«Pensi che ci stiano già cercando?»

«Cercano solo me, tu sei una tranquilla cittadina.»

Lidia si raddrizza sul sedile e passa il palmo della mano sotto la cintura di sicurezza, come se la stringesse.

Anch'io mi sento un po' soffocare. Siamo in fuga, per la miseria, appenderanno la mia faccia sui muri con scritto wanted, vivrò di rapine e avventure mozzafiato, morirò arrampicandomi su un serbatoio e gridando che sono sul tetto del mondo. Dovrei fare una telefonata a mia madre: se davvero finisco un'altra volta sui giornali le verrà un coccolone. Il mio umore da gangster scema di colpo.

«Chi è la tipa da cui andiamo?»

«Rosa Gardoni. Una per cui ho lavorato.»

«E ti vuole vedere ancora?»

«Ah ah, spiritosa.»

«Che cosa hai fatto per lei?»

«Un lavoro di merda.»

«Racconta.»

«Non è il caso. Acqua passata non macina più.»

«Va bene, mi arrangio da sola.» Prende la borsetta e ne estrae una manciata di fogli. Sembrano fotocopie di giornali.

«Che roba è?»

«Ho stampato tutto quello che c'era di te sul cd rom.»

«Stai diventando una mia fan?»

«Scommetto che una fan carina come me non l'hai mai avuta.»

«Sei la prima, non fai fatica.»

Sorride, poi il sorriso si trasforma in uno sbadiglio. «Leggere gli articoli su di te è meglio che leggere i Gialli, anche se meno divertente. È tutto troppo un casino. Come hai detto che si chiama?»

«Rosa Gardoni.»

«Mmm.» Scartabella e perde il sorriso. «Ah, è la storia della ragazza uccisa. La punkabbestia.»

«Sì, era la nipote della vecchia. Non apprezzava lo stile della famiglia. Troppo granosa per i suoi gusti.»

«Preferiva fare la barbona?»

«Molti dei punkabbestia che vedi per strada vengono da famiglie piene di soldi. Qualcuno ci torna, quando si stufa di andare in giro con i cani a chiedere l'elemosina, qualcuno rimane secco prima.» Una volante mi supera, mi paralizzo al volante fino a quando non sparisce all'orizzonte. «Saresti stupita a vedere quanti ne muoiono ogni anno. Però di solito non li ammazzano, si arrangiano da soli: alcol, pasticche. Suicidio. Ovviamente, la polizia ha pensato subito che fosse stato qualcuno della casa occupata, un delitto tra sfigati.»

«Invece?»

«Invece era un affare di famiglia. La sua bella, onesta e granosa famiglia.»

Lidia si muove imbarazzata. Seguo il filo dei suoi pensieri e capisco di non essere stato un mostro di delicatezza. Anche la sua famiglia, bella, onesta e granosa fa un po' schifo. Mi sto specializzando in famiglie belle, oneste e granose che fanno un po' schifo. E in ragazzine in pericolo.

Legge ancora un po'. «È stato lì che ti hanno sparato.»

«Già.»

«Ma poi il tipo l'hanno preso.»

«L'ho preso io, prego.»

«Veramente tu eri svenuto su un pavimento, a quanto scrivono qui. L'hanno condannato, poi?»

«In primo grado. Tra un paio di mesi devo presentarmi per l'appello. Se non ci fosse Mirko a tenere il conto mi ci perderei tra appelli e menate varie. Sono ancora in ballo per lavori che ho fatto sei o sette anni fa, una palla terrificante.»

«E ci devi andare sempre?»

«Sì, se no mi vengono a prendere i carabinieri. Nella vita vera non solo non c'è il lieto fine, ma anche la fine te la danno a rate.»

La casa di Rosa Gardoni è un modesto pied-à-terre di mille metri quadrati in via Mozart, a Milano. Come dire, il salotto buono della città. Non so chi altro ci stia in quella via, ma nessuno con un reddito inferiore a un miliardo il mese. Passando velocemente, può capitare di non badarci, ma se cammini con calma e accosti l'occhio ai portoni e ai cancelli, scopri parchi all'inglese con fontane e pavoni ruspanti. L'occhio, però, è meglio se non lo accosti perché rischi una schioppettata in faccia da qualche guardia giurata.

Casa Gardoni si riconosce dal cancello antico che si apre su un roseto e una piccola stradina di ciottoli che porta all'edificio principale, una casa a tre piani che non credo sia cambiata molto nei due secoli passati.

Accosto al cancello e mi faccio riconoscere al videocitofono. Il cancello scorre, la porta basculante di uno dei garage si alza silenziosa. Entro a passo d'uomo e mi piazzo tra una moto con il sidecar e una vecchia Mercedes bianca lucidata di fresco. Il parcheggio al chiuso mi evita di dover andare a seppellire la Renault di Alex in una discarica, credo ne sarà felice.

Dal box una porta interna e una breve scala conducono all'abitazione. Ad aspettarci sulla soglia c'è un vikingo in camicia e pantaloncini corti, con i capelli biondo scuro sciolti sulle spalle.

Gli stringo la mano. «Lars, questa è Lidia.»

«Buongiorno, signorina» dice con lieve accento tedesco. «Avete fatto buon viaggio?»

«Sì, grazie.»

«Vi faccio strada. Sono contento di rivederti, Sandrone.»

Lidia ha la lingua di fuori. Le tiro una gomitata. «È impegnato, lascia perdere.»

«Guardavo solo.»

Rosa Gardoni è nel salotto del piano rialzato, seduta su una poltrona con la sua solita copertina Missoni sulle ginocchia. Il mobilio è sull'antico, ma lei sembra il pezzo più vecchio della collezione. Capelli candidi raccolti a crocchia, viso rugoso come una prugna vizza, braccine scheletriche. Ha due pendenti ai lobi con i quali potrei sistemare i miei debiti, ed è accuratamente truccata. Allunga la mano, gliela stringo, e come sempre rimango stupito dalla forza delle sue dita. «La trovo bene, signor Dazieri.»

«Anche lei, signora. Sembra esumata di fresco.»

Fa la risatina che ho imparato a conoscere. «Pensa che la polizia verrà qua?»

«È l'ultimo posto in cui mi cercheranno.»

Studia Lidia. «E lei è la sua nuova protetta. Venga più vicina a farsi vedere.»

Lidia striscia i piedi sino al suo cospetto. «Piacere, Lidia Maugeri.»

«Maugeri?» La Vecchia ci pensa mentre estrae un bocchino lungo come la canna di un fucile e inserisce una sigaretta sottile. Lars appare alle sue spalle e gliel'accende con un Dupont d'oro. «Mi sembra di conoscere questo nome. È suo padre che possiede uno studio di consulenza aziendale?»

«Sì.»

«Ci siamo affidati anche noi ai suoi consigli, qualche volta.» Ecco sistemato il Piraña, retrocesso a normale impiegato. «I suoi genitori sanno che lei è qui?»

Lidia mi guarda.

«Preferisco di no, per il momento» rispondo. «Ma ho lasciato detto che sta bene.»

«Davvero?» La Vecchia storce le labbra all'ingiù, credo sia un sorriso. «Vedo che non ha cambiato metodi.»

«Le vecchie volpi non imparano nuovi trucchi.»

«In confronto a me lei è un poppante, non se lo dimentichi. Sono contenta che sia venuto qui, mi piace saldare i miei debiti.»

«Detto tra noi, non avevo molta scelta.»

«Significa che è proprio nei guai. Lars caro, ti dispiace accompagnarli e far loro vedere le camere?» Ci studia, e ancora una volta mi colpisce vedere quanto siano giovani i suoi occhi, in confronto al resto del corpo. «Non avete bagagli.»

«Ci siamo mossi un po' di fretta.»

«Lars provvederà a trovarvi qualcosa. Vero, Lars?»

«Certo.»

«Allora a dopo.»

La nostra sistemazione sono due stanze comunicanti, separate solo da una porta.

Lidia sbadiglia, poi la sento far scorrere l'acqua nella vasca. Bussa e spunta dalla mia parte. «Ehi.»

«Ciao.»

«Quanto dovremo stare qui?»

«Il tempo di capire che succede.»

Si toglie le scarpe e le spinge con un calcio nella sua stanza. «Quanti anni ha la signora?»

«Lei e Churchill andavano a scuola assieme.»

«Esagerato. È paralitica?»

«Penso che più che altro si sia stancata di camminare.»

«E il figaccione è una specie di tuttofare.»

«Talmente tuttofare che se l'è sposato.»

Stavolta Lidia accusa il colpo. «Non ti credo. È più giovane di te.»

«L'amore è bello e pazzo. Però sono contento di non aver assistito alla prima notte di nozze.» Annuso la mia stanza, sa di lavanda e legno tarlato. Non penso che ci si piazzino spesso degli ospiti. «Non allungherei le mani verso Lars se fossi in te. La Vecchia è capace di mangiarti arrosto.»

«Brr. A proposito di mangiare, non ho fatto colazione. Perché non vai a fregare qualcosa in cucina mentre mi lavo?»

Nonostante la mia dura vita sono venuto su gentile e servizievole, per cui scendo in una cucina scintillante di pentole di acciaio e rame e mi approprio di due baguette, burro, marmellata e miele. Lars sta preparando il pesto e, nonostante la sua discendenza in linea diretta dal kaiser, sembra che conosca la ricetta. «Vuoi che ti faccia un caffè?» chiede senza guardarmi.

«Mi arrangio, grazie. Dimmi solo dov'è la roba.»

Indica con il coltello due pensili. «Lì e là.»

Trovo una cuccuma da dieci e la preparo osservando il ragazzone mettere insieme gli ingredienti senza sprecare gesti. Pela gli spicchi d'aglio battendoli sul tagliere con il piatto della lama di un coltello.

«Hai fatto il cuoco» dico

«Per qualche tempo, prima di venire in Italia. Come lo sai?»

«Maneggi il coltello troppo bene per essere un dilettante. Ho fatto la scuola alberghiera, prima del diluvio. La mano l'ho persa, ma l'occhio mi è rimasto.»

«Studiavi cucina?»

«Sì, ma non ero molto portato.» Bestemmio un po' attorno al fornello prima di capire che ha l'accensione automatica. *Click*. «Tutta colpa di *Love Boat*, il telefilm. Te lo ricordi?» Canticchio la sigla.

Ride. «Das Liebebot, con il comandante Stoubing. Sì, certo.»

«Io lo vedevo da piccolo. C'era sempre un cuoco elegantissimo che limonava le tipe ricche. Speravo di diventare come lui.»

«E non ci sei riuscito.»

«Finivo sempre nelle bettole, e dopo tre anni di chef avvinazzati e calci nel sedere la passione è svanita. Sono diventato bravo solo a riciclare gli avanzi.» Nell'ultimo posto dove sono stato il padrone usava un trucco elegante per togliere l'odore alla carne andata a male. Prendeva il pezzo marcio e lo legava nel water con una cordicella, poi apriva l'acqua e la lasciava scorrere. Dopo un paio d'ore, la puzza era sparita. «Se vuoi un consiglio, quando vai al ristorante non ordinare mai i piatti che si chiamano Fantasia dello Chef.»

«Consiglierei di evitare anche le polpette.»

«Giusto. Tutto sommato, credo che fare il gorilla sia meno rischioso per la salute.» Spengo la caffettiera e cerco un vassoio dove caricare il mio bottino. Tazzine, zucchero, latte. Servizio completo.

«Anche questa volta?»

«Toh, sei preoccupato?»

«Un po' per la ragazza. Ha gli occhi di chi si è perduto.»

Ho un tremito nelle braccia, il vassoio tintinna. Me ne vado in fretta, seguito dal battito ritmico del pestello di legno.

Lidia è ancora nella vasca da bagno che canta a bassa voce. Poso il vassoio sulla scrivania ed estraggo dalla tasca gli appunti per il mio Socio. È rimasto ben indietro, poveraccio, e ho come l'impressione che non approverà gli sviluppi più recenti. Aggiungo due battute sulle ultime ore, poi faccio una premessa in cima al primo foglio: NON TI INCAVOLARE. Metto il plico in bella vista tra le baguette, il cibo calma le belve, poi chiudo gli occhi e li riapro con il buio.

Secondo l'orologio sono passate quindici ore. Il mio Socio mi ha infilato sgarbatamente il suo rapporto negli occhiali, segno che non sono riuscito ad ammansirlo più di tanto. Non ha gradito ritrovarsi latitante, lui che ha così tante cose da fare. Me lo spiega in modo creativo, e imparo una nuova espressione per dire "accoppiarsi da tergo".

La notizia che ci riguarda è stata battuta dall'Ansa intorno a mezzogiorno di oggi: in merito a un conflitto a fuoco avvenuto in una nota località turistica del Lago Maggiore, è attivamente ricercato un esperto di security e servizi di investigazione.

Una telefonata di Alex ha portato al mio Socio ulteriori notizie. Prima di tutto sull'Elefante, che è ancora in terapia intensiva, ma ha aperto gli occhi. Mentre leggo, lancio un urlo di gioia, dimenticandomi l'ora tarda. Lidia borbotta qualcosa oltre la porta accostata. La prima persona che l'Elefante ha visto è stata l'infermiera, la seconda un sostituto procuratore piuttosto impaziente. Peccato per lui e per tutti: il mio pachiderma preferito non sa chi sia stato a sparargli. Ha solo sentito un rumore dietro le spalle e paff, si è risvegliato attaccato all'ossigeno. *Cazzo mi ha fregato*, proprio.

La scientifica ha ricostruito in modo attendibile il pasticcio. Secondo loro, lo sparatore è entrato dalla porta del giardino, usando molto probabilmente la chiave. Poi ha camminato lasciando una serie di impronte di anfibi numero quarantatré, con la suola molto rovinata. Si è nascosto dentro la baracca degli attrezzi, si è spaventato quando l'Elefante è andato a cercarlo e gli ha sparato.

Guarda caso, la porta del giardino era l'unica alla quale non era stata cambiata la serratura quando Leo se n'era andato di casa. Il Piraña era convinto di averlo fatto e io non avevo controllato, da quel bravo dilettante che sono.

Guarda caso Leo ha il quarantatré di piede.

Guarda caso Leo non sapeva degli allarmi a pressione che l'Elefante aveva piazzato tra gli alberi. Tutte prove indiziarie, ma basta molto meno per mandare qualcuno sulla forca.

Mentre il sostituto procuratore visitava l'Elefante, Gipi bussava a Villa Piraña con un mandato a mio nome per minacce, lesioni, intralcio alla giustizia e altre amenità.

Alex e Kik avevano recitato la scena dei poveri fessi cavandosela con mezza giornata in questura, il Piraña si era fatto una risata e aveva sfoderato una batteria di avvocati capaci di ricusare il Padreterno.

La voce era circolata in fretta e i giornalisti avevano abbandonato le lounge degli alberghi per traslocare in massa a Villa Piraña: un tentativo di rapina è roba da trafiletto in pagina locale, uno scandalo nell'alta borghesia varesotta poteva valere una copertina. Si erano piazzati con tende e fuochi da campo ad aspettare che Maugeri o i miei aiutanti rilasciassero qualche intervista e le immagini dei telegiornali della sera erano state suggestive riprese della villa, con gli zoom delle telecamere infilate tra il fogliame.

Nei vari servizi ero stato definito, secondo i casi, faccendiere, uomo legato al sottobosco delle investigazioni non autorizzate, ex autonomo, ex leoncavallino, detective privato, picchiatore, losco ecc.: quasi tutto vero, in fondo. La solfa era continuata in prima serata, con un talk show intitolato *Il Lago della Morte*, dove un criminologo con barba d'ordinanza collegava arditamente l'incendio della Casetta, la sparatoria alla villa e l'atterraggio degli Ufo in Val Padana.

Frugando nel mio passato, i pennivendoli avevano tirato fuori anche il caso Gardoni; la Vecchia aveva sbattuto il telefono in faccia a un paio di giornalisti impudenti, godendosela un mondo. Io godo un po' meno pensando a quanto mi costerà la plastica facciale per scappare in Brasile.

Approfitto della porta di comunicazione aperta e controllo che Lidia stia bene. Dorme abbracciata al cuscino, esausta dopo una giornata durante la quale ha tenuto testa al malumore del mio Socio e al desiderio della Vecchia di sentir cantare dal vivo l'opera omnia di Giuseppe Verdi. Mi sono perso una scena epica: la Vecchia al pianoforte, Lars al violoncello e Lidia costretta a fare il bis della *Traviata*.

Rimango a guardarla più del dovuto, sentendo una strana tenerezza per quella ragazza che sto portando in giro come un pacco. Striscio fuori senza farmene accorgere. C'è un'ombra nella mia stanza, perdo dieci anni di vita.

«Lars, Cristo!»

Indossa un sobrio completo grigio, spruzzato di pioggia. Il tempo è cambiato ancora. «C'è forse un piccolo problema. Vieni giù, per favore?»

«La polizia?»

«No. O meglio, non so.»

Scendo in salotto. «Ero andato a fare una passeggiata, e ho visto quell'automobile per la quale mi dicevi di stare attento. L'Opel Corsa blu.»

Quel paranoico del mio Socio. Ha fatto bene, come sempre. «Quando è successo?»

«Cinque minuti fa. L'automobile è passata due volte nella via.»

«Hai visto chi c'era a bordo?»

«L'autista aveva i capelli chiari, l'altro era più scuro, con i baffi.»

Sono proprio loro, lo stomaco fa una capriola.

«Guarda, eccoli ancora» dice Lars

Ha attivato il videocitofono, l'Opel Corsa si muove a passo d'uomo in via Mozart. Dietro il vetro credo di riconoscere lo Stempiato che guarda dalla nostra parte. Poi l'auto sparisce.

Chiamo Pinocchio. Risponde al primo squillo. «Chi è?»

«Guarda che non è un citofono, si dice pronto. Sono Zio Adolf. Hai presente?»

«Perfettamente. Che vuoi?»

«Il numero di targa che ti ho chiesto. Quanto tempo ci stai mettendo, per la miseria?»

«Ti telefono domani.»

«Un cavolo. Sono sbirri?»

«No, polli qualsiasi. La macchina è stata immatricolata a Verona, il proprietario si chiama Paolo Castelli.»

«Sicuro che non sia uno sbirro? Magari è la sua automobile privata.»

«Né polizia, né carabinieri, né finanza.»

«Servizi segreti?»

Ride, una risata da film dell'orrore. «Vai a dormire, va'.»

«Ascolta, Pinocchio, devo sapere chi accidenti è Castelli. E saperlo nei prossimi cinque minuti.»

«Ti sta mordendo il culo?»

«Bravo. Visto che sei così sveglio, come possono avermi beccato?»

«Ti hanno seguito?»

«Per chi mi hai preso?»

«Allora ti hanno tracciato. Controlla la tua auto, pivello.»

Mi picchio la cornetta in fronte: hanno messo una cimice sull'auto di Alex. Per questo l'altra sera sono arrivati alla villa subito dopo di noi. E adesso l'auto è nel garage dei Gardoni. Bravo dilettante. «Chi stai facendo lavorare sul nome di Castelli?»

Pinocchio tira su con il naso. Il suo segno distintivo. «Uno dei miei. Sul posto. Uno caro, meglio se ti prepari.»

«Sveglialo e richiamami prima possibile.»

«Perfettamente.»

Riattacco.

Lars sta ancora fissando il videocitofono. «Si sono fermati.»

Sullo schermo si vede l'automobile parcheggiata lungo il marciapiede di fronte. Stempiato e Baffo stanno scendendo.

«Che facciamo?»

«Non lo so. O meglio, so cosa vorrei fare, vorrei parlare con loro. Anzi, vorrei costringerli a dirmi perché mi ronzano attorno.»

«Perché non li inviti a entrare, allora?»

«Perché non so chi siano. Perché potrebbero essere armati e pericolosi.»

«E tu non sei pericoloso?»

«Ma non armato.»

«Ah, io sì. Aspetta.»

Sento che sale le scale, torna dopo un paio di minuti con una Glock automatica e una Colt a canna corta. Le posa sul tavolo. «Quale vuoi?»

«Lars, mi fai paura. Tu hai il porto d'armi?»

«Detenzione. Tu no con il mestiere che fai?»

«È una vecchia storia.» I due si sono fermati davanti al cancello. Poi Baffo indica la telecamera ed entrambi si spostano fuori vista. Potrebbero sparire per sempre con tutto quello che sanno, oppure potrebbero aspettarmi per spararmi in bocca. Verona è una delle città con la più alta percentuale di skinhead di tutta Italia. Forse gli stronzi sono due inviati degli Hammerskin che vogliono levarsi dai piedi un rompiscatole.

Fisso le pistole, merda. «Prendo quella piccola.»

«Bene, preferisco.»

Bado bene che ci sia la sicura, sarei capace di spararmi in un piede. Lars, invece, fa scattare il caricatore con un gesto sicuro, controlla i proiettili, poi richiude e infila la Glock nella cintura.

«Cosa stai facendo, vikingo?»

«Vengo con te, loro sono in due.»

«Lars, fratello, ti metti nei guai.»

«E perché? Ho visto due individui sospetti guardare la mia casa.»

Lo dice con aria angelica, sono orgoglioso di lui.

«Lars, non so come funzioni in Germania, ma qui è vietato sparare addosso ai ficcanaso. Tu forse te la caveresti comunque, ma io finirei in qualche luogo umido e scuro per un sacco di anni.»

«Però forse sono loro che vogliono sparare a noi, giusto?»

«Eh sì, Cristo.» Che casino. Sempre peggio. «Facciamo così. Tu mi vieni dietro e fai quello che faccio io. Niente azioni avventate.»

«Niente azioni avventate. Ho capito. Sei tu il professionista.»

«Questo professionista sta per farsela addosso, quindi non fidarti troppo.» La macchina è ancora parcheggiata, Baffo e Stempiato non si vedono più.

«Va bene» dico.

Spegniamo le luci di casa, poi apriamo la porta stando accucciati. Baffo e Stempiato sono a un metro dal cancello, parlano tra loro tenendo i visi vicini.

Faccio segno a Lars. «Apri il cancello.»

Lars fa scattare il telecomando, il cancello scorre. Stempiato e Baffo sembrano confusi, arretrano di un passo.

«Andiamo» dico. «Fai la faccia da duro.»

C'incamminiamo verso di loro a passo deciso. Ho la mano talmente sudata che ho paura di far schizzare via la pistola al primo tocco, come una saponetta.

Baffo e Stempiato sembrano riconoscermi. Vengono verso di me. Baffo sorride, un sorriso pochissimo convincente. Stempiato si guarda attorno nervoso. La ghiaia scricchiola sotto le scarpe.

Sto per farmi ammazzare, Cristo.

Sei metri.

Forse faccio ancora in tempo a tornare a casa e a chiamare la polizia.

Cinque metri.

Servizi segreti, killer nazisti, servizi segreti, killer nazisti.

Tre metri, due.

Quando siamo a un metro di distanza accadono due cose in contemporanea. Baffo infila la mano in tasca dicendo: «Dazieri…» e il cellulare che ho nella tasca della giacca trilla. Le due cose insieme sono troppe perché riesca a controllarle. Afferro la pistola e la estraggo. Baffo cerca di togliere la mano di tasca e grida: «Per l'amor di…».

Concludo il gesto e lo colpisco con la canna sopra l'arcata sopracciliare destra. La botta mi risale lungo il polso. Baffo cade, e sento provenire un grido e un tonfo identico da parte dello Stempiato. Bravo Lars. Anche più del previsto. Lo vedo raccogliere da terra Stempiato e sbatterlo contro il muro. Lo perquisisce con mani agili. Cerco di fare altrettanto con Baffo, ma è raggomitolato su se stesso e fatico ad afferrarlo. Però dove lo raggiungo con le dita non trovo niente di pericoloso. Il telefono continua a trillare.

Rispondo incastrandolo tra la spalla e l'orecchio. È Pinocchio. «Trovato. È uno dei due fratelli Castelli, hanno una ditta di investigazioni private, la Men in Full. Sono due mezze calzette, attento a non fargli male.»

Osservo Baffo che geme appiccicato al marciapiede come una medusa.

«Troppo tardi» rispondo.

4

Li abbiamo portati in casa tirandoli come sacchi di patate. Avrei voluto appenderli per i pollici in cantina, ma non si può torturare qualcuno che piange. Adesso siamo tutti seduti in cucina, con la porta chiusa perché la Vecchia non si svegli dal suo sonno leggero. Lars ha fatto sparire le pistole, io ho fatto apparire una bottiglia di whisky gran riserva. Da cinque minuti ce la spassiamo come amiconi riempiendo e vuotando bicchierini cubici di cristallo. Baffo e Stempiato Castelli si premono sulla fronte una confezione di ghiaccio chimico contro le contusioni.

«Va bene, è stato un equivoco» dico. «Ma se volevate parlarmi perché siete scappati via l'altra sera?»

Baffo deglutisce vistosamente. «Non avevamo ancora deciso di incontrarti.»

«Preferivate seguirmi?»

I due fratelli si guardano. «Non la metterei così» dice Stempiato.

«No, non è il caso di metterla in questo modo» dice Baffo.

«Prima di prendere contatto con te, volevamo capire che cosa stavi davvero facendo.»

«Volevamo capire se eravamo dalla stessa parte.»

«Poi, dopo quello che è successo...»

«La sparatoria...»

«Ci siamo detti che non potevamo continuare a tenerti a distanza.»

«Ci avevi visti…»

«Forse ci avevi denunciati.»

«Lo hai fatto?»

«Non ancora» dico io. Mi sta venendo mal di collo a forza di spostare lo sguardo dall'uno all'altro. «E non vi ho denunciati neanche per la cimice sulla mia automobile.»

Si riguardano. «Quale cimice?» dice Baffo.

«Le microspie sono vietate» dice Stempiato.

«Se hai una microspia in macchina te l'ha messa qualcun altro.»

«Noi ti abbiamo trovato… per caso.»

«Sì, per caso.»

«E tu non ci hai minacciato con la pistola.»

«Nessuna pistola. Abbiamo suonato e siamo entrati.»

Sorrido. «Se la mettete così posso anche crederci. Allora, che ci dobbiamo dire?»

Stempiato slaccia l'ultimo bottone rimasto attaccato alla giacca e prende una fotografia dalla tasca interna. Mostra una ragazza tra i venticinque e i trent'anni, con abito a fiori e scarponcini. Corpo estremamente formoso e naso aquilino. È seduta su un divano di pelle e gioca con un gattino.

«Non l'ho mai vista.»

«Peccato» dice Baffo. «Si chiama Erika Zanca. Il nome ti suona?»

«Un momento» dico e comincio ad aprire i cassetti del cervello. Se per me non è un problema ritenere le informazioni, lo è invece andare a recuperarle dove sono. Un po' come avere un magazzino pieno di ciarpame che forse, una volta o l'altra, ti verrà utile. Però il nome mi ha solleticato i neuroni, frugo un po' in giro poi mi dirigo verso la sezione cronaca nera. Erika, Erika, Erika… eccola qua. «Mi suona. Scomparsa da Verona, nessuna richiesta di riscatto o sospetti. Può essere una fuga d'amore o un omicidio senza cadavere, per quello che se ne sa.»

Baffo annuisce. «Giusto, è scomparsa così» agita la mano come un prestigiatore. «*Puff*.»

«E la polizia non ha trovato niente di niente» dice Stempiato.

«Ma forse non hanno cercato bene» dice Baffo.

«Perché non è una ragazza ricca come quelle di cui ti occupi tu.»

«È solo una qualsiasi ragazza di Verona. Studentessa. I suoi hanno un negozio di caccia e pesca.»

«E voi lavorate per loro?» chiedo.

«Da un mese» dice Baffo.

«E abbiamo trovato più noi in un mese che la polizia in un anno. Abbiamo saputo chi sono i suoi amici, dove bazzicava…» dice Stempiato.

«Chi era il suo ragazzo…»

«Cioè Leandro Maugeri.»

«Ma anche Leandro Maugeri è sparito.»

«E tu lo stai cercando. Come noi cerchiamo Erika.»

«Ci possiamo dare una mano.»

«Giusto.» Stempiato annuisce vigorosamente, ma la fronte gli fa male e rinuncia subito. «Vogliamo mettere in comune le informazioni. Per questo volevamo parlare con te.»

«E ti abbiamo trovato…»

«Per caso.»

Ma guarda. «E come avete saputo che lo sto cercando?»

«Abbiamo le nostre fonti» dice Baffo, poi vede che stringo gli occhi e si affretta a rettificare. «Francesco Oreglio, uno che conosceva Maugeri. Sappiamo che lo conosci.»

«E non ci vai d'accordo.»

Non dovevo rompergli quel finestrino. «Bene. Affare fatto, scambiamo le informazioni. Prima voi. Siete ospiti.»

Una frase per uno, i fratelli Castelli raccontano che Erika bazzicava gli ambienti della destra. La madre non l'aveva capito, la polizia se n'era fregata. Teste pelate e svastiche. Non era proprio una fanatica della razza ariana, solo una cui piaceva andare in giro con i duri, o quelli che fingevano di esserlo.

Era sparita poco prima di luglio del 2001, portandosi via uno zaino pieno di vestiti e i risparmi che teneva nel porcellino. Anche per questo i poliziotti ci erano andati piano. Un rapito non si prepara i bagagli. Aveva detto alla madre che partiva per fare una vacanza, a trovare delle amiche. Le amiche non erano mai saltate fuori, ed Erika non era più tornata a casa.

Però i fratelli Castelli erano riusciti a far saltar fuori il nome di Leo Maugeri, amante, amico o fidanzato che fosse. Erika e Leo probabilmente erano partiti assieme, ma solo Leo era tornato a farsi vedere in giro, dopo. Erika si era persa per strada.

«Ecco tutto» dice Baffo alla fine. «Siamo arrivati ad Angera e qui ci siamo fermati. Anche Leo Maugeri è sparito...»

«*Puff* anche lui» dice Stempiato.

«Ma sappiamo che tu stai seguendo una pista.»

Stempiato sorride, speranzoso. «Tocca a te, che ci racconti?»

«Niente.»

I due si guardano. «Come niente?» dicono insieme.

«Non ho niente per voi, ragazzi.»

«Ma abbiamo fatto un patto» dice Stempiato.

«Un patto tra colleghi» dice Baffo, incredulo. Sembra che stia per mettersi di nuovo a piangere, una scena che non potrei sopportare una seconda volta.

Smollo un po'. «Ascoltate, ragazzi. Parola di boy-scout che appena avrò in mano qualcosa di concreto ve lo comunicherò. Sarete voi a chiudere la storia di Erika. Farete una bella figura e incasserete la parcella.»

«Ma...»

«Ma...»

«Non ho nessun vantaggio a fregarvi il lavoro. Non ci guadagnerei niente. A me interessa Maugeri. Solo lui.»

«E noi cosa dovremmo fare, intanto che tu lavori? Grattarci i cosiddetti?» chiede Baffo

«Tornate a Verona e aspettate che vi chiami. Non avete altra scelta che fidarvi di me. Non sono uno che pugnala alle spalle i colleghi.»

Insistono fino a quando non capiscono che è inutile. Allora tirano fuori i biglietti da visita. La Men in Full ha come logo un culturista che osserva un'impronta digitale con la lente di ingrandimento, sembra una presa per i fondelli. Memorizzo i numeri senza sapere se avrò modo di usarli davvero. Non per cattiva volontà, solo che non sono per niente sicuro di riuscire a cavare un ragno dal buco da questa faccenda.

Infilo il biglietto nel taschino. «Bene, ragazzi. Adesso potete andare a casa. Vedete di non ronzarmi più attorno, però. Perché il mio amico qui potrebbe arrabbiarsi. Vero, Lars?»

Lars è sorpreso di essere stato tirato in ballo. Durante tutta la conversazione è rimasto in piedi a sostenere il muro, impassibile come la statua al milite ignoto. «Vero.» Arrotola la manica sinistra e mostra un crotalo tatuato sul bicipite. Quando contrae i muscoli sembra che il serpente agiti i sonagli. Una minaccia eloquente.

I due si alzano e cercano di recuperare un po' di dignità lisciandosi gli abiti stazzonati. Si guardano per l'ultima volta, trasmettendosi le informazioni nel loro incomprensibile codice di sguardi.

«Però prima che andiamo…» dice Baffo.

«Ti dispiace se prendiamo quella microspia sulla tua automobile…?» dice Stempiato.

«Che non è nostra, eh? Però costa.»

«Costa un sacco di soldi.»

Impiegano cinque minuti a smontare la scatoletta dall'automobile di Alex, poi li accompagno al cancello e li guardo allontanarsi. Sono le tre, il vikingo si è ritirato nelle sue stanze. Busso e lo sveglio, perché il computer di casa è in camera sua.

«Non ti scoccia, vero?»

Lars è disteso sul letto in boxer. Per fortuna, non divide il talamo con la Vecchia, quella sarebbe stata una vista tremenda
Sospira. «Tu dormi poco.»

«Praticamente niente. Ma tu non badare a me, faccio pianino.

Chiudi pure gli occhietti belli.» Mi siedo alla scrivania, ai piedi del letto. La macchina è una bestia con lo schermo 16:9 a cristalli liquidi, se divento ricco me ne prendo una anch'io. «Ci sono password?»

«Nein.»

«Dovresti metterne una. La Vecchia potrebbe frugare nei tuoi segreti.»

«Non ho segreti, e la mia signora non sa usare il computer.»

«Figurati, quella saprebbe far andare una centrale nucleare. Non ti fidare.»

Lars spegne l'abat-jour con un *click* seccato, rimango immerso nella luce azzurrina dello schermo.

Dopo l'Elefante, Undead è il mio informatico preferito. Anzi, il mio hacker preferito, perché ha l'hobby di violare i siti riservati, soprattutto militari e americani ed è abbastanza furbo per lasciar stare la roba che scotta davvero, tipo le carte di credito clonate o le banche. I soldi li ricava dal suo lavoro ufficiale, quello di fotografo no global. Quando qualcuno si scontra con la polizia, in qualche punto dell'Europa, lui è in prima fila con la sua macchinetta digitale.

Non vende alle agenzie stampa tutto quello che fotografa. Spesso diffonde le immagini gratuitamente su Internet o le regala alle riviste underground. Era a Genova durante il G8, ovviamente, ed è l'unico che forse mi può aiutare a chiarire i dubbi sull'apparizione di Leo Maugeri durante l'omicidio Giuliani.

Gli spedisco una decina di e-mail agli indirizzi che utilizza di più, poi aspetto, scaricando la posta ogni dieci secondi. La sua mail di risposta arriva dopo mezz'ora, giusto il tempo di controllare la mia firma digitale. Sapevo che a quest'ora sarebbe stato collegato, ovunque fosse.

Mi chiede di raggiungerlo su una chat americana dedicata agli amanti degli animali. Amanti in senso carnale, schif.

Cerco di non sbirciare le conversazioni degli altri (ce n'è anche uno a cui piace farsi stimolare dai lombrichi) ed entro in una chat privata con Undead.

218

\<Gorilla> Mi servono dritte su Genova **:-)**

\<Undead> ???

\<Gorilla> Piazza Alimonda, durante l'omicidio Giuliani, chi c'era e chi non c'era.

\<Undead> Hai detto paglia. **:-0**

\<Gorilla> C'è una persona che si vede in un video. Voglio lui. Voglio capire se è la persona che cerco, dove è stato e dove è andato. ASAP.

\<Undead> Xché?

\<Gorilla> Storia lunga, spiego a voce.

\<Undead> C'entra con la morte di Carlo? **;-/**

\<Gorilla> No.

\<Undead> Sei sicuro?

È una domanda che merita una riflessione. Non so cosa ci facesse Leo a Genova, ma di sicuro non era lui che sparava dal gippone dei carabinieri.

\<Gorilla> Sì. **O:-)**

Per quasi mezzo minuto la riga di Undead rimane vuota. O sta pensando o ci sono problemi di linea. Poi il cursore torna a tracciare lettere.

\<Undead> Devi parlare con quelli che stanno lavorando sull'omicidio.

\<Gorilla> Chi sono?

\<Undead> La polizia. Gli avvocati. I compagni dei comitati di controinchiesta.

\<Gorilla> Vada per i comitati. Come li posso raggiungere?

\<Undead> Normalmente non potresti tanto facilmente, lavorano nelle loro città e si scrivono via Internet, per lo più. Ma adesso sono tutti a Genova. Domani è l'anniversario del G8 e ci sarà un grande corteo. Vuoi che ti uploadi il programma?

\<Gorilla> No, organizzami un incontro con qualcuno di furbo.

\<Undead> Una rappresentanza qualificata?

\<Gorilla> Affermativo.

219

<Undead> Proprio sicuro di essere dalla parte giusta della barricata? ;-/

Altra riflessione, stavolta mento quando rispondo di sì.

<Undead> Bene, mi darò da fare. Ma tu come farai ad arrivare? Ho visto la tua faccia al telegiornale. ^@^ (rotfl)

<Gorilla> Non porre limiti alla provvidenza. Passo e chiudo.

Lars sta russando sommessamente, frugo un po' di siti del Social Forum per scoprire come si stanno organizzando per raggiungere Genova. Il corteo partirà intorno alle cinque del pomeriggio, dopo l'ora della morte di Giuliani, e sono previste centomila persone. Un po' sono già lì da qualche giorno per assemblee e dibattiti, il grosso partirà domani con treni speciali e pullman.

Meglio non andare da soli, avvisa un messaggio che blinka sull'home page di Indymedia. La polizia ferma tutte le auto che escono dall'autostrada e identifica i viaggiatori. Le provinciali non offrono maggiore sicurezza. Torno in cucina a finire l'avanzo del whisky, poi passeggio nervosamente misurando la stanza.

Non ci sono soluzioni sicure, a parte una: rimanersene tranquillo finché passa la buriana. Ma allora, tanto valeva che avessi seguito Gipi in questura lasciando rovinare tutto dagli sbirri. E poi, adesso è troppo tardi per gli scrupoli, mi tocca bere l'amaro calice fino in fondo.

Scivolo nella stanza di Lidia e la scuoto delicatamente per una spalla. Sobbalza, poi capisce che sono io e si tranquillizza.

«Accendi» mormora.

Faccio scattare la lampada sul comodino. Lidia tiene gli occhi chiusi finché non si abitua alla luce. Sembra ancora più giovane e pallida. «Che succede?»

«Niente. Ma volevo avvisarti che domani mattina, anzi fra tre ore, me ne vado.»

«Dove vai?»

«A Genova.»

Si mette seduta, tenendosi il lenzuolo contro il seno nudo. «Devi proprio?»

«Sì.»

«Perché?»

«Perché devo trovare tuo fratello. La pista del G8 è vecchia e puzzolente, ma è l'unica che mi rimane. Tuo fratello ha cancellato ogni traccia. Non usa più il bancomat, ha fatto sparire la sua roba a casa della fidanzata, ha anche smesso di scriverti le lettere porno.»

«Chiamale porno…»

«Però tutte le volte che succede qualcosa sembra che c'entri lui. Forse può davvero diventare invisibile.»

Uno stalker invisibile è l'incubo di quelli come me. Di quelli come ero io una volta, almeno. Per fortuna ho cambiato mestiere, anche se non sembra.

Le unghie di Lidia graffiano il lenzuolo. «E se lo trovi? Vuoi fargli del male?»

«No, se lui non cerca di farne a me. Continuo a stupirmi che te ne importi così tanto.»

«Sono sua sorella, porco cazzo.»

«Non credo che per lui significhi più niente.»

«Per me sì. Lo so che Leo è fuori di testa, che è una merda. Ma non è un assassino. Non voglio che tu gli faccia del male.»

«Ti dico una cosa di me. Ma tu non ripeterla in giro, o mi rovini la piazza.»

Fa un mezzo sorriso, e mi prende la mano con la quale la sto accarezzando. «È il segreto della tua vita?»

«Quasi. Ascolta e stupisci: la violenza mi fa schifo. Quando vedo qualcuno che sanguina sto male per lui, soprattutto se sono stato io a farlo sanguinare. Per cui, cerco sempre di evitarlo. E non picchio mai perché sono arrabbiato, o voglio vendicarmi. L'ho fatto quando ero più giovane e scemo, poi ho capito che dopo stavo peggio. Nessuna soddisfazione, solo nausea.»

«Sei uno strano gorilla.»

«Stranissimo.»

È così che funziona. Due persone parlano, e sono due che hanno poco in comune. Uno, per esempio, può essere un lavo-

221

ratore atipico, che sbarca il lunario cercando di evitare le botte. L'altra, una ragazza un po' viziata che cerca di non affondare, mentre il mondo tranquillo nel quale è cresciuta si sta trasformando in una palude. Poi, all'improvviso, è come se tutto si facesse piccolo e caldo.

Bisogna immaginarsi la scena ripresa da una telecamera. Prima si vede tutta la stanza, illuminata dalla lampada in cristallo sul comodino, poi lo zoom stringe sul letto dove loro stanno parlando, e capisci che quel letto è diventato un'isola dove le sensazioni viaggiano alla velocità della luce. Il lavoratore atipico sente una stretta allo stomaco, una di quelle che sente solo se qualcuno gli punta contro una pistola, e la ragazza un po' viziata ha la gola secca. Il lavoratore atipico capisce che tutto sta scivolando attorno a lui. Non è lui che si muove, è il mondo che cambia di posizione. Lui si ritrova con una mano dietro la nuca della ragazza, e l'altra che si infila sotto il lenzuolo ad accarezzarle la schiena.

La ragazza un po' viziata sente che il braccio del lavoratore atipico sta premendo perché lei si avvicini. Sa che potrebbe fermare il movimento, se solo volesse, ma non vede alcun motivo per farlo e anzi accelera e pensa una cosa tipo *lo stiamo facendo, porco cazzo*. I due si baciano.

Ci baciamo.

«Non so se è una buona idea» dico. Però non è che stia cercando di filarmela. Anzi, cerco di mettermi comodo sul letto, togliendomi le scarpe con la punta dei piedi.

«Ti piaccio?» mi chiede Lidia all'orecchio, mentre mi bacia il collo.

«Sì.

«Dimmelo.

«Mi piaci un casino. Da quando ti ho conosciuta.»

«Anche tu.»

M'infilo sotto il lenzuolo. Lei è nuda, io ci metto poco a diventarlo.

Vale mi chiama all'alba, mentre sto fluttuando a qualche centimetro dal letto di Lidia. È stato Alex a darle il numero, ha bisogno di parlarmi e di sentire che le sono vicino, di sfogare la saudade tropicale e il vino di canna da zucchero. Per la prima volta nella nostra relazione non mi sento nemmeno un po' in colpa e le attacco gentilmente il telefono in faccia.

5

La stazione di Milano Porta Garibaldi è piena da scoppiare. I manifestanti hanno cominciato ad affluire due ore fa e non hanno ancora smesso, benché il banchetto al centro del marciapiede principale abbia esaurito da un pezzo i biglietti fotocopiati con scritto GENOVA 20 LUGLIO 2001-20 LUGLIO 2002 PER NON DIMENTICARE. ANDATA E RITORNO (SI SPERA).

Ci sono rappresentanze di tutti gli squat di Milano, dei sindacati di base, delle Mamme Antifasciste, dei Giovani Comunisti, di Rifondazione, Verdi e animalisti della Lav. Delegazioni dei collettivi studenti medi, della facoltà occupata non so quale, dei gruppi della Quarta internazionale e anche della Quinta e della Sesta. Ci sono gli immigrati organizzati e i disoccupati arrabbiati, gli anarchici del Ponte della Ghisolfa e quelli di "Umanità Nova", gli strilloni di "Falce e Martello" e quelli del "Bolscevico".

Sono arrivati anche un sacco di tipi strani: una coppia di fricchettoni sessantenni con sandali e vestiti a fiori, un vecchietto che si racconta barzellette da solo e fa imitazioni di cabarettisti degli anni Sessanta, una donna che canta l'opera accompagnandosi con un mandolino, un predicatore con veste bianca e sandali da fratacchione, un pasdaran in gonna dell'associazione Uomini Casalinghi.

C'è il barbuto che vende numeri della lotteria con in premio un viaggio "dove cazzo volete voi". E il tipo dei panini vegetariani, e quello della birra fatta in casa, la ragazza che offre tatuaggi rimovibili e il ragazzo con il banchetto dei vestiti usati.

Sotto il colore locale, però, si capisce che la maggior parte dei viaggiatori sono cani sciolti e normali cittadini, gente che non si fa un corteo da quando gli Stati Uniti invasero il Vietnam, se mai ne hanno fatto uno in vita loro. Però, un anno fa, non avevano apprezzato le foto sui giornali, si erano spaventati vedendo la polizia che massacrava pacifisti, vecchietti e ragazzini. Qualche volta, tra i manifestanti che venivano trascinati sull'asfalto del G8, avevano anche riconosciuto il figlio, partito con lo zainetto colorato e tornato con la pelle a macchie di leopardo, un dente in meno, il naso rotto, il timpano perforato.

È così?, avevano detto i genitori, *la prossima volta andiamo noi*. Ed eccoli qui, una rappresentanza di quelli che una volta si chiamavano sinceri democratici, addormentatisi in Italia e risvegliatisi nel Cile di Pinochet. A occhio e croce saranno un bel po'.

Poi ci sono anch'io a fare numero, l'inquietante infiltrato, il latitante per cause ancora da decifrare.

Sono seduto su un respingente di metallo arrugginito, dietro uno dei pali che reggono il cartello segnalatore del binario 7. È un'area colonizzata da giovani punk, il mio vicino di sinistra si chiama Lullo e l'ha fatta in autostop da Piacenza, con la bandiera del Che Guevara e un bottiglione di vino da supermercato. È arrivato stamattina alle sei, tanto per essere sicuro di trovare posto, e adesso è già bollito per il bere e la stanchezza.

I suoi amici sono a malapena maggiorenni e ascoltano un cd dei Sex Pistols tenendo al massimo il volume del loro radiolone. Le orecchie mi fanno male, ma in questa parte della stazione mi sento al sicuro. Non ci transitano i vecchi militanti che potrebbero riconoscermi e difficilmente incapperò in qualche sbirro.

I celerini stanno tutti sul binario 1, dove arriverà il treno dei Disobbedienti, e gli agenti della Digos chiacchierano vicino all'edicola. I digotti sono tutti in odor di pensione, esperti di piazza, tranquilli nei casini. Li hanno mandati apposta per non scaldare gli animi. Per me, però, sono pericolosi. Sono gli stessi dei miei tempi, qualcuno di loro potrebbe ricordarsi la mia faccia. Li allenano a essere fisionomisti come i croupier dei casinò, per distinguere bari e cattivi soggetti.

È per loro che mi sono fatto biondo.

Mi ha aiutato la Vecchia, regalandomi una delle sue parrucche di gioventù, fatta con crini di cavallo e capelli veri. L'ho appiccicata sulla cute con il nastro biadesivo, poi la Vecchia ha potato i peli in eccedenza, trasformando la pettinatura alla Marilyn Monroe in un caschetto da studente fuori corso. Ho la zazzera che mi ricade sugli occhiali, che puzza di muffa e prude. Per completare l'opera, ho schiarito le sopracciglia con l'acqua ossigenata e infilato un berretto dei Los Angeles Lakers. Mi sono guardato nello specchio una volta sola e mi è bastato.

Lullo mi offre per l'ennesima volta il suo vinaccio, rifiuto gentilmente, poi tendo l'orecchio per capire che cosa gridano al megafono quelli del servizio d'ordine. Una buona notizia: il treno sta arrivando con solo un'ora e mezza di ritardo. Già circolavano voci di sequestri preventivi e bombe sui binari. La tradotta spunta cinque minuti dopo, cigolando e sbuffando.

Aspetto di vedere come funziona l'imbarco per passare il più lontano possibile dai filtri. Servizio d'ordine e polizia separano i viaggiatori in mucchi omogenei, scelgo la fila che entra dalla porta del primo vagone, la più distante dai tipi in borghese, tenendo la testa bassa e il biglietto in aria. Sono un semplice manifestante, non guardatemi in faccia.

Rallento apposta per avere una massa d'urto alla schiena, poi fingo di dover correre spintonato da quelli dietro. Passo veloce, salgo senza problemi, mi siedo tra una coppia stracarica di macchine fotografiche e un giovane di Monfalcone con la maglietta AMIANTO MAI PIÙ.

Sono uno dei fortunati, i posti finiscono subito, anche se il treno è una di quelle vecchie baracche con un sacco di sedili verdi e rossi, sistemati così vicini gli uni agli altri da costringerti a tenere le ginocchia in bocca. È un modello anteguerra: porte a soffietto, pali per reggersi tipo tram, finestrini a ghigliottina con i vetri smerigliati dallo sporco. Treni così li prendevo vent'anni fa da Cremona a Milano, alle cinque del mattino, e d'inverno mi si cuocevano i polpacci per la griglia di riscaldamento.

In un quarto d'ora i vagoni si riempiono e nei dieci minuti successivi si colma ogni interstizio, reticelle portabagagli comprese. Faceva già caldo prima, ma adesso la temperatura è a livello forno per l'effetto serra prodotto da sigarette, canne ed effluvi di panini al salame. Cerco di abbassare il finestrino ossidato, Daniele Zucchero alza gli occhi dal marciapiede e mi scopre spalmato sul vetro.

Merda, proprio lui. Tra tutti i militanti ancora in servizio, Zucchero è quello che mi conosce meglio. Capo storico del centro sociale Leoncavallo, era il mio migliore amico prima di diventare uno dei miei maggiori detrattori quando mi sono spretato. Lo vedo aprire la bocca per salutarmi, poi rimanere basito per il mio nuovo look, poi raggelarsi in un lampo di comprensione. Lascia cadere la mazzetta di quotidiani e scatta verso lo sportello. Lo sento farsi largo tra la calca: *scusate, permesso, scusa, aspetta che passo, scusa*, ma lo dice con il tono di voce meno gentile possibile.

Scaraventa di lato un ciccione con i piercing che ostruisce il passaggio e si allunga sino ad arrivare con il viso a pochi centimetri dal mio. «E tu chi dovresti essere?» ringhia.

«John Smith.»

«Signor Smith, vieni un po' qui che parliamo.»

Mi afferra una spalla, scavalco la ragazza delle macchine fotografiche. «Tienimi il posto per favore.»

Zucchero ringhia. «Non è il caso.»

«Invece sì.»

Seguo Zucchero attraverso il carnaio del vagone, sono più gli arti umani e gli indumenti che calpesto di quelli che riesco a evitare: *scusa, ops, ah, permesso, grunt* eccetera.

Zucchero bussa alla porta della toilette, un ragazzo si affaccia e dietro di lui fa capolino un volto femminile con un piercing a forma di balena nel naso. Sono entrambi scarmigliati e rossi in faccia.

«È occupato?» chiede Zucchero.

«Secondo te?» fa il ragazzo.

«Grazie compagno, è una cosa urgente.» Lo spinge fuori, poi, più gentilmente – la mamma gli ha insegnato il galateo – fa lo stesso con la ragazza. Dentro rimangono un paio di collant strappati, Zucchero richiude la porta alle mie spalle.

Mi sbatte contro la parete afferrandomi per il bavero. «Allora, che cosa stai combinando, pagliaccio?»

«Vengo a Genova. Hasta la victoria siempre.»

Mi scuote. «Ti sbatto giù, testa di cazzo, venire qui con la polizia che ti cerca... Che cosa ti è saltato in mente?»

«Un pensiero geniale.» Mi divincolo, insomma che modi. «In mezzo al casino ho maggiori possibilità di passare inosservato. Ho anche pagato il biglietto, guarda.» Glielo faccio vedere, non gradisce e lo appallottola per gettarlo nel cesso. «Ehi, valeva anche per il ritorno...»

Non ride. «Che devi fare a Genova?»

«Niente che possa danneggiare i buoni.»

«Non sei tu a doverlo decidere. Scendi da questo cazzo di treno.»

«No. Se scendo adesso è facile che qualche sbirro mi veda.»

«Perché dovrebbe fregarmene qualcosa?»

«Perché non faresti arrestare nessuno, figurati me.»

Indietreggia, incrociando le braccia. Uno e ottantacinque, occhiali, capelli radi, pantaloni di fustagno, clarks e maglietta poco adatta a nascondere la pancetta. È sempre lo stesso, a parte i fili bianchi nella barba. Sospira. «Come sta l'Elefante?»

«Meglio.»

«Stai cercando chi è stato?»

«Sì.»

Stringe gli occhi. «Non ti voglio in corteo con noi. Appena arriviamo a Genova sparisci.»

«Va bene. Non ho intenzione di darti guai.»

«Non è di me che mi preoccupo.»

«Lo so. Grazie.»

Non mi risponde e spalanca la porta, allontanandosi a spallate tra la gente ammassata. Qualcuno ci fissa incuriosito, faccio del mio meglio per ignorare gli sguardi e ricomincio la faticosa risalita nella foresta umana. *Scusate, ouch, permesso, se sposti lo zaino magari riesco... aspetta che ti passo sopra.*

Quando arrivo al mio posto scopro di esserne stato espropriato, un paio di gambe femminili abbronzate spuntano da un paio di shorts. Una bella vista, non conoscessi la persona cui appartengono. Lidia.

«*Argh*!» gemo.

Lei sorride. «Ciao, vieni anche tu in corteo?»

«Come... No, aspetta, vieni con me.»

La trascino fino al cesso: *ouch, ahia, cazzo ancora tu, ma stattene un po' seduto.*

I ragazzi di prima stanno cercando di rientrare, li superiamo in velocità e ci barrichiamo dentro.

Mi appoggio al lavandino umido. «Non erano questi i patti.»

«Ho cambiato idea.»

«Hai cambiato idea? Ma porca miseria, con tutti i guai che...»

«Dammi un bacio e non rompere le scatole.»

«Prego?»

«Bacio. Subito.»

La bacio. «Tornando a noi...»

«Quello è il bacio che puoi dare a tua nonna, riprova.»

L'abbraccio e la bacio, e stavolta mi viene meglio. Per qualche secondo, anzi, dimentico di essere nel cesso di un treno, con una parrucca da idiota in testa, ricercato dagli sbirri e a caccia di un nazista.

Mi stacco malvolentieri. «Possiamo parlare, adesso?»

«Adesso sì. Il treno è partito non puoi più farmi scendere.»

È vero. Fregato. «Ferma a Voghera per inscatolare altri disgraziati, puoi scendere lì.»

«E mi lasceresti da sola a Voghera? Sei pazzo?»

Sì. Maledizione a me e a chi me l'ha fatto fare. «Perché mi hai seguito?»

«Mi mancavi.»

«Sarei tornato. Bastava che aspettassi.»

Alza le spalle. «Sono andata in paranoia al pensiero di rimanere dalla Vecchia senza sapere che cazzo succedeva. E poi, scusa, è te che cercano. Io posso andare dove mi pare.»

Bussano da fuori. «Ne avete per un pezzo?» chiede la voce del ragazzo di prima.

«Cinque minuti!» grido. «E se ti trovano con me?»

«Fingo di non conoscerti. Non hai visto che ho aspettato all'ultimo per salire sul treno? Farò lo stesso anche a Genova. Se ti prendono filo via. E avviso il tuo avvocato. Potrebbe esserti utile.»

«Potrebbe essere pericoloso.»

«E perché? Pensi che ci saranno scontri con la polizia?»

«Mi stupirebbe.»

«Pensi che mio fratello possa essere lì?»

«Non mi sembra probabile…»

«E allora?»

«Allora…» la prendo per le spalle. «Lidia, tu sei la mia cliente, io devo proteggerti, non portarti in gita.»

«E neanche scoparmi.»

«Sapevo che me l'avresti rinfacciato.»

«Scemo.»

Ci baciamo ancora, poi cominciamo a frugarci velocemente sotto i vestiti. Avevo detto cinque minuti, li facciamo durare.

All'arrivo a Genova, quattro lunghissime ore dopo, abbiamo una piccola botta di fortuna. La carcassa sovraccarica del nostro treno entra alla stazione di Brignole in contemporanea con il convoglio no global da Napoli. Il flusso dei manifestanti è tale che ci muoviamo come una massa compatta, gli sbirri non possono far altro che spostarsi di lato per non farsi travolgere. I napoletani escono ballando al suono di chitarre e casseruole, io e Lidia li seguiamo muovendoci a ritmo. È una festa, che prosegue all'esterno della stazione, fino a quando i manifestanti si disperdono in mille rivoli.

«Che si fa, adesso?» chiede Lidia, divertita e senza fiato per aver ballato la tarantella. Le compro un berrettino a uno dei tanti banchetti volanti: con i capelli raccolti e gli occhiali da sole è molto diversa da quando l'ho incontrata la prima volta al bar Chillino. Più giovane e disinvolta, una ragazzina in viaggio con la scuola.

«Aspettiamo che Undead mi comunichi ora e luogo dell'appuntamento» dico prendendole la mano. «Intanto cerchiamo di non rimanere isolati.»

Camminiamo seguendo il flusso che risale il viale sino a Piazza Delle Americhe, luogo del concentramento per lo spezzone dei centri sociali. Mancano ancora tre ore alla partenza, ma ci sono già diverse migliaia di manifestanti sparsi e una decina di camion stracarichi di amplificatori. Da quelli in funzione esplodono note hardcore ska e ballate partigiane, i ragazzi ballano nella strada.

Vedo Zucchero arrampicarsi sul furgone del Leoncavallo per leggere un volantino, mi allontano con un brivido di terrore. Compro una birra alla canapa indiana dal banchetto di Radio Sherwood, poi recupero Lidia e insieme risaliamo la folla sino a piazza Alimonda.

È il punto più affollato di Genova. Sembra che tutti i manifestanti stiano pellegrinando dove Carlo Giuliani è stato ucciso, la densità umana toglie il fiato. Lidia mi stringe la mano, poi mi chiede un pezzo di carta e una biro. Scrive qualcosa e mette il biglietto tra centinaia di altri simili infilati tra le sbarre di un cancello, insieme a fiori, cartoline, pupazzi di peluche, volantini e uno striscione che dice solo: ASSASSINI.

«Che cosa hai scritto?»

«Un saluto» dice. «E gli ho chiesto di aiutarci.»

«Non l'hanno ancora fatto santo.»

«Non essere irriverente. Qui c'è qualcosa... non lo senti anche tu?»

«Cosa?»

«Una vibrazione, un sentimento.» Sembra colpita. «È sempre così, ai cortei? Questo è il primo che faccio.»

«Non mi ricordo. È passato un sacco di tempo.»

Mi guarda. Dietro le lenti scure non riesco a capire la sua espressione. «Davvero non ti fa nessun effetto?»

Non le rispondo e mi volto a guardare il centro della piazza. Sotto una piccola chiazza di alberi, i genitori di Giuliani stanno parlando a un microfono, circondati da una muraglia di persone che li abbraccia e lancia fiori. Vedo di sfuggita la madre e capisco che indossa la canottiera con la quale suo figlio è morto.

Davvero non ti fa nessun effetto, Sandrone?

Meglio di no.

Mi distraggo ricostruendo la posizione di Leo nel video. Doveva essere esattamente di fronte a me, a una cinquantina di metri. Era vicino al cartello di direzione obbligata, forse appoggiato al palo. Da dove veniva? Dove è andato?

Il mio cellulare vibra per un SMS. È Alex, che mi rigira un messaggio di Undead. Dice *Palazzo Ducale, Mente Globale. Subito.*

«Dobbiamo schizzare» dico a Lidia.

Lei annuisce senza parlare e mi segue, fendendo la calca fino a piazza Verdi, poi verso il porto lungo Via XX Settembre, passando a fianco della fila ininterrotta di blindati della polizia parcheggiati lungo i marciapiedi. Sono centinaia, e migliaia i celerini raggruppati in piccoli drappelli che si proteggono dal caldo infilandosi nei bar e nelle zone d'ombra. Camminiamo fingendoci una coppietta felice e nessuno bada a noi, anche se la mia parrucca comincia a sembrare un Mocio Vileda.

In Piazza De Ferrari c'è una mostra sulla repressione, con una serie di fotografie appese a un filo che attraversa la piazza. I ragazzi del Social Forum sono seduti attorno alla fontana, qualcuno cerca di un po' di refrigerio camminando a piedi nudi sotto i getti, altri sono stesi a prendere il sole in costume da bagno. Solo durante i cortei di massa le città si possono vivere così free, senza poliziotti che te la menano sul comune senso del pudore e la civile compostezza.

Nel cortile di Palazzo Ducale è montata una tribuna in plastica e metallo: una decina di persone assiste a uno spettacolo teatrale stile militante, tutti con l'aria di rompersi l'anima alla grande. Lidia mi tira per un braccio indicandomi le insegne di un caffè che ha i tavolini sotto il portico. Mente Globale, appunto.

Undead è seduto lì fuori che beve una granita, un quasi cinquantenne con la faccia cresciuta attorno agli occhiali da secchione. Mi riconosce solo quando mi piazzo davanti a lui. E ride, il porco. «Sei orribile con i capelli» dice. Poi ride ancora strozzandosi con l'ultima sorsata.

«Tu sei orribile comunque. Dove andiamo?»

«Qui. Ci ospitano.»

«Nel bar?»

«No, sopra. In sala macchine.»

Si presenta a Lidia, poi entriamo. Mente Globale è un infocaffè, ovvero un posto dove puoi girare in rete mentre esci con gli amici, così puoi risparmiarti l'onere della conversazione. All'ultimo piano dell'edificio, in una mansarda tinta di bianco, c'è la sede di un giornale on-line che sembra nuova di zecca, con una serie di computer accesi sui salvaschermi.

I redattori del giornale non ci sono, però. Undead, tra le altre cose, è il loro consulente informatico ed è riuscito a farsi prestare le stanze nelle ore di pausa. È il suo posto ideale, con tanti giocattolini elettronici e connessioni gratuite.

Attorno a un tavolo ovale ci aspetta la "delegazione qualificata" che avevo richiesto, quattro ragazzi e due ragazze con l'aria di chi ha dormito poco negli ultimi giorni. Undead ce li presenta. Sono due attivisti di Indymedia, una specie di agenzia stampa del movimento, due gestori dell'European Counter Network, la rete telematica dei centri sociali, e due del Comitato di Controinformazione Legale, CCL, nato a Genova un anno

233

fa. Ci scambiamo strette di mano e occhiate indagatrici, ringrazio per il tempo che mi viene concesso.

Uno dell'ECN, una pertica con i capelli a caschetto, spegne la sigaretta in una lattina vuota. «Non siamo ancora sicuri di volerti aiutare, o di poterlo fare. Ci spieghi la storia?»

«Faccio prima a farvi vedere. C'è un videoregistratore?»

Undead annuisce. «Certo.»

Ho portato il nastro sotto la camicia tutto il tempo, si stacca dalla pelle con un risucchio. Schifato, Undead lo prende con la punta delle dita e lo infila in una macchina piena di lucette e pulsantini. Mi passa il telecomando, faccio scorrere le immagini. Piazza Alimonda, le cariche, il gippone, Carlo Giuliani. Stop.

Indico la faccia al margine dello schermo. «Secondo quello che so, questo signore si chiama Leandro Maugeri, ed è un nazista in qualche modo vicino agli Hammerskin e a Forza Nera. Vorrei sapere se è davvero lui e, nel caso, cosa è venuto a fare al G8. Lo so che sembra una richiesta balzana, ma…»

M'interrompo perché i ragazzi si stanno scambiando sguardi significativi e borbottii. Se avevo il dubbio di aver fatto un viaggio inutile, adesso ho la certezza del contrario. Sanno qualcosa, cavolo.

La pertica dell'ECN si schiarisce la gola. «Potete aspettare fuori qualche minuto?»

Vorrei buttarmi in ginocchio e pregarli, invece dico: «Come no».

Io e Lidia ci piazziamo sul pianerottolo e li lasciamo confabulare. Non ci mettono molto. Undead viene a recuperarci dopo cinque minuti mentre ci strusciamo sotto le scale. «Potete entrare.» Mi strizza l'occhio. «Tutto a posto, mandrillo.»

Mandrillo a chi?

I ragazzi sono ancora seduti in circolo, ci invitano a prendere una sedia e unirci a loro. Il primo a parlare è il barbuto di Indymedia. «Scusa se abbiamo fatto un po' i carbonari.»

«Posso capirlo. Avete avuto problemi con gli sbirri?»

«Otto perquisizioni nelle varie sedi del Social Forum, solo

negli ultimi mesi. È un po' come giocare ai quattro cantoni. Noi mettiamo insieme fotografie e testimonianze per accusare la polizia, loro cercano di sequestrarle e usarle per incriminare i compagni. Per questo cerchiamo di non tenere mai il materiale in casa. E stiamo attenti a raccontare quello che sappiamo, fino a quando non abbiamo prove sufficienti per mettere in moto gli avvocati.»

«Siete stati voi a trovare il video della scuola Diaz?»

Era stato lo scandalo del G8, anche più dell'omicidio Giuliani. La perquisizione notturna di una scuola occupata che si era trasformata in un massacro di tutti quelli che ci dormivano dentro. Anche un paio di giornalisti si erano trovati con le braccia rotte. Per giustificare l'operazione, la prefettura aveva parlato di presenza di terroristi infiltrati e black block, e le prove stavano in sacchetto di molotov ritrovate sul posto. Qualche mese fa, però, è saltato fuori un video semiamatoriale, dove si vede uno sbirro che porta le molotov dentro la scuola *dopo* la perquisizione.

«Sì» risponde la ragazza dell'ECN. «Purtroppo, la polizia giudiziaria lo ha sequestrato prima che potessimo farlo mandare in onda. E questi, fino a quando non li condanneranno, se mai succederà, continueranno a dire che le molotov erano nostre. Tanto la gente si beve tutto, siamo un paese di boccaloni.» Comincia a incavolarsi. «Gli raccontano che Carlo è stato ucciso da un proiettile di rimbalzo su un sasso che cadeva a parabola e la gente ci crede. Ma si è mai sentita una stronzata più grossa?»

«Potere dei periti. La forza della scienza.» Undead ha frugato in un piccolo frigorifero e distribuisce lattine di bibite. «Ho provato a calcolare le probabilità che capiti un'altra volta una coincidenza del genere. Sono circa una su dieci milioni. Ma tanto basta per dare la colpa a chi ha tirato il sasso, naturalmente. Il povero carabiniere ha solo sparato in aria.» Apre una latta di coca, beve e rutta.

«E ci sono altre cose che non tornano» dice Bigio. «Bossoli che saltano fuori dopo mesi, drappelli di carabinieri a pochi

235

metri che non intervengono, eccetera. Sembra di sentire la Cia che parla dell'omicidio Kennedy. Qui, se vogliamo la verità, ce la dobbiamo trovare da soli. Per questo stiamo raccogliendo le testimonianze di chi era in piazza durante l'omicidio. Ne abbiamo già una cinquantina, non tutte molto utili. E ci siamo visti tutti i filmati, per assegnare una faccia ai testimoni e, quando sarà il momento, dimostrare in tribunale che sono credibili.»

«Ovviamente» prosegue la ragazza, più calma, «non tutti sono venuti a parlare con noi o con gli avvocati. Un po' per paura, un po' perché la polizia ha espulso gli stranieri fermati, e facciamo fatica a rintracciarli a casa loro. Però…» s'interrompe e si attorciglia una ciocca di capelli tra le dita. «Però sono venute fuori anche delle storie strane. Facce strane, strani tipi che circolavano in mezzo al corteo fingendo di essere compagni, mentre invece non lo erano.»

Drizzo le orecchie, questa ha l'aria di essere la parte che mi riguarda.

«Abbiamo catalogato i più interessanti» dice Bigio. «Ogni tanto qualcuno lo depenniamo dalla lista perché salta fuori che è un compagno conosciuto oppure un genovese doc. Uno che ci sembrava molto sospetto si è scoperto che faceva il barista a cento metri da piazza Alimonda. Non c'entrava niente né con il corteo né con gli sbirri. Su altri abbiamo ancora dei grossi punti di domanda. Per dirla tutta, ci preoccupano.» Indica la faccia di Leo, ancora congelata sul video. «Tu hai detto che lui si chiama Leandro. Noi l'abbiamo sempre chiamato Numero Sedici. L'infiltrato Numero Sedici.»

6

Lidia è andata alla finestra a prendere una boccata d'aria. È da un po' che ha perso la voglia di scherzare. Io ho la bocca secca mentre studio le immagini che i ragazzi mi stanno passando. Ci sono fotografie, stampate di immagini digitali prese da Internet, stampate da video amatoriali: in tutto almeno un centinaio. Leo appare almeno in quattro, e non ho più alcun dubbio che si tratti di lui.

Bigio indica la fotografia dove Leo chiacchiera con un gruppo di ragazzi con le bardature di gommapiuma. È una foto scattata prima del corteo durante il quale le Tute Bianche hanno cercato di avvicinarsi alla Zona Rossa. Venerdì 20 luglio, il terzo dei quattro giorni previsti di manifestazione, il primo finito a schifo. La polizia aveva caricato prima ancora che il corteo arrivasse alle recinzioni che dividevano i G8 dal resto del mondo. Le bardature di gommapiuma e i copertoni usati come barriera non erano serviti a molto contro i gas urticanti e i manganelli. Era stata la prima mattanza.

«Vedi» dice Bigio, «questa è la prima dove abbiamo trovato il Numero Sedici. Quel ragazzo che gli sta vicino, con il pizzetto, è un compagno di Napoli che conosciamo molto bene. Si ricordava di lui, gli aveva detto che veniva da Milano e che era uno dei centri sociali.»

«Di quale?»

«Non si sa. Il compagno di Napoli non l'ha più visto. Invece noi lo troviamo qui, qui e qui.» Leo in vari momenti del corteo, poi vicino al campo sportivo Carlini, dove una parte dei manifestanti aveva dormito durante le notti del G8, mettendo tende e sacchi a pelo nel fango. «Non sappiamo se si fosse piazzato al Carlini, ma può darsi, anche se nessuno se lo ricorda.»

«Perché vi siete tanto interessati a lui?» chiedo.

«Non è successo subito. Quando abbiamo cominciato a raccogliere i documenti lui era solo uno dei tanti. Però vedi questa fotografia?» È una stampata presa con il fermo immagine da un video, con i colori sballati. «Qui il Numero Sedici parla con questa ragazza. Lei è un'attivista della Rete Lilliput, visto che siamo tra di noi ti posso dire che è una vera rompicoglioni.» Sorride. «Però lavora con noi del comitato e si fa un gran culo. Quando ha visto la foto si è ricordata di aver parlato con il Numero Sedici, aveva cercato di dragarla prima del corteo dei migranti, pensa un po'. Era giovedì mattina, lui le è sembrato fatto, o impasticcato di qualcosa. Le ha raccontato di essere un anarchico di Verona. Milano prima, Verona poi... Immaginati cosa abbiamo pensato.»

«Che fosse uno sbirro.»

«Ovvio» interviene il barbuto di Indymedia. Siamo rimasti in tre al tavolo. Undead e il resto della banda giocano con i computer, scaricando comunicati e immagini. «Ce n'erano un sacco che fingevano di essere manifestanti, anche se quasi tutti si erano infilati la tuta nera.»

«Avete lavorato anche sui black block?» I black block erano stati la iattura del G8. Vestiti completamente di nero, con i passamontagna, erano andati in giro a spaccare vetrine e a dar fuoco alle macchine sin dal primo giorno di manifestazione. Erano poche centinaia, ma la polizia sembrava incapace di fermarli. Loro spaccavano tutto e sparivano, i celerini arrivavano dopo e caricavano i pacifisti.

«Un po', ma ovviamente è difficile. Avevano sempre la faccia coperta. Di sicuro, non tutti erano anarchici olandesi o tedeschi. Guarda qui.» Tira fuori una fotografia da un altro faldone. Si vede un ragazzo con il passamontagna che parla tranquillamente con un gruppo di celerini. Dietro le sue spalle qualcosa brucia. «Ce ne vuole per dire che questo era un vero black block. Però che la polizia si infiltri è normale. C'erano anche poliziotti che fingevano di essere giornalisti, fin dal primo giorno, la Federazione Nazionale della Stampa ha anche protestato, ti puoi immaginare con quali risultati.» Ghigna. «Quello che noi cerchiamo di dimostrare è che non solo si sono infiltrati, ma che guidavano le azioni delle tute nere, per avere la scusa di caricare il resto del corteo.»

«Ma è dura come il ferro» dice Bigio. «Gli sbirri negano, e i black block veri o finti hanno sempre la faccia coperta. Per questo ci siamo concentrati su quelli senza passamontagna. Abbiamo classificato il Numero Sedici come normale sbirro, fino a quando non abbiamo trovato questa fotografia. Guarda, presa con il teleobiettivo da un giornalista dell'Ansa. Non è circolata perché non si vede un cazzo di interessante, però…» Leo si sta accendendo una sigaretta, e chi gli tiene l'accendino è un tipo sui trent'anni con i dreadlock biondi. «Questo, cazzo, sappiamo chi è. E non è uno sbirro.»

«A saperlo prima gli spaccavamo il culo, ma le notizie buone arrivano sempre in ritardo» dice il barbuto, la faccia indurita dalla rabbia. «Questo pezzo di merda con i boccoli ha davvero un coraggio da stronzo. Roba da matti.» Agita la fotografia. «È un fascista. Uno di quelli tosti.»

«Di dove?»

«Milano. Del giro di Forza Nera.»

Lidia si avvicina, guarda la foto e impallidisce.

«Lo conosci?» le chiedo.

Annuisce. «L'ho visto con mio fratello.»

«Come si chiama?»

«Non lo so. Ti ho detto che l'ho solo visto con mio fratello.»

Gli altri la fissano, sposto la sedia per andarle vicino. Non mi va che si senta sotto accusa. Le prendo la mano. «Quando è successo?»

«Non mi ricordo.»

«Un anno fa, due? A Milano, a Ranco?»

Si alza di scatto e torna alla sua finestra. «Ti ho detto che non mi ricordo, porco cazzo! Ma ti diverti a farmi l'interrogatorio?»

Adesso Bigio e il barba fissano me. «Questa storia la sta rendendo un po' nervosa» dico. «Sapete come si chiama?»

«No, purtroppo.» Bigio picchietta sulla fotografia. «Ma sappiamo da che parte sta.» Istintivamente abbassa la voce, e capisco che quello che mi sta dicendo va oltre il lecito. «Ci sono dei compagni che stanno lavorando bene sui gruppi neonazi e quando c'è una cerimonia pubblica, si piazzano da qualche parte e fotografano le facce. Quello con i dread è stato visto e riconosciuto a una cerimonia di commemorazione della Decima Mas, quindi non ci sono dubbi.»

Il barba va a frugare nel frigo e torna con l'ultima lattina di coca. Quando i giornalisti di "Mente Globale" torneranno dovranno rifare le scorte. «Questa storia del tipo con i dreadlock ci ha preso male. Un conto è che ci siano gli sbirri infiltrati, un altro che i nazi vengano a farsi una gita turistica. Allora abbiamo riclassificato il Numero Sedici e i suoi amici. Non più sbirri, ma estremisti di destra. Ne abbiamo individuati quattro, in tutto. Su altri siamo ancora in dubbio..»

«Posso vedere le foto?»

«Certo.»

È una parata di facce normalissime. Certo, sapendo di chi si tratta, puoi sospettare che quei capelli a spazzola nascondano le pelate di un naziskin, che quei nasi schiacciati siano il frutto di cazzottature allo stadio, ma è il senno di poi. Tolgo una fotografia dal mucchio. «Con questa puoi fare cinque. Si chiama Erika Zanca, è di Verona.»

Bigio si affretta a prendere appunti. «Chi è?»

«Gira con gli skinhead pure lei. Ed è amica di Leandro Maugeri, quindi del tipo con i dread. La famiglia ha denunciato la sua scomparsa subito dopo il G8.»

«Cazzo» dice il barba. «Ma cosa significa?»

Alzo le spalle. «Speravo me lo diceste voi.»

«Cadi male. Per quello che ne sappiamo, questi nazi sono venuti, si sono fatti un po' di cortei e se ne sono andati subito dopo la morte di Carlo. Sabato non sono più in nessuna immagine.»

«Magari ogni tanto si infilavano davvero le tute nere e andavano in giro a fare danni.»

Bigio scuote la testa. «No. Quando i black block agivano, questi cinque erano in borghese. Si vede anche dal tuo video. Durante i casini il tipo che cerchi è lì in bella vista, senza passamontagna. Non sappiamo perché si siano presi la briga di venire a Genova, ma possiamo essere sicuri che non hanno combinato niente di strano. Niente. E questa è veramente pesa.»

Undead torna al nostro tavolo. «Manca un minuto.»

A cosa?, sto per chiedere, ma non lo faccio, imbarazzato, vedendo le espressioni gravi degli altri. I ragazzi si azzittiscono e si alzano. Io li imito, sentendomi come un cristiano alla Mecca. In quel momento mi accorgo che sta scendendo un silenzio strano nella piazza sotto di noi. C'era un chitarrista che cantava, adesso si è azzittito, insieme con la voce lontana di un ragazzo che parlava al megafono e alla radio del bar. Sembra che si abbassino anche i rumori della città.

Dal porto arriva il suono cupo della sirena di una nave, poi un'altra. Quando guardo l'ora capisco: sono le diciassette e venti, Carlo Giuliani è morto esattamente un anno fa. Il silenzio dura ancora qualche istante, poi esplodono mortaretti e dalla piazza parte un lungo applauso.

Quando avevo l'età di Carlo, nei miei stupidi sogni di gloria, mi immaginavo così il mio funerale. Caduto sul campo di battaglia, lottando contro la dittatura o salvando la ragazza che mi piaceva dagli spari dei fascisti. Adesso, che rischio solo una morte da fesso, con la testa aperta da qualche ubriaco in una discoteca, so che ho perso molto nel cambio. Non la possibilità di un funerale da eroe, ma il senso stesso di poterlo diventare. Ho sguazzato talmente a lungo nella merda che mi è entrata dentro.

Mi avvicino a Lidia e la abbraccio mentre guardo fuori. La gente che stava sui bordi della fontana si è raggruppata e si dirige verso il concentramento di Piazza Delle Americhe e il chitarrista sotto la finestra riprende a suonare. L'ho visto salendo, è un tipo con cappello e foulard, che illustra le canzoni con grandi manifesti come un menestrello dei tempi andati. Intona una ballata triste che non ho mai sentito.

L'arrivo è stato notturno[10]
E si vedevano le luci
Mi-Lang
Mi-Lang
Ora è vicina e può prendermi
Ci hanno fotografato mentre entravi nella macchina
Ci hanno fotografato mentre uscivi dalla macchina
Ci hanno fotografato nelle discoteche
Ci hanno fotografato nei ristoranti mentre mangiavamo e bevevamo
Ci hanno fotografato nei ristoranti mentre parlavamo fumando
Io ti dicevo non essere triste
E ora ti prego non essere triste
Se ci hanno fotografato con il lampo
Che mi bruciava il cuore
Ci hanno fotografato col rumore degli otturatori
Che ti scuoteva il petto
Ci hanno fotografato agli arrivi
E alle partenze

Anche i ragazzi si stanno preparando a uscire per raggiungere la manifestazione. Li vedo muoversi nel riflesso della finestra, e capisco che non posso stare lì a menarmela. «Qualsiasi cosa tu venga a sapere» dice Undead allacciandosi il marsupio, «sei pregato di comunicarcela. Almeno ti sdebiterai un po'.»

«Certo. Ti mando una mail.»

Usciamo insieme e ci separiamo nella piazza.

[10] Flavio Giuriato, Mi-lang, *Il manuale del cantautore*, 2002.

7

La fine della giornata non è degna di nota. Lidia e io prendiamo un treno normale a Genova Porta Principe e torniamo a Milano, mentre quasi tutti i no global sono ancora impegnati nel corteo insieme con la polizia. Praticamente in stazione non c'è sorveglianza; saliamo senza problemi su un vagone di prima classe in compagnia di due suore e di un tipo cui suona sempre il cellulare.

Lidia arriva a villa Gardoni stravolta per il viaggio e il caldo, o forse colpita dalle rivelazioni sul fratello. Vederlo catalogato come l'Infiltrato Numero Sedici non l'ha divertita: va a letto senza cena e senza invitarmi. Fingo che non sia un problema, tanto ho un sacco di cose da fare. Comincio col dare il cambio al mio Socio, che si butta come un cane da trifola sulla pista del tipo con i dreadlock.

In passato, il mio Socio ha messo in piedi un corso di sopravvivenza per aspiranti duri, un'impresa che, per quanto sia vergognosa da raccontarsi, ci aveva permesso di sbarcare il lunario per un discreto periodo. I suoi ex allievi lo chiamano ancora comandante, hanno simpatie nell'area dell'estrema destra e un'ammirazione sconfinata per lui. Accettano di aiutarlo, anzi obbediscono, e non si lamentano per essere stati svegliati nel cuore della notte.

Lui non li ringrazia, altrimenti che comandante sarebbe, poi

Chiamo i nomi, chiamo i nomi, chiamo i nomi, chiamo i nomi
Chiamo i nomi, chiamo i nomi, chiamo i nomi, chiamo i nomi
Dove cazzo stanno?
Dove cazzo stanno?
Dove cazzo stanno?
Dove cazzo stanno? Gli amanti
Dove cazzo stanno?
Dove cazzo stanno?
Dove cazzo stanno?
Dove cazzo stanno? Gli amanti
E sono pronti a giurare di non essersi mai conosciuti
E sono pronti a farsi fotografare come non li hanno mai fotografati

Il menestrello finisce la sua canzone e se ne va. Lidia si mette a piangere.

all'alba parte per Verona con l'automobile di Lars. Benvestito e rasato di fresco, è convinto che nessuno lo collegherà al buttafuori male in arnese fotografato sui giornali. Soprattutto mentre guida una Mercedes bianca.

La sua meta è il negozio dei signori Zanca. I fratelli Castelli avevano parlato di un negozio di caccia e pesca, ma visto da vicino sembra più un'armeria. In vetrina sono esposti giubbotti e retine per gli avannotti, ma dietro il bancone, in una teca blindata, si intravede una rastrelliera di fucili. Un piccolo cartello scritto a mano mostra la silhouette di una pistola e l'avviso "Disbrigo pratiche porto d'armi da tiro, collezione e difesa personale".

Il mio Socio fa due conti. Claudia, l'ex fidanzata di Leo, è una mezza anoressica, Lidia, verso la quale Leo ha dimostrato una certa attrazione, non ha un filo di grasso superfluo. Erika, invece, se si allenasse diventerebbe una buona sollevatrice di pesi. Normalmente, gli uomini vanno a pescare sempre lo stesso tipo di donna, forse l'interesse di Leo aveva altre motivazioni che non il sesso. Il mio Socio decide per una verifica diretta. Telefona in negozio dalla prima cabina fingendosi un passacarte della questura.

Risponde un uomo che dichiara di essere il signor Zanca, titolare del negozio. Quando sente che si tratta della polizia quasi sviene. «È per Erika? Oddio, che cosa è successo?»

Il mio Socio lo tranquillizza. È per il furto, bluffa, con solo una leggera accelerazione del battito.

«Ah» dice l'uomo, deluso e sollevato allo stesso tempo. «Che cosa c'è, ancora?»

Il mio Socio si congratula con il suo ego. Ha fatto bene a non fidarsi di Baffo e Stempiato, sono davvero degli asini. Come me, che non ho perso neppure un minuto sulla pista veronese.

Il mio Socio chiede informazioni precise sulla data e sul materiale rubato.

Il padre di Erika borbotta scocciato. «Ma se non lo sapete voi... era un anno fa, a giugno. Per l'elenco... un attimo che va-

245

do a prenderlo. Ma vi siete persi proprio tutto, boia…» Si allontana per un minuto, torna e legge. «Tre rivoltelle: due 38 special canna da tre pollici e mezzo, una Franchi calibro nove canna lunga da tiro al bersaglio, numero di serie…» compita, il mio Socio finge di prendere appunti. «Quattro scatole di munizioni da cinquanta pezzi cad. marca Colt calibro 38, due scatole di munizioni calibro nove corto da quaranta pezzi cad. Due scatoloni di fuochi artificiali marca Zang, con innesco a cordicella, da venti pezzi cad. È tutto.»

Il mio Socio chiede del sistema d'allarme. L'uomo risponde che è stato disattivato da veri esperti e che è in causa con chi glielo aveva installato. «Quei figli di buona donna mi avevano giurato che la porta non si poteva aprire senza far venire giù il cielo e i santi. E allora, come hanno fatto a entrare secondo lei?, gli ho chiesto, passando dai muri?»

Il mio Socio ringrazia e saluta, gli farà sapere se ci sono novità. Non gli dice quello che è ovvio, cioè che nessun sistema d'allarme funziona se il ladro possiede le chiavi per entrare.

Cosa volevano fare a Genova Leo e i suoi amici, a questo punto è facile intuirlo. Con tre pistole e abbastanza polvere nera da costruire una bomba, si può compiere una strage tanto quanto un'azione dimostrativa al margine di uno dei cortei. Leo e gli altri partono per fare danni, si mescolano ai manifestanti con il loro arsenale e poi…

Non combinano niente.

Apparentemente.

Perché qualcosa deve essere successo, se l'unica donna del gruppo non fa più rientro a casa e Leo Maugeri sparisce per mesi. E quando riappare è più fuori di testa di prima, trasformato in uno stalker, forse in un incendiario e in un omicida.

Nell'uomo invisibile.

Credo che sia qui che il mio Socio comincia a costruire un quadro differente da quello che ci ha spinto avanti sino adesso. Gli mancano ancora dei pezzi, smania per trovarli, brucia al calor bianco. Lo sento. Spinge per lasciarmi poche ore di veglia, fa l'amore con Lidia in modo furioso, passa i suoi turni al telefono e viaggiando su Internet. E quando la dritta arriva da uno dei suoi ex allievi, è lui ad afferrarla al volo e a organizzare l'ambaradan a modo suo.

Maledetto, questa volta mi frega per bene.

La dritta non è direttamente sul tipo dei dread, ma ci va molto vicino. Un funerale. È morto un vecchio bacucco, già ardito della Legione Autonoma Ettore Muti, una simpatica squadra di volontari della Repubblica Sociale Italiana che nel 1944 dava la caccia ai partigiani, o sospetti tali, e li torturava. Facevano anche rastrellamenti su ordine dei tedeschi e impiccavano in piazza i *banditi*.

Un po' di questi arditi li hanno fucilati alla fine della guerra, ma la maggior parte non è nemmeno stata messa in galera e, come il vecchietto in questione, ha concluso i suoi giorni sognando il ritorno di Mussolini, Hitler e compagnia bella. Sarà seppellito al campo X del cimitero milanese del Musocco, il Campo dell'Onore, come dicono i suoi camerati. Sono previsti grandi celebrazioni, canti e parate.

Sono passati tre giorni dalla gita genovese. Il mio Socio arriva al cimitero Maggiore alle nove del mattino. Ci sono blindati a entrambi i lati e celerini che chiacchierano ai piedi del cancello. Parcheggia a duecento metri, infilandosi tra un'automobile senza gomme e un furgoncino.

Non è solo nell'auto di Lars. Pino, il venditore di frittelle unte e schife, ronfa sul sedile posteriore, la guancia secca appoggiata al vetro. Nonostante il caldo, ha l'impermeabile allacciato e il bavero rialzato. Dimostra tutti i suoi anni, quasi ottanta. È stato Alex a tirarlo in mezzo, si sono conosciuti nei giri al luna park e si sono capiti al volo. Pino lavora con noi per i soldi e per la soddisfazione.

Alex è sul sedile a fianco del guidatore, Kik sull'auto di Stefania, una Twingo gentilmente prestata alla causa. C'è anche Lidia, in uno stato d'animo vicino all'isteria. Per una volta non aveva alcuna intenzione di partecipare all'azione. Il mio Socio l'ha praticamente costretta, spiegandole che era troppo tardi per tirarsi indietro. Chissà che cosa ha visto Lidia negli occhi del mio Socio, in quel momento. Certo non ha più riconosciuto l'uomo che era diventato il suo amante negli ultimi giorni, tanto carino e protettivo.

Il mio Socio allunga il braccio oltre lo schienale e scuote delicatamente Pino. Ancora a occhi chiusi, il frittellaio cerca il toscano e l'accende.

«È ora?» chiede.

Alex si fa passare i cerini e accende una sigaretta. «Manca ancora un po', ma comincia a prepararti.»

«Cosa vuoi che sia.»

La macchina si riempie di fumo azzurrino, mentre i magnifici tre rimangono a osservare il piazzale che si riempie. I celebranti stanno cominciando a radunarsi, salutandosi allegri e appoggiando gli striscioni al muro. Sono una ventina, poi quaranta, poi ottanta. Un gruppetto ha le bandiere: croce celtica nera su fondo bianco, una F e una N all'angolo superiore sinistro e inferiore destro. Ci sono parecchi anziani, ma la maggioranza è nata un bel po' dopo la fine della guerra. I saluti romani si sprecano.

«Ma non era fuori legge essere fascisti?» chiede Pino.

«Se va avanti così, mi sa che torna a essere obbligatorio» risponde Alex, cupo.

Alle undici sono almeno in duecento nel piazzale a salutare la bara che arriva seguita da un piccolo corteo di vecchi reduci. Avanguardisti, Decima Mas, orbaci tarlati e fez rincagnati, anche divise nuove di zecca che sembrano uscite da un film di Fellini. Il mio Socio guarda l'insieme, cercando di essere obiettivo. Sono ridicoli? Fanno paura? Non riesce a deciderlo. Gli slogan diventano più forti, da un'automobile con gli altoparlanti sul tetto partono inni del Ventennio. Un gruppetto di giovani arriva camminando lungo il marciapiede. Qualcuno dei reduci li saluta, prima di infilarsi nel cancello. Uno dei ragazzi ha i capelli biondi. Coprendosi con un giornale, il mio Socio lo inquadra con un piccolo binocolo. Ha i dread, il viso è lo stesso delle fotografie di Genova.

Il mio Socio dà di gomito ad Alex e gli passa il binocolo, che lo passa a sua volta a Pino, coprendo la manovra con il corpo. Pino osserva.

«È quello là con i riccioloni?» chiede al mio Socio, che conferma. «Sembra uno di sinistra.»

Alex ride. «Questi giovani d'oggi... non si capisce più niente.»

Il tipo con i dread apre uno striscione con scritto ONORE AI COMBATTENTI DEI GIORNI RADIOSI.

Pino inforca gli occhiali, con quelli ci vede bene anche da lontano e continua a fissare la scena. Sembra stupito, o forse pensa ai suoi, di giorni radiosi. Dall'altra parte.

Il mio Socio mette in moto e spiega a Pino che deve entrare dal cancello laterale. Quel lato del cimitero non è molto sorvegliato. Solo una volante, niente Digos. Pino scende e si leva l'impermeabile. Sotto ha una divisa da bersagliere e qualche decorazione generica, da robivecchi.

Borbotta: «Era meglio l'uniforme da federale. Per una volta mi sarei divertito a mettermela».

«Potevi incontrare qualche federale vero» gli ricorda Alex. «Già così è rischioso.»

«Me la sono cavata nel '45. Adesso ci piscio sopra ai *negher*.»

Si infila il berretto d'ordinanza e sparisce oltre il cancello. Il mio Socio si chiede se riuscirà a mantenere la calma quando sarà vicino a quelli che, mezzo secolo fa, l'hanno imprigionato. Quando si toglie la camicia, Pino ha ancora i segni sulla schiena: cicatrici di bastonate che vanno dalle spalle alle anche e che formano una X, il marchio di fabbrica dell'ufficio politico della Decima Mas. Era capitato sotto le grinfie del Tenente Bertozzi, uno che ci godeva a torturare e faceva schifo ai suoi stessi camerati. Quando l'avevano tirato fuori dal Castello di Conegliano, il Castello delle Grida Atroci come lo chiamavano, Pino era l'unico che respirava in una cella piena di cadaveri.

Sono le due del pomeriggio, i gruppetti sul piazzale cominciano a sciogliersi. Buona parte dei vecchi reduci se ne sono andati da un pezzo, Forza Nera sta arrotolando gli striscioni. Nonostante l'aria condizionata, l'automobile è una serra. Il mio Socio si asciuga la fronte, Alex prende l'ultimo sorso d'acqua dalla bottiglia di plastica che tiene tra i piedi. «Dobbiamo cominciare a preoccuparci, secondo te?»

Il mio Socio gli dà una gomitata e indica Pino, che sta uscendo sul piazzale, con passo più lento e strascicato del normale. Il ricciolone lo sostiene con un braccio alla vita. Chiacchierano. Il mio Socio aspetta, valuta le possibilità contrarie. Niente garantisce che il tipo si presti a dare una mano fino in fondo al vecchio camerata. Potrebbe mandarlo a quel paese, o farsi accompagnare da un sacco di amici suoi. Invece, il tocco magico di Pino funziona ancora. Il mio Socio li vede separarsi dagli altri e avvicinarsi. Camminano a braccetto.

«Sei sicuro?» chiede Alex.

Per tutta risposta il mio Socio gli apre la portiera. Alex scende e si unisce a Kik e Lidia sull'altra auto. Il mio Socio accende il motore.

Quando Pino e Ricciolone si avvicinano all'auto, il mio Socio scende, le mani nelle tasche della giacca.

Pino lo saluta sorridendo. «È mio nipote» dice, «è venuto a prendermi.»

Ricciolone saluta il mio Socio con un cenno del capo. Il mio Socio allunga la mano come per presentarsi. Ricciolone la prende.

Il mio Socio lo tira di scatto verso di sé, poi con la mano libera gli appoggia il taser sulla schiena. Si sente il rumore secco di una scarica elettrica, Ricciolone si contorce e rovescia gli occhi. Alex corre a spingerlo sull'automobile e dà una mano al mio Socio a legarlo con le cinture di sicurezza.

La Franco Cementi possiede un capannone vuoto subito fuori della tangenziale. Ogni tanto lo affittano per rave e feste modaiole. Il mio Socio ha fatto servizio d'ordine a una sfilata, qualche mese fa, e si è tenuto le chiavi. Questa mattina ha aperto il portone e gli bastano pochi secondi per parcheggiare dentro il capannone vuoto.

Ricciolone ha cominciato ad agitarsi pochi minuti fa. Il mio Socio gli ha tirato un pugno sul mento, tanto per prolungargli il pisolino. Adesso lo afferra e lo trascina sul cemento. Poi si volta verso l'auto di Kik e gli altri che aspetta all'ingresso, con il motore acceso. Scendono Alex e Lidia.

«Sei davvero sicuro di quello che stai facendo?» chiede Alex. Lidia è troppo terrorizzata per parlare.

Il mio Socio non risponde e allunga la mano. Si è infilato i guanti da chirurgo. Alex sospira, poi prende di tasca un involto di carta da giornale.

«Vuoi davvero che faccia la telefonata?» chiede.

Il mio Socio sorride, restituisce il taser ad Alex, poi prende il pacchetto con una mano e Lidia per un braccio. La spinge nel capannone e fa scorrere il portone. Fuori, l'auto di Kik riparte.

Ricciolone sta cercando di rialzarsi, il mio Socio gli dà un calcio in mezzo alle gambe. Lidia grida, il mio Socio le fa cenno di no, poi la spinge contro il cofano della macchina.

Ricciolone ha conati di vomito per il calcio e la scarica elettrica. Anche un leggero senso di disorientamento. Ventimila volt friggono abbastanza i neuroni. Per Ricciolone, deve essere un incubo puro. Cosa si starà ricordando? Il cimitero, le chiacchiere con Pino? Certo non il viaggio in auto.

Il mio Socio ne approfitta. Comincia a elencare i mille modi con i quali si può fare a pezzi una persona, lentamente e dolorosamente. È quello che lui chiama "preparare l'ambiente".

Ricciolone si spaventa, ma non del tutto. «Non puoi toccarmi, bastardo. Ho degli amici, io. E ti verranno a cercare.»

Il mio Socio sorride, poi gli tira un calcio in bocca. Ricciolone, che era in ginocchio, cade all'indietro e batte con la testa sul cemento macchiato di umidità.

Lidia grida ancora, un grido acuto da vero soprano, poi si aggrappa al braccio del mio Socio. «Per favore, Sandrone, per favore. Basta.»

Stranamente, il mio Socio non la scaccia. Invece la guarda e le dice che tutto quello che sta succedendo è colpa sua. Lidia sbianca ancora di più.

Poi il mio Socio si rivolge a Ricciolone e racconta quello che sa. Tranquillo, come avesse tutto il tempo del mondo. Lui e i suoi amici hanno organizzato l'incursione a Genova, lui e i suoi amici si sono spaventati per quello che era successo. Magari la morte di Carlo Giuliani? Si aspettavano che fosse tutto pacifico e tranquillo?

Ricciolone si tampona il sangue dal labbro. «Non so che cazzo stai dicendo.»

Il mio Socio continua, con tono leggermente divertito. Dice che solo un branco di idioti come Ricciolone e i suoi amici avrebbero potuto pensare che ci fosse bisogno di loro, a Genova, per mandare in vacca il corteo pacifista. Cosa credevano, di essere ancora ai tempi di Piazza Fontana?

«Cosa vuoi, che confessi?» chiede Ricciolone.

Il mio Socio scuote la testa. Non gliene può importare di meno. A lui interessa Leo Maugeri. Ci sono due possibilità. Leo Maugeri va a Genova e rimane sconvolto per quello che vede, e torna più pazzo di prima, oppure Leo Maugeri a Genova ci rimane. Morto, insieme con la sua amica Erika. Per qualcosa che è successo, per un litigio, per un errore. Questo spiegherebbe perché il gruppo di fuoco, tanto preparato e determinato, sia tornato da Genova senza combinare niente.

Ricciolone trema e non apre bocca. Lidia sembra stare peggio di lui. Scuote la testa. «No.»

C'è solo un problema, continua il mio Socio. Lidia ha dichiarato di aver visto suo fratello due mesi fa. Mettiamo che non abbia incontrato il fratello ma qualcuno responsabile della sua morte, e che per tutto quel tempo aveva continuato a usare il bancomat di Leo come fosse il proprio. Mettiamo che questo responsabile si sia spaventato e abbia deciso di cancellare le proprie tracce, che abbia smesso di prelevare dal conto della famiglia Maugeri, che abbia fatto sparire la roba di Leo dalla casa della fidanzata, nel dubbio che qualcosa potesse far risalire a lui. Mettiamo che questo… assassino, chiamiamolo con il suo nome, abbia deciso di fingere che Leo fosse ancora vivo, usando le chiavi di casa di Leo per dare una lezione a un ficcanaso che stava indagando un po' troppo vicino, ma che poi, preso dal panico, abbia sparato alla persona sbagliata.

Non quadrerebbe tutto?

Certo, se Lidia, come racconta, ha davvero incontrato suo fratello, sono solo ipotesi campate in aria, ma se per caso ha mentito, se per qualche motivo ha inventato una piccola storia…

Lidia sembra diventare più piccola, sembra sciogliersi contro la carrozzeria dell'automobile. «Mio padre… mio padre aveva mollato il colpo con Leo. Non era disposto a cercarlo, ma io sapevo che stava male. Mi aveva sempre telefonato, dopo che era andato via di casa. Poi ha smesso… Che ne sapevo di Genova… Poi ho visto lui…» indica Ricciolone.

Ricciolone grida: «Stai zitta, puttana!» e si prende un altro calcio. Non troppo forte, il mio Socio lo vuole in forma per i prossimi minuti.

Lidia prosegue. «E quando mi ha visto, si è spaventato… non mi voleva parlare. Ho detto a mio padre che c'era anche mio fratello con lui, che stava male, perché si preoccupasse. Invece niente, niente.»

Il mio Socio chiede se è stata lei a scrivere le lettere.

Lidia non riesce a staccare gli occhi. «No, sono di Leo. Ma sono vecchie, me le scriveva, era un gioco, tra di noi…» Si passa la lingua sulle labbra. «Speravo che mio padre si preoccupasse per me, che almeno per me si decidesse a cercare Leo. Almeno per me. Invece un cazzo… tieni tutto nel cassetto, mi diceva. Poi, dopo l'incendio… come facevo a dire che ero stata io a spedirle?» Si morde le labbra. «Che cosa avresti pensato tu? Te l'avevo chiesto, ti ricordi? Mi hai detto che facevi solo quello per cui ti pagavano, ti ricordi, eh? Lo avresti cercato ancora se fossi stato sicuro che non c'entrava niente?» Stringe le labbra. «È anche colpa tua. Tua e di mio padre. Figli di puttana.»

Il mio Socio la guarda. Ha messo a posto tutti i pezzi. Come il vecchio film sull'uomo invisibile che non esisteva. Erano gli altri che lo facevano sembrare vivo muovendo gli oggetti, per paura o per interesse. Fa scorrere la porta del capannone e spinge fuori Lidia. Le dice di correre. Di correre a casa. Da suo padre. E raccontare tutto, stavolta. Il suo lavoro con lei è terminato. Nessuno la minaccia, nessuno l'ha mai minacciata. Lidia esita, poi esce e s'incammina verso la strada, a passo sempre più svelto.

Il mio Socio richiude la porta del capannone e fissa il suo prigioniero.

«Che cosa vuoi da me, ancora?» chiede Ricciolone.

Il mio Socio svolge il pacchetto che gli ha dato Alex. Dentro c'è una rivoltella. La rivoltella che io e Alex avevamo sequestrato a Claudia, l'ex fidanzata di Leo, quando abbiamo fatto irruzione a casa sua. È rimasta dove l'avevamo messa, appiccicata con il nastro adesivo dietro una grondaia dell'hotel Fagiano. Un posto comodo da raggiungere, ma che la polizia non aveva avuto alcun motivo di perquisire.

Punta la pistola su Ricciolone, che perde il coraggio residuo. Ha tenuto duro parecchio, bisogna ammetterlo, come tutti i fanatici ha riserve insospettabili di energia. Ma alla fine crollano anche i più tosti. Ricciolone china la faccia e si copre la testa con le braccia, aspettando il colpo.

Anche il mio Socio aspetta. Aspetta di sentire l'automobile che arriva sgommando nel cortile della Franco Cementi, il rumore della portiera che si apre.

Allora prende la pistola per la canna e chiama Ricciolone.

«Al volo, stronzo» dice. Poi lancia.

È una mossa istintiva. Ricciolone afferra la pistola e la alza mentre la porta del capannone scorre e Gipi entra con gli occhi spiritati e la Beretta bifilare in pugno.

«Butta la pistola!» grida.

Ricciolone è talmente confuso che non obbedisce subito. C'è un attimo di stasi, e in quell'attimo Ricciolone rischia di morire. Gipi ha il dito sul grilletto, se fosse un poliziotto meno esperto avrebbe già sparato. Invece si ferma, tenendo la pistola a due mani. Dietro di lui appaiono altri sbirri in borghese. E tutti gridano *butta la pistola qui, alza le mani là, faccia a terra*. Ricciolone lascia cadere la mascella, poi apre la mano. La .38 rimbalza sul pavimento, due sbirri gli sono addosso e lo ammanettano dietro la schiena, tenendolo premuto con le ginocchia contro il pavimento.

Il mio Socio si avvicina a Gipi a braccia aperte come dire: che ci vuoi fare, è la vita.

Gipi gli tira una sberla in faccia. Una sola, ma è sufficiente.

Quando mi risveglio in galera, dodici ore dopo, mi brucia ancora la guancia.

255

8

Drento Regina Coeli c'è no scalino,
Chi non salisce quello,
nun è romano.
Nun è romano e manco trasteverino.

Si prova uno strano sollievo a essere in galera. Peggio di così non può andare, ed è inutile che ti lambicchi il cervello sulla tua mossa successiva. Sono gli altri che danno i tempi, ti dicono quando mangiare e quando farti un giro all'aria.

Nel mio caso l'aria non è prevista. Sono in isolamento, e il carcere di Civitavecchia non è abbastanza grande per consentire una passeggiatina a quelli che devono starsene lontani dal resto della carne in scatola. In cambio, ho una singola con vista muro e in un carcere, sovraffollato come lo sono tutti di tossici e immigrati irregolari, è un lusso non da poco. La mia suite è lunga cinque metri e larga due. A un'estremità ci sono il lavandino e il water en plein-air, così le guardie possono controllarti mentre fai la cacca, lungo il muro sono inchiavardati quattro letti a castello con materassi di gommapiuma verde bucherellati dalle sigarette.

Ho scelto uno dei due letti sotto, mi sembra che in basso faccia leggermente meno caldo. Non c'è finestra, le uniche sbarre sono quelle della porta che danno su un corridoio sempre illuminato, tinto di verde e giallo. Dal fondo, arrivano rumori di passi, urla e richiami, lo sbattere di un cancello di ferro. *Clang*.

In isolamento non c'è la televisione, non puoi leggere giornali, non puoi parlare con altri detenuti, non puoi acquistare sopravvitto dallo spesino. Mangi la sbobba che arriva con il carrello, e il menu vegetariano non è previsto. Vado avanti a mele, patate lesse e pasta deraguzzata, ricetta personale che si ottiene lavando la pasta sotto il rubinetto prima di mangiarsela al naturale, fredda e insipida. Posso accompagnarla con il quarto di vino concesso a pasto, di quello nel Tetrapak di cartone. A dispetto di ciò che racconta la pubblicità, fa davvero schifo, ma è meglio di niente.

Il ragù avanzato ha però una funzione non prevista dall'amministrazione carceraria: mi serve per comunicare con il mio Socio, intingendo il dito e scrivendo sulle piastrelle sopra il lavandino: anche carta e penna sono vietati in isolamento. Ci lasciamo rapidi messaggi, poi ci diamo il cambio velocemente, per leggere e cancellare tutto. Mi occorrono due pasti per capire quello che il mio Socio ha combinato in mia assenza, e mi sento peggio mano a mano che vengo a sapere tutta la storia. Dal punto di vista del mio Socio, la sua è stata una soluzione elegante. Consegnando agli sbirri Ricciolone con una pistola in mano, li ha costretti a prendere sul serio il suo racconto.

Se il gruppetto di fuoco verrà incastrato o meno per la morte di Maugeri, adesso dipende tutto dalla magistratura. Noi siamo fuori, fuori da un gioco che il mio Socio considerava troppo rischioso per essere condotto ancora a lungo. Un po' di galera, secondo lui, è un prezzo minimo da pagare.

In fondo, qui non ci trattano troppo male. Tutti i secondini si sono fatti un giro per vedere la faccia del caso più strano nel loro territorio, ma non mi hanno preso a bastonate come mi aspettavo. Solo qualche battuta e un saluto romano, tanto per prendermi per i fondelli.

Abbiamo anche amici tra la popolazione residente. Lo scopino, quello che spazza i corridoi, è arrivato la prima sera con due pacchetti di sigarette e una bottiglietta di plastica piena di acquavite marca *casanza*.

«Te li manda Chantal, nascondili» mi ha detto passandomeli tra le sbarre. «In culo alla balena.»

Mi ero dimenticato della moglie di Tattù nel braccio femminile. Ho bevuto la grappaccia, sperando che non ci avesse sputato dentro. Un galeano di lungo corso una volta mi aveva raccontato come si faceva a distillare tra le sbarre. Prendi tutta la frutta che ti avanza e la sbatti in una pentola con lievito di birra, zucchero e il vino che non ti sei bevuto. Copri la pentola, la sigilli con la mollica di pane bagnata e lasci il tutto a fermentare. Quanto senti che la pentola fa *blub blub*, pratichi un buchino nella mollica indurita e inserisci un tubicino di plastica. Il tubicino più usato è quello dell'antenna del televisore, cui devi togliere l'anima di rame.

Poi metti la pentola sul fornellino e fai passare il tubicino sotto il rubinetto dell'acqua fredda. Il vapore si condensa nel tubo, e produce un liquido alcolico. Il primo lo butti, metanolo, e anche l'ultima parte, schifezza. Quella centrale si può bere ed è tremendamente alcolica.

Il terzo giorno mi concedono una doccia. Fredda, perché prima di me sono passati altri cento detenuti e l'acqua calda non basta per tutti. Sono stato guardato a vista tutto il tempo, hai visto mai che volessi dedicarmi all'autoerotismo, poi gli asciugamani mi sono stati requisiti. L'amministrazione non ha ancora deciso se sono un tipo portato al suicidio o meno, e gli asciugamani possono diventare degli ottimi cappi, come le stringhe delle scarpe e la cintura. Per questo cammino ciabattando e reggendomi i pantaloni con la mano. Con molta dignità, però.

Due ore dopo le abluzioni, capisco perché mi hanno lasciato ripulire. Ho il colloquio con il Gip. Due guardie mi perquisiscono e mi accompagnano lungo i corridoi, i cancelli elettrici si aprono e si chiudono. Il Gip mi aspetta in un ufficio squallido, che ricorda la presidenza di una scuola scalcinata. C'è lui, cinquantenne con i baffi in completo marrone, un assistente in divisa e il mio avvocato.

La mia avvocatessa, anzi. Una rossa, con i riccioli, abbronzata come qualcuno che abbia passato gli ultimi mesi su un'isola tropicale. A sentire il suo profumo, ho un attimo di stordimento. È Vale.

Ci diamo la mano come se non ci conoscessimo, chissà perché ci viene da fare così, poi declino le mie generalità.

Prima che possa aprire bocca, Vale dice: «Il mio cliente intende avvalersi della facoltà di non rispondere».

Il giudice per le indagini preliminari non fa una piega. «Avvocato, il suo cliente ha già fornito lunga e dettagliata deposizione alle forze dell'ordine. Non vuole nemmeno confermarla o ritrattarla?»

«Non prima di un colloquio privato con la difesa. Il mio cliente ha tutta l'intenzione di collaborare con le indagini e dimostrare la sua estraneità a quanto gli viene contestato, ma non prima di essersi consultato con me. Le voglio ricordare che si è costituito spontaneamente. Già l'arresto è stato una misura eccessiva.»

«Questo non è il mio parere. Comunque, vediamo di accelerare i tempi. Mezz'ora le può bastare?»

«Sì, grazie.»

Ci trasferiamo in una stanza divisa in cubicoli mediante pannelli mobili. Ci sono un tavolo avvitato al pavimento e due sedie di plastica.

«Sei tornata.»

«Combini troppi casini senza di me» dice seria. «Pensavo che standoti lontana qualcosa sarebbe cambiato in meglio. Mi sbagliavo. Per tutti e due.»

«E la tua isola?»

«Ci andremo in vacanza quando uscirai.»

Sospiro. «Uscirò?»

«Probabile.» Alza un sopracciglio, il gesto mi è talmente familiare che sento qualcosa che mi si scioglie dentro. Dio, quando amo questa donna, il desiderio che ho per lei mi parte dalle punte dei piedi e mi arriva alla nuca come una mazzata. «Stai bene?»

«Frastornato. E ho bisogno di particolari. Con il mio Socio abbiamo avuto qualche difficoltà di comunicazione.»

«Lo immaginavo, ecco perché ho insistito per il colloquio. Sbrighiamoci che non abbiamo molto tempo.»

Capisco perché mi piace così tanto Vale, anche lei ha due personalità. Una è quella che piange la sua nostalgia al telefono, l'altra è questa specie di Signora Thatcher, implacabile professionista del foro.

Mi riassume rapidamente quello che ha saputo da Alex della giornata al Musocco, dandomi qualche particolare in più rispetto a quanto avevo capito a colpi di ragù. Poi mi spiega che Ricciolone ha sporto denuncia contro di me per rapimento e percosse. «Ma è la sua parola contro la tua. E le tue impronte non c'erano sull'arma. Avevi i guanti?»

«Sì.»

«Non risultano dal verbale della tua perquisizione.»

«Sono facili da nascondere addosso. Il mio Socio deve averli fatti sparire tra la Franco Cementi e la questura. Che altro è saltato fuori sulla pistola? Il mio Socio è convinto che fosse una di quelle rubate a Verona, nel negozio del padre di Erika Zanca.»

Annuisce. «Ha ragione. Il numero di serie era abraso, ma la scientifica l'ha ricostruito.»

«Ricciolone ha tirato in ballo Lidia?»

«Non ancora. Starà decidendo se gli conviene. Intanto, Mirko se la lavora. La versione che abbiamo concordato è questa. Tu e lei vi siete incontrati nel capannone e lei non sa come Ricciolone ci sia arrivato. Non ha visto Alex e Kik, non conosce Pino.»

«Sicura che non racconterà la verità?»

«Non le conviene. Risulterebbe tua complice. E poi le faremo la cortesia di non esporre in tribunale le panzane che ti ha raccontato.»

«A che ci servirebbe parlarne?»

«A niente. Ma lei non lo sa.» Sorride, la vecchia volpe.

«Capisco.»

Distoglie lo sguardo «La ragazza vorrebbe venire a trovarti. Vuoi che provi a organizzare la cosa?»

«Non mi sembra il caso. Ci siamo fatti abbastanza male a vicenda.»

«Devi stare attento a dove infili il pisello.»

«Avrei dovuto spedirtelo per posta aerea.»

«La prossima volta.» Per un attimo si fa triste, e le labbra le tremano leggermente. Le prendo la mano per tirarla verso di me, lei si divincola. «Non è questo il posto per fare la pace» dice piano.

«Certo.» Mi stacco. «Cosa devo dire al parruccone di là?»

«Tutto quello che ti conviene. Vuoi leggerti il verbale del tuo Socio?»

«Magari.»

Mi passa il foglio della questura firmato dal commissario Pinco Pallino e controfirmato dall'Agente Scelto Gipi.

Il mio Socio ha messo in piedi una parvenza accettabile di verità. Ha omesso la perquisizione forzata a casa dell'ex fidanzata di Leo Maugeri, Claudia. Ha dichiarato di aver visto per caso la cassetta su piazza Alimonda e aver riconosciuto il volto di Leo Maugeri, cominciando a farsi delle idee. Ha omesso la visita a Genova. Ha dichiarato di avere avuto la descrizione di Ricciolone da Lidia e di averlo avvicinato al cimitero del Musocco. Sul resto ha mentito spudoratamente. Ricciolone avrebbe accettato di accompagnarlo a fare due chiacchiere in un luogo isolato, ma all'ultimo avrebbe estratto una pistola. Per fortuna che il mio Socio si era premunito facendo telefonare alla polizia da amici, preavvertiti di quello che stava facendo. La polizia era arrivata al momento giusto.

«Ci sono un sacco di buchi» dico.

«Per forza. Chi potrebbe smentirti, a parte Ricciolone, come lo chiami, e Lidia?»

Ci penso. «Claudia. La pistola l'ho presa a casa sua.»

Vale prende un appunto sul suo blocco. «Quindi è coinvolta anche lei?»

«No. Non mi avrebbe dato il nastro... però il suo nuovo convivente, Robertox, la bestia tatuata, di sicuro. È lui che le ha raccontato che Leo era tornato a prendere la sua roba, e la pistola era sua. Quindi anche lui faceva parte del gruppo di fuoco.» Un vero gentleman. Ha ammazzato il fidanzato di Claudia, poi ci si è messo insieme. «Però se dico questo al giudice, crolla la mia storia su Ricciolone.»

«Devo convincerla a collaborare»

«Non lo farà mai. Non ci sono prove contro di lei.»

«Prima o poi questo Robertox salterà fuori. E lei rischia di finire in mezzo.»

«Vero. Andrai a trovarla?»

«Sì. Se la convinco, da questo lato siamo inattaccabili. Altrimenti speriamo che se ne stia zitta.» Sfoglia i suoi appunti. «Ma i buchi veri sono altri. Il tuo Socio ha detto che è stato Ricciolone, come lo chiami, a sparare all'Elefante.»

«Giusto.»

«Sbagliato. Gli hanno fatto la prova Stub. Non ha tracce di polvere da sparo addosso. E pare che abbia anche un alibi per quel giorno.»

«Allora qualcun altro del gruppo di fuoco. Sono tutti complici.»

«Finché non saltano fuori, meglio se glissiamo su questa parte. Sei d'accordo?»

«Per forza. A proposito, notizie dall'ospedale?»

Sorride. «L'hanno messo in corsia. Sta meglio. Ha detto che dovete discutere del suo onorario.»

«Dubito che il Piraña caccerà i soldi.»

«Ci penserò io, a questo. Ultima domanda. La più difficile. L'incendio. Sempre la squadra di Ricciolone?»

«Non ne ho idea. Secondo il mio Socio è probabile.»

«Perché?»

«Per uccidere Lidia, per spaventarla.»

«Anche qui non ci sono prove. Durante il matrimonio, Ricciolone era all'estero. Può dimostrarlo.»

«Come fai a saperlo?»

Sorride. «Il suo avvocato era il mio insegnante all'università. Non mi ha negato una chiacchierata.»

«È legale?»

«Certo. Lui cerca un accordo con noi. Noi ritrattiamo, Ricciolone ritratta.»

«Se lo sogna.»

«Però devi glissare anche sull'incendio. Non ne sai abbastanza per insistere sulla faccenda.»

Ci rimango male. «Tutto questo casino l'ho fatto per l'incendio, e adesso mi dici che devo lasciar perdere?»

«Hai fatto del tuo meglio, adesso devi pensare a uscire» chiude il blocco. «Sei pronto?»

«Ho altra scelta?»

«No.» Fa vagare lo sguardo. Qualcosa la rode.

«Cosa c'è?»

«La pistola che il tuo Socio ha dato a Ricciolone... Le cartucce erano state manomesse. Se Ricciolone avesse premuto il grilletto, ci sarebbe stato solo il rumore dello sparo. Niente proiettili.»

«Il mio Socio non voleva farsi fare un buco in più, che c'è di male?»

«Non era più semplice vuotare il caricatore? Fai uno sforzo e pensa a come ragiona il tuo Socio.»

Chiudo gli occhi.

Mi si proietta una scena diversa da quella che è accaduta nel capannone della Franco Cementi. Ricciolone che si fa prendere dal panico quando entra Gipi e preme il grilletto. E Gipi lo fulmina. Tutto rapido e pulito. Ricciolone incastrato, nessuno che poteva contestare la versione del mio Socio.

«Merda» dico.

«Gli farò un discorsetto quando lo vedo» dice Vale.

Il colloquio con il giudice fila liscio. Abbastanza. È chiaro che la nostra verità abborracciata lo irrita. È convinto, a ragione, che io nasconda più cose di quelle che racconto, ma è anche convinto, suo malgrado, che le mie storie abbiano un qualche fondamento. Nel dubbio convalida il mio arresto e mi rimanda in galera in attesa di nuove. Non mi aspettavo di uscire, ma in fondo ci speravo. Torno in cella abbastanza giù di corda.

Dopo il colloquio, il mio status di prigioniero è però cambiato, anche se la direzione non intende lasciarmi mescolare agli altri. Me lo spiega uno dei vicedirettori, durante una specie di colloquio orientativo. Il motivo per il quale devo continuare a rimanere isolato è che nelle patrie galere ci sono alcune persone rinchiuse per causa mia. A Civitavecchia no, per questo sono stato mandato qui invece che in un posto più vicino a casa, ma il mio status tra gli altri galeotti è comunque paragonabile a quello di un infame. Non farei una gran vita. Ho solo due possibilità. Rimanere in isolamento, con qualche concessione in più come i giornali e la posta, e una passeggiata all'aria di mattina, prima degli altri, o farmi mettere nel braccio di chi ha compiuto reati sessuali, pedofili e violentatori, e sbirri corrotti.

Scelgo la prima soluzione, grazie. Torno alla mia cella precedente, nella quale un secondino aggiunge un apparecchio televisivo in bianco e nero. Mi guardo un film, *Il tempo delle mele*, poi mi addormento e lascio che sia il mio geniale Socio a smazzarsi un po' di sole a scacchi.

La mia situazione migliora nel corso delle settimane, contestualmente con il peggioramento di quella del gruppo di fuoco nazi. Ricciolone continua a proclamarsi innocente, ma le prove contro di lui cominciano a farsi consistenti. Ad accusarlo, adesso, oltre alle impronte sulla pistola, sono le dichiarazioni dei genitori di Erika Zanca. Lo hanno riconosciuto come un amico della figlia. Lui e Leo Maugeri erano venuti una volta a prenderla sotto casa ed erano stati visti.

Un'altra piccola botta la danno una serie di fotografie che qualche anonimo spedisce ad alcuni giornali e al mio amico giudice. In queste fotografie, scattate durante la manifestazione del G8, si vedono Ricciolone, Leo Maugeri ed Erika Zanca mescolati ai no global, più un'altra serie di facce sospette. Conosco perfettamente quelle immagini, sono le stesse che avevo guardato nella redazione di "Mente Globale". Undead deve avere avuto pietà di me, oppure i vari comitati di autodifesa hanno deciso che era il momento buono per far scoppiare il bubbone. Vengo reinterrogato dal giudice, dichiaro di non saperne niente, ma da quel momento tutto si accelera.

Dalle foto pubblicate sui giornali viene identificato un altro esponente neonazi con precedenti penali lunghi così, Guido Qualcosa. Lui cerca di imbarcarsi alla volta dell'Inghilterra con documenti falsi, una guardia all'aeroporto lo becca. A venti ore dal suo arresto, Guido Qualcosa comincia a cantarsela su tutto. Lo stesso giorno Claudia si presenta spontaneamente al giudice, raccontando una storia che ha l'aria di essere stata concordata parola per parola con la mia avvocatessa di fiducia. Lei non sapeva niente, ma sospettava… Non mi ha mai visto né conosciuto. Robertox finisce in galera quasi subito. Nega tutto, poi cerca di suicidarsi battendo la testa contro il muro.

Ormai abbiamo le prime pagine dei giornali. I titoli parlano di complotto neonazista. Il gruppo di fuoco doveva fare irruzione durante il G8 in qualche posto frequentato da noglobal e sparare a casaccio. Un buon modo per creare il puttanaio a Genova e per indicare la strada ai camerati sparsi per il mondo. Erano stati battuti sul tempo, mannaggia a loro.

E Leo, ed Erika? Guido tace facendo capire che vuole qualcosa in cambio, Robertox si consulta freneticamente con il suo avvocato.

Tocca a Ricciolone crollare, adesso. Subito dopo ferragosto, non si sa se per il caldo o perché capisce di star per diventare il capro espiatorio dei suoi ex camerati. Di buon mattino accompagna gli inquirenti dove lui e Robertox hanno nascosto i cadaveri di Leo ed Erika. Qualche chilometro fuori Genova, in un bel prato pieno di cespugli in fiore dove la gente abitualmente fa picnic. Poi si chiude in un mutismo assoluto. Smette di rispondere alla domande, smette di rilasciare dichiarazioni politiche. Tace e basta, costruendo statuette con la mollica di pane.

Il giudice decide di farmelo incontrare per vedere cosa succede. Ottima idea: appena mi vede, Ricciolone cerca di saltarmi addosso e mordermi la gola, poi sbava trattenuto dalle guardie finché lo portano via. Poi, una settimana dopo, a sorpresa, è lui a chiedere un nuovo incontro.

Stavolta, tutto avviene in una calma assoluta e quasi irreale. I nostri avvocati tacciono, il giudice accetta che parliamo tra noi carcerati. Ricciolone è molto diverso da quello delle fotografie. È gonfio, sembra che abbia mangiato il triplo del normale da quando lo hanno arrestato e che non abbia mai dormito.

«Sei contento, adesso?» mi chiede.

«Abbastanza. Perché hai ammazzato Leo?»

Sento che il giudice trattiene il fiato e l'avvocato di Ricciolone che strepita. È il suo cliente che lo mette a tacere. L'aveva avvisato che avrebbe detto tutto quello che riteneva opportuno. Se l'avvocato non è d'accordo, vada a farsi un giro. L'avvocato tace, Ricciolone chiude gli occhi. «Ci credi se ti dico che non volevo?»

«Non me ne importa niente» dico.

«Però dovrebbe contare, non pensi?»

«Se preferisci…»

Sta in silenzio per qualche istante. Poi parla a voce bassa e piatta. «È stata una cazzata portare Erika. Pensava che fosse una gita divertente, hai capito la minorata? Sapeva che avevamo vuotato il negozio di suo padre, ma continuava a pensare che fosse uno scherzo. Uno scherzo? Glie l'avremmo fatto vedere noi, lo scherzo…» Tace ancora, aspettiamo tutti. Ricciolone chiede un bicchiere d'acqua, glielo danno. Prosegue. «Quando abbiamo deciso di tornare indietro, sapevo che Erika non se ne sarebbe stata zitta. Ne avevo parlato con Robertox e Guido, loro erano d'accordo.»

«D'accordo per cosa?» chiedo. Il giudice mi fissa, poi annuisce quasi impercettibilmente. Come dire, vai pure avanti.

Ricciolone si lecca le labbra. «Ci puoi arrivare.»

«Ammazzarla?»

«Sì. Non potevamo fidarci di lei. Non potevamo e basta. Leo, però... non era d'accordo. Si era affezionato. A quella specie di scrofa.» Ride. «Leo era mio fratello di sangue. Per quella scrofa...»

«Si è messo in mezzo?»

«Sì. Ha cercato di sparare a me. A me, che ero suo fratello... Vaffanculo, ha mandato tutto in merda. In merda. In merda. In merda.»

Ripete la parola venti volte prima che qualcuno si accorga che ha scollegato il cervello. Mi rimandano in cella, Vale mi strizza l'occhio sulla porta. Sono stato bravo.

I giornali continuano a sparare Genova in prima pagine. Gli esponenti di Forza Nera prendono le distanze, i rappresentanti del Social Forum denunciano la connivenza delle forze di polizia con gli infiltrati. Il solito casino.

Io continuo a rimanere in galera.

Ho fatto la domandina per riavere cintura e stringhe. La cintura me l'hanno ridata dopo una settimana, le stringhe no. È così che funzionano le cose da queste parti. Adesso ho anche un fornello da campo e mi cucino il mio riso con le verdure. Faccio gli addominali con i piedi sulla branda, leggo i fumetti, e respiro l'aria aperta alle prime luci dell'alba. Mi piace soprattutto quando piove, mi sembra che mi tolga di dosso l'odore di galera.

E chiacchiero con scopini, spesini e tutte le categorie di detenuti che hanno un motivo per passare dalle mie parti. Nessuno di loro sembra considerarmi uno da scannare, ho anche dei tifosi, gente a cui i nazi non vanno troppo a genio. Per esempio c'è uno con l'ergastolo che aveva militato nel Partito comunista, prima di dedicarsi alle rapine a mano armata. Continua a dirmi che se esco dall'isolamento ci penserà lui a garantire per me. Declino l'invito: il mio Socio potrebbe combinarne una delle sue. Poi ho preso i miei ritmi, guardo il mondo dall'esterno e penso.

Penso un sacco, sperando che tra cadaveri e nazisti salti fuori qualcosa che riempia gli spazi vuoti sulla storia del luna park. Invece niente. Anche per le pistolettate all'Elefante non ci sono novità: tutti gli arrestati sono risultati negativi alla prova Stub e negano di aver avuto alcun interesse a spaventarmi.

Poi ricevo una lettera di Tattù. Stavo per perderla, arriva lo stesso giorno in cui uno dei secondini mi dice di prepararmi che sto per tornare nel consesso civile. È la novità del primo settembre. Vale me l'aveva anticipata nel corso dell'ultimo colloquio.

«Ormai non hanno niente per tenerti dentro» mi aveva detto. «Niente di grave, almeno. C'è sempre la storia del portafoglio di Gipi.»

«Cos'è questa puttanata?»

«Non è proprio una puttanata. Furto con destrezza. Ma non hai precedenti specifici, dovremmo riuscire a ottenere la sospensione della pena.»

«Vuoi dire che Gipi mi ha denunciato?»

«Eh sì.»

«Ma porca vacca. Ho trovato degli assassini.»

«Secondo lui è una questione di principio.»

En passant, Vale mi aveva detto di essersi sistemata a casa mia. Casa sua era ormai stata venduta, e per un po' lei aveva intenzione di rimanere in Italia.

Non ho saputo cosa dirle. Pensavo di non rivederla più, adesso mi ritrovo sposato. Sarà una novità interessante, dovrò imparare a non lasciare i pedalini sporchi in giro.

La lettera di Tattù arriva insieme alla mie stringhe. È breve. Mi racconta che gli hanno fatto l'udienza preliminare confermando le accuse. Sarà processato entro l'anno prossimo. Intanto rimane in carcere. Parla un po' di come sta, mi dice le sue impressioni sul caso dei nazi, poi mi ringrazia per quello che ho cercato di fare per lui.

Alla fine scrive: *Qualsiasi cosa ti capiti, ricordati che uno che è stato così in gamba da scappare da un incendio passando da un forno, può cavarsela dappertutto. Pensa a quanti poveri fessi sono rimasti abbrustoliti e goditi la vita.*

È una frase che mi rimane in testa mentre mi chino per allacciarmi le scarpe e fa scattare qualcosa che ho sepolto dentro, perché mi raddrizzo di scatto strappando una delle stringhe redivive.

Che rapa che sono stato, penso. Che rapa, che rapa, che rapa.

E capisco che per la prima volta in vita sua il mio Socio si è sbagliato.

9

Passo dalla matricola alle cinque del pomeriggio. Mi ridanno il mio orecchino, il portafoglio, il cellulare, chiavi, monetine, un pacchetto di kleenex e un foglio timbrato che certifica la mia condizione di liberto. Poi il mastino mi accompagna al portone e mi dice di non capitare più da quelle parti. Lo prenderei come un augurio carino se non avesse il tono di chi ha ripetuto la stessa frase migliaia di volte e ha smesso di crederci. Il *fuori* non è male, anche se un po' disorientante. Troppe persone, troppo rumore, troppe vetrine, insegne e automobili. Troppo di tutto. Quasi mi spaventa non avere muri all'orizzonte. Ma è una sensazione che passa subito, anche se non ho dubbi che mi ritornerà in sogno. Qualche volta ho ancora l'incubo di dare l'esame di maturità, figurarsi la galera.

Vale è in piedi davanti alla mia automobile. Mi saluta con la mano, le vado incontro fingendo di non essere emozionato.

Ci abbracciamo, annuso il profumo dei suoi capelli.

«Che effetto fa?» mi chiede

«Meglio che abbracciare un secondino.»

«La libertà, scemo.»

«Mi ci vorrà un po' per riabituarmi.»

Mi dà un bacio leggero sulle labbra, poi apre la portiera per farmi salire. «Non te la tirare da Papillon. Sono stati solo due mesi.»

Salgo. «Grazie per la comprensione. La prossima volta vedrò di farmi dare l'ergastolo».

«Sei ancora in tempo. Allacciati la cintura che si torna alla vita civile.» Prima di mettere in moto fruga nella borsetta ed estrae la scheda originaria del mio cellulare. «Tieni, me l'ha data Alex. Perché l'aveva lui, a proposito?»

«Visto che la polizia riesce a individuare la posizione dei cellulari, in caso di emergenza Alex avrebbe finto di essere me, in qualche punto del mondo dove io non mi trovavo. Non ce n'è stato bisogno.» Armeggio con l'affare e riprendo il mio numero di telefono. Ciaol, Zio Adolf, Sandrone torna reperibile. La batteria ha ancora una tacca di carica. Subito la segreteria mi segnala la presenza di nuovi messaggi.

Mi aspetto ondate di congratulazioni per la mia condizione di ex galeotto, ovviamente mi sbaglio. Dei venti messaggi, tredici sono di persone che non avevano la minima idea di dove mi trovassi. Un tizio mi propone un lavoro da buttafuori in un discoteca di Lugano, che tristezza; il mio vicino del piano di sotto si lamenta per una macchia di umidità a suo dire dovuta a una perdita del mio bidet. È passato un mese, spero che non sia annegato.

Gli altri sette sono tutti di Silvia. Qualcosa che ha a che fare con Ragiul, e ti pareva. Per fortuna la batteria muore prima che mi venga in mente di richiamarla. Posso godermi il viaggio.

Che è caldo, strano e dolce. L'ultima volta che siamo stati insieme così a lungo era prima che Vale partisse, ed è passato un sacco di tempo, quasi un anno. Che a volte mi sembra un secolo, altre volte cinque minuti. Abbiamo parlato molto in galera, ma adesso che potremmo dirci quello che vogliamo, senza orologi né guardie che passeggiano, sono più i silenzi che le parole. Abbiamo paura di avvicinarci troppo in fretta, o forse di rovinare tutto per la centesima volta.

Ci mettiamo a ridere per una scemenza e scatta qualcosa. I nostri gesti si fanno meno meditati, cominciamo a toccarci più liberamente e a ridere. Vicino a Bologna infiliamo l'uscita dall'autostrada e andiamo in un motel a fare l'amore.

È un posto per viaggiatori di commercio, con la moquette

marrone macchiata di umido e orrendi quadri alle pareti. Non ci saltiamo addosso. Siamo impacciati e lo facciamo lentamente, parlandoci, perdonandoci a vicenda e promettendoci futuri luminosi.

Alle cinque del mattino la ascolto dormire, guardando la televisione accesa senz'audio. Faccio zapping sui satelliti: la faccia di Bush, quella di Saddam, poi Bush, poi Saddam. Un attentato in Israele, le Torri Gemelle che crollano, un bombardamento in Palestina, le fiamme sullo schermo fanno tremare le ombre della stanza. Mi alzo piano ed esco sul balconcino, nudo come mi trovo. Una decina di piani sotto passa uno svincolo della tangenziale, con poche macchine di cui vedo le luci di posizione rosse filare via veloci. E se lasciassi perdere tutto?, penso. Se semplicemente aspettassi il sole e partissi con Vale per un viaggio tranquillo verso qualche posto dove fa caldo e possiamo continuare a stare bene? Non per molto, solo per un po'. Qualche giorno di pace.

Ma non posso.

Torno dentro e mi vesto piano, anche se so che Vale ha un sonno di piombo, e non si sveglierebbe nemmeno se mi mettessi a ballare per la stanza. In bagno le lascio un biglietto. Ho pensato di raccontarle tutto, poi capisco che non ci sono spiegazioni possibili. Le scrivo solo: *Ci vediamo a casa*, e spero che sia vero.

Pago il conto e parto con l'auto verso il Lago Maggiore.

È quasi un sollievo ricevere la telefonata di Silvia alle otto del mattino, quando mancano ancora un po' di chilometri da Ranco.

Mi è rimasta nelle orecchie la chiacchierata che ho dovuto fare con un Piraña ridotto al lumicino, costretto a interrogarsi sui motivi che l'hanno portato ad avere un figlio morto e una figlia che lo odia. Tra le persone con cui può prendersela io sono il più adatto, e ho dovuto faticare per avere le informazioni che mi interessavano. Ha attaccato due volte, ho dovuto richiamarlo e minacciarlo sul serio, un po' con lo stile del mio Socio. Alla fine ha ceduto, spero senza sapere per cosa mi stava aiutando. Forse, in caso contrario, non lo avrebbe fatto.

Silvia, invece, mi deve aggiornare su Ragiul. Mi spiega che il ragazzo è tornato a dormire alla Richard Ginori, e che questa volta non è disponibile a rientrare. È una decisione lungamente meditata, secondo Silvia, e abbastanza comprensibile. La polizia sta per sgomberare l'ex fabbrica, e Ragiul vuole essere là quando succede. Lui, che ha un posto dove dormire e documenti nuovi di pacca che gli permettono di non essere espulso, si sente male all'idea di essere differente dagli altri del suo Paese. Si sente solo, e il suo misero privilegio gli pesa più di quanto pesi a me una vita di porcherie. Se per questo dovrà passare dei guai, e con lui tutti quelli che l'hanno aiutato, tanto peggio.

Però forse io posso parlargli, convincerlo che ci sono altri modi che non tirare i sassi in testa ai celerini. Posso provarci?

Rispondo in modo distratto, Silvia capisce che qualcosa non va e che è qualcosa di serio. «Sei ancora nei guai?» mi chiede.

«Non proprio. Ti va se ti racconto una storia?»

«Che storia?»

«È una di quelle che mi raccontava mia madre quando ero piccolo.»

È la storia del contadino che va al mercato a comprare degli asini. Il contadino gira finché non trova un allevatore che gli promette l'affare della sua vita. Al prezzo di nove asini, gliene venderà dieci.

Il contadino, accetta tutto contento, poi torna a casa cavalcando l'asino più bello, non vede l'ora di dirlo alla moglie. Durante il viaggio, però, ha un dubbio: e se l'allevatore lo avesse imbrogliato? Allora conta gli asini, e si accorge che sono solo nove. Li conta, li riconta, e sono sempre nove. Arriva a casa in lacrime e racconta tutto alla moglie, che lo porta fuori e gli fa vedere che gli asini sono proprio dieci. Anzi, a pensarci bene sono undici.

«Hai capito?» chiedo alla fine.

«No. Non è che sei ubriaco?»

«Ti spiego. Il contadino, poveraccio, non contava l'asino sul quale stava cavalcando. E l'undicesimo era lui. Capito, adesso?»

«Per i bambini va bene.» Esita. «Perché ti sembra importante?»

Sto entrando a Ranco, supero Villa Piraña. «Perché è la spiegazione di tutto. Vedi, quando ho cercato di convincere il maresciallo Bernardi che forse non era stato Tattù a bruciare la Casetta di Biancaneve, ma qualcuno che voleva ammazzare uno degli invitati, la sua risposta è stata: perché mai avrebbero dovuto usare un sistema così complicato? Aveva ragione, sai? Ci sono molti modi per uccidere, soprattutto se la tua vittima non sospetta niente. Lo tiri sotto con l'automobile, lo aspetti sotto casa e gli spari. Lo inviti a casa tua e gli offri il veleno. E poi, nessuno degli ospiti aveva

274

nemici. Nessun riccone, a parte la famiglia di Lidia, nessuno minacciato dalla mafia o dagli strozzini. Tutta brava gente. Tutti tranne uno. L'unico che sarebbe stato in grado di difendersi se attaccato, perché per lavoro sta sempre attento a quello che gli capita. Certo, anche lui può essere colto di sorpresa, ma è più difficile che con altri. Lui è l'unico sul quale non ho indagato.»

«E chi è?»

Mi fermo davanti a una villetta a schiera, con i balconi ricoperti di edera secca. Spengo il motore.

«Sono io» dico.

Non ci sono movimenti dietro le finestre. Eppure sono sicuro che il Piraña ha telefonato per preannunciare il mio arrivo.

Silvia, intanto, sta cercando di trattenermi al telefono. Ha paura che commetta qualche cavolata, e non ha tutti i torti.

Lascio il volante e continuo a parlarle nel viva voce. «Tu pensa quanto questa persona mi deve odiare. Sono convinto che volesse bruciarmi nella Casetta quando c'eravamo solo io e Lidia a fare le prove di canto, ma il suo telecomando ha fatto cilecca. Era un accrocchio artigianale, e quando ha provato ad accendere l'innesco, non è successo nulla. Sapeva che la bomba incendiaria poteva esplodere da un momento all'altro, eppure si è presentato lo stesso alla cerimonia.»

«Sandrone, se stai facendo quello che…»

«Lui non voleva correre il rischio che la Casetta bruciasse senza me dentro. E quando l'incendio è scoppiato, per un'interferenza o quello che era, lui ha compiuto il gesto più incredibile che abbia mai visto fare da qualcuno. È scattato verso il portone e ci ha chiusi dentro. A chiave. L'ho visto, sai. Pensavo che avesse cercato di aprire. Invece ha fatto il contrario. Ha dato un piccolo giro e ha condannato tutti a morire. Mi è rimasto impresso il suo gesto. L'ho visto correre, l'ho visto armeggiare con la serratura, poi l'ho visto tornare indietro e aspettare di morire. E lo sguardo che mi ha lanciato, quando ho trovato il modo di aprire una via di fuga.»

Silvia sta ripetendo il mio nome. M'interrompo.

«Sandrone, denuncialo alla polizia. Non fare cazzate.»

«Con quali prove? Non credo che abbia ancora in casa taniche di benzina o la pistola con cui ha sparato all'Elefante. Poi, a questo punto, voglio sapere perché ce l'ha tanto con me.» Mi viene in mente un altro particolare. «C'è anche un altro motivo per cui è venuto al matrimonio. Senza di lui l'avrebbero rimandato, e la Casetta sarebbe bruciata senza nessuno dentro. Adesso scusa, devo riattaccare.»

Scendo dall'auto e vado a suonare alla porta del testimone della sposa.

Il signor Filacchione mi apre, in vestaglia e ciabatte, gli occhi che brillano.

«Si accomodi» dice. «Mi chiedevo quando l'avrei rincontrata.»

«Chi non muore si rivede. Per favore, tenga le mani in vista.»

Allarga le braccia, a mostrarmi i palmi vuoti. Un tranquillo, anziano signore, che non peserà più di cinquanta chili con le scarpe. Lo immagineresti mentre dà il mangime ai piccioni o accompagna i nipotini al parco. Gli assassini non hanno mai la faccia che ti aspetti debbano avere. «Le faccio strada.»

Lo seguo, nella sua casa che puzza di chiuso. Le tapparelle sono abbassate, camminiamo in corridoio in penombra.

Mi parla senza voltarsi a guardarmi. «Da cosa l'ha capito?»

«Il suo giochetto con la serratura. Poi ho fatto qualche domanda al dottor Maugeri. Era stato lui a chiedere il mio dossier all'associazione Lago Decoroso, non il contrario. Quindi, qualcuno gli aveva parlato di me. Era stato lei, mi ha detto oggi. Quindi, a parte Maugeri e sua figlia Lidia, lei era l'unico che sapesse della mia presenza al matrimonio. Aveva fatto in modo che io ci fossi. Poi, da come Maugeri si comportava con lei, era chiaro che vi conoscevate bene. Lei sapeva anche di Leo, immagino.»

«Certo. Mi è venuto utile. Mi segua, voglio farle vedere una cosa. La prego di fare piano, mia moglie sta dormendo. Non vorrei turbarla più del necessario.»

«Sa che stava per morire per causa sua?»

La schiena gli si irrigidisce. «Non per causa mia» dice, la voce diventata un ringhio. «Per causa *sua*!» Si riprende. «Venga che le mostro, è giù nel seminterrato.»

«Non ho problemi, finché continua a lasciarmi vedere quello che fa.»

«Se fossi stato in grado di ucciderla con le mie mani, lo avrei fatto. Invece...» alza le spalle.

Matto da legare, penso.

Prende un mazzo di chiavi dalla tasca della vestaglia e apre una porta che dà sulle scale. Accende la luce, comincia a scendere i gradini, molto lentamente, come se le ossa gli facessero male.

«Dopo il matrimonio a casa Maugeri, lei non se n'è mai andato, vero?»

«Bravo. Mi sono nascosto in giardino. La sua sorveglianza non era poi così efficiente, mi dispiace dirglielo. Anche se il suo amico stava per scoprirmi.»

Era Kik alla porta, troppo inesperto per contare tutti quelli che uscivano. Era lì per controllare che nessuno entrasse, in fondo. Be', non si nasce professionisti. Qualche volta non lo si diventa mai.

«Lei ha il quarantatré di piede?»

«Quarantaquattro. Avevo le altre scarpe sotto la giacca. Sono dimagrito, non si notavano. Leo veniva spesso a fare quattro chiacchiere con me, quando aveva un po' di tempo, si divertiva a darmi una mano con l'orto. Non era così malvagio come lo dipingono sui giornali.»

«E le ha lasciato un paio di scarpe come ricordo.»

«Quelle che usava nell'orto. Esatto.»

In fondo alle scale Filacchione sceglie un'altra chiave e apre una porticina tipo cantina. È una stanzetta buia. Quando accende la luce, rimango senza fiato. Le pareti sono ricoperte di ritagli di giornale, dal soffitto al pavimento. Non c'è un centimetro libero, e ognuno dei ritagli ha il medesimo soggetto. Alcuni sono vecchi, parlano di quando lavoravo ancora alle agenzie, gli ultimi, posati sul tavolo in attesa di essere sistemati, raccontano la storia di Genova e del gruppo di fuoco. Poi ci sono le fotografie, addirittura incorniciate. In una, formato gigante scattata con il teleobiettivo, sono vicino al calcinculo di Tattù.

«Sono anni che la seguo, anni. Ma non avrei mai fatto nulla se lei non fosse venuto qua a casa mia.» Si lecca le labbra.

«Le sviluppo io, sa? Ho un piccolo laboratorio nell'altra stanza, molto ben attrezzato. Le piace? Lo considera un omaggio?»

Sono sconvolto, ma prima o poi doveva capitare. Una vita passata dietro agli stalker, prima o poi dovevo trovare quello che aveva scelto me.

Mi appoggio al tavolo. «Visto che non ha più niente da perdere, vuol dirmi perché?»

«Certo.» Sta tremando, adesso. «Anzi, glielo faccio vedere.»

C'è una cassettiera, apre un tiretto e prende un faldone legato con un nastro. Ne estrae la fotografia del viso di una donna. «La conosce?» mi chiede.

«Non l'ho mai vista.»

«Bastardo» mormora. «Dopo tutto quello che le ha fatto, non sa neppure che faccia abbia, vero?»

«Non so chi sia.»

«Chi ERA, deve dire chi ERA!»

«Non so chi era, se preferisce.»

«Era mia sorella. E lei l'ha ammazzata.»

«Non ho mai ucciso nessuno in vita mia.»

Stringe la mascella così forte che mi pare di sentire il rumore della sua dentiera che si spezza. «Ci sono molti modi per uccidere una persona» dice poi sputando le parole. «Portandole via qualcuno che le è caro, per esempio un figlio.»

«Un figlio?»

Sorride. «Guardi qui.» Estrae un'altra foto. «Adesso che ne dice?»

È una foto da rotocalco scandalistico, l'immagine rubata di un cadavere coperto da un lenzuolo. C'è qualcosa nella scena che mi solletica la mente. L'ambiente, il letto.

«Oppure questa» dice Filacchione.

Stavolta riconosco perfettamente il soggetto. È un ragazzo sui venti, grande e grosso. Ma so che dietro quegli occhi si nasconde un cervello piccolo come una noce. «Giacomo Mallo» dico, e mentre lo dico, sento un formicolio che mi sale dai piedi lungo la colonna vertebrale. *Non adesso*, penso. Ma già la stanza comincia a svanire.

«Perché non lo chiama come lo chiamavano i suoi amici giornalisti? Faccia di Cane?» La voce di Filacchione rimbomba.

È troppo. La tensione mi aveva predisposto, adesso le parole di Filacchione fanno scattare il meccanismo. Il mio cervello comincia a girare a mille, le immagini del passato si mescolano al presente e mi ritrovo a correre lungo il corridoio di un albergo

mentre una donna grida nella camera ventotto e io so che arriverò troppo tardi perché con una gamba rotta non posso correre. Però ci provo e mi butto contro la porta.

Risalgo per un istante. Ho qualche bagliore del presente che si sovrappone all'altro presente che ho già vissuto e non posso cambiare. Filacchione si è accorto che qualcosa mi sta succedendo. Fa un passo verso di me

sento qualcuno che tiene la maniglia per non farmela girare. E sento anche un rantolo. E so che quel rantolo appartiene alla mia cliente, una donna di trent'anni che ha fatto l'errore di attirare l'attenzione di Faccia di Cane. Che adesso ansima oltre il legno. Poi colpisce la porta con qualcosa di duro, che trapassa il fragile pannello e mi taglia la guancia. Vedo l'estremità di un punteruolo che rientra rapidamente e poi un altro colpo

Filacchione manda a gambe all'aria il tavolo contro cui mi sono appoggiato. Cado. E quando sono a terra, annaspando per ritrovare il controllo, Filacchione si sfila la cintura della vestaglia e me l'avvolge attorno al collo e tira...

Il punteruolo questa volta mi prende la mano. Sono costretto a lasciare la maniglia e Faccia di Cane spalanca la porta. Arretro. È un omone, con la salopette e il viso coperto da una maschera da carnevale. Ha la salopette macchiata di chiazze scure, sul letto dietro di lui

280

riesco a vedere un corpo femminile che si contorce mentre lui mi salta addosso e io

rotolo sul pavimento cercando di rialzarmi. Filacchione è in ginocchio sulla mia schiena e tira con tutte le sue forze la cintura che mi sta tagliando la carotide. Io non riesco nemmeno a sentire le mani, però cerco lo stesso di portarle alla gola e mi

puntello sui gomiti e rotolo, proprio mentre Faccia di Cane mi colpisce la prima volta con il punteruolo. Mi prende a un fianco, il dolore è terribile e vedo tutto nero

nero.

Però non perdo conoscenza, e quando Faccia di Cane mi infila di nuovo il punteruolo nella carne sono riuscito a spostarmi e non mi prende al cuore come avrebbe voluto. Entra nella spalla e questa volta non sento niente. Ma, non so come, riesco a muovermi e a strisciare verso quell'affare rosso che vedo con la coda dell'occhio. È un estintore, e ne sento il peso nella mano sinistra quando lo afferro e lo uso per colpire alla cieca dietro di me. E sento che ho colpito qualcosa, e insisto, senza riuscire a voltarmi. E continuo a colpire, anche se vedo nero

nero

e vorrei solo dormire.

Dormire.

E quando il tipo nella stanza accanto a quella dove la mia cliente sta morendo bruciata dall'acido decide di uscire a vedere chi urla, io sono in piedi e colo sangue senza sapere come sono riuscito

riuscito a respirare. Respiro. E la cintura è improvvisamente molle attorno al mio collo e non ho più il peso sulla schiena. Mi giro e vedo Filacchione appoggiato alla parete, già cianotico, mentre scivola sulle ginocchia mormorando: «Così vicino, così vicino».

Gli apro la vestaglia e comincio a praticargli il massaggio cardiaco.

Stavo tornando a casa, però ho fatto un'altra deviazione. L'ultima. Da una parte c'era la strada di casa mia, dall'altra quella che portava alla Richard Ginori. Ho preso la seconda. Mi sono detto che non potevo tornare da Vale con qualcosa in sospeso che mi poteva distrarre. O forse, semplicemente non potevo tornare da Vale con la puzza di un giorno intero passato in questura a parlare di morti. Quelli vecchi e quelli recenti.

O forse, quando fai di tutto per rovinarti la vita, devi andare fino in fondo, per vedere se il fondo esiste davvero.

La Richard Ginori non è più quella che ho visitato la prima volta. La maggior parte degli occupanti se n'è andata sotto la minaccia di sgombero ed è rimasto solo un piccolo gruppo. Sono una cinquantina, quasi tutti algerini ed egiziani, e hanno solo una rivendicazione da fare alla polizia che sta circondando la via: vogliono una casa. Una casa qualsiasi, purché sia, che permetta loro di far arrivare le famiglie, di andare a lavorare senza doversi lavare alla fontanella del parco, di dormire senza il rischio di essere presi e caricati su un cellulare.

Non credo che gliela daranno, e non lo crede neanche Ragiul, che salta da un tetto all'altro come la piccola vedetta lombarda. Be', magari lombarda no. Mi ha fatto vedere dove ha nascosto i sassi più grossi, da lanciare sui blindati quando entreranno, e i limoni. Gli ho spiegato che i limoni non servono a molto con i nuovi lacrimogeni che si usano adesso, ma lui è convinto che siano meglio di niente.

Ho cercato di convincerlo a tornare a casa, lui ha cercato di convincere me a rimanere.

«Per fare cosa?» gli ho chiesto.

«Per darci una mano.»

Mi è venuto talmente da ridere che mi sono dovuto sedere sul lato del tetto.

Adesso i celerini stanno scendendo dai blindati. Ce ne sono un sacco, di certo più degli occupanti, che non sono nemmeno così organizzati e addestrati.

Posso ancora uscire da uno degli ingressi laterali, oppure posso fermarmi a vedere. Così, tanto per capire se sono in grado di combinare qualcosa che non abbia a che fare con maniaci, assassini e casi di cronaca nera.

Quando Filacchione è morto, era talmente leggero che sono riuscito a portarlo su per le scale della cantina senza aiuto. Sua moglie era in cucina e guardava le luci dell'ambulanza alla finestra.

Cambio posizione sulla tegola. I poliziotti si stanno infilando i caschi.

Mi conviene decidere in fretta.

Ringraziamenti

I romanzi sono opere collettive. C'è qualcuno che scrive, ma un sacco di altre persone fanno in modo che lui abbia qualcosa da mettere sulla carta, lo consigliano, lo ispirano, lo informano, lo aiutano.

Nel mio caso...

Prima.

Il primo ringraziamento va a Tito Faraci e a sua moglie Sabina. Tito è uno dei più noti sceneggiatori italiani di fumetti. Stavamo lavorando insieme sulla sceneggiatura di un Diabolik (una delle imprese di cui vado più orgoglioso), quando abbiamo deciso di trasferirci nella sua casa sul Lago Maggiore per terminare la scrittura. È successo nel giugno del 2001. Tito e sua moglie mi hanno portato in giro per Angera, Ranco, battelli e ristoranti, e alla fine ho pensato che fosse un posto splendido per ambientarvi una storia. Ero partito con l'intenzione di parlare di sordidi segreti di provincia, e mi è venuta l'idea di far iniziare tutto dall'incendio di un luna park. Sfiga vuole che il luna park di Angera sia bruciato davvero l'anno seguente. Quindi approfitto dell'occasione per dire che il "mio" incendio non c'entra nulla con quello reale. Il mondo del Gorilla è su un piano di esistenza parallela, dove tutto assomiglia ma è anche differente dal nostro. Per esempio, la popolazione di Angera e di Ranco della nostra Terra, è molto più simpatica e gentile di quella di Mondo Gorilla. I concittadini di Tito hanno fatto una colletta per aiutare il giostraio a ricomprare un nuovo carosello e questo la dice lunga. Il San Carlone, invece, è proprio come l'ho descritto, anche se non ci lavora nessuno che rassomigli ai miei personaggi. E questo vale per tutti quelli che credono di riconoscersi (nota chiesta dal mio avvocato).

Sempre per l'ispirazione, un doveroso ringraziamento anche a Renato Sarti e Bebo Storti, rispettivamente autore e interprete dello spettacolo teatrale *Mai Morti*, un impressionante racconto sui crimini del fascismo, vecchio e nuovo. Andate a vederlo.

Voglio inoltre precisare che non esiste alcun comitato di autodifesa come quello che ho descritto per il G8.

In coda, ma solo per caso, Igor Longo, amico e giallista enciclopedico. Con lui verifico sempre indizi e false piste, e mi faccio grasse risate.

Durante.
Caterina dal Molin, Paolo Rossi Castelli ed Elvira Onofrio mi hanno dato una gran messe di informazioni sui Sinti e i Rom, prestandomi anche i pochi libri italiani che trattano dell'argomento. *Lacio Drom*.

Barbara Delucca mi ha fornito una descrizione perfetta della Richard Ginori, che io ho stravolto a mio uso e consumo: grazie per la pazienza.

Giacomo Spazio mi ha fatto una testa così sul blues. Gli ho chiesto di consigliarmi qualche canzone da inserire nel romanzo, me ne ha mandate due solo strumentali. Grazie lo stesso.

Dopo.
Grazie di cuore a tutti quelli che hanno lavorato con me sul testo.
In ordine cronologico:
Rossella "Roxie" Moratto che mi ha letto capitolo per capitolo. Frase tipica: Non si capisce niente, spiega.

Giuseppe Strazzeri, editor degli Oscar, ma qui in veste di amico, che mi ha letto in seconda battuta. Frase tipica: Questo pezzo è un po' troppo saggistico. Riscrivi.

Edoardo Brugnatelli, editor della collana. Frase tipica: Uè, credi di essere Manzoni? Periodi più brevi!

Roberta Melli, caporedattore, che mi ha trattato davvero come uno scolaro discolo. Frase tipica: Questa battuta non te la passo. Taglia.

Con questo non voglio dire che sia venuto fuori chissà quale capolavoro, ma è senz'altro meglio della versione originale.

Poi, un ringraziamento ai veri Alex, Elefante, Vale, Stefania, Lidia, Mirko, Kik, Gipi che mi hanno permesso ancora una volta di raccontare le loro avventure.

Sandrone Dazieri
ATTENTI AL GORILLA

Nel bel mezzo di una festa lussuosa e affollata, la figlia del padrone di casa fugge in moto con un amico. Poco dopo, di lei rimane solo un cadavere. Il responsabile del servizio d'ordine, in realtà un originale quanto acuto investigatore privato, inizia un'indagine che lo porterà a scoprire una serie di intrighi e bugie sotto i quali si mascherano molti scomodi segreti. Una storia ambientata nell'inquietante Milano contemporanea, la prima avventura del Gorilla, che ha rivelato il grande talento narrativo di Sandrone Dazieri.

(n. 214), pp. 224, cod. 447328, € 7,80

«Gorilla blues»
di Sandrone Dazieri
Piccola Biblioteca Oscar
Arnoldo Mondadori Editore

Questo volume è stato stampato
presso Mondadori Printing S.p.A.
Stabilimento NSM – Cles (TN)
Stampato in Italia – Printed in Italy